NICHT

OHNE

MEINE

SCHWESTER

WEITERE TITEL VON MARION KUMMEROW

MARION KUMMEROW

NICHT OHNE MEINE SCHWESTER

bookouture

Herausgegeben von Bookouture, 2022

Ein Imprint von Storyfire Ltd.
Carmelite House
50 Victoria Embankment
London EC4Y 0DZ

www.bookouture.com

ISBN: 978-1-80314-289-0
eBook ISBN: 978-1-80314-140-4

ZWEI SCHWESTERN

BERGEN-BELSEN, APRIL 1944

Mindel lief so schnell, wie ihre kleinen Beine sie trugen, um mit ihrer großen Schwester Schritt zu halten. Die unfreundlichen Männer in schwarzen Uniformen trieben die Frauen und Kinder mit ihren üblichen Schnell! Schnell! -Rufen vorwärts. Aus Erfahrung wusste Mindel, dass sie nicht zögerten, ihre Knüppel oder Peitschen einzusetzen, wenn jemand zu langsam war.

Aber sie hatte ein ganz anderes Problem: Ihr Schnürsenkel hatte sich auf dem langen Weg von der Bahnrampe gelöst und sie musste vorsichtig gehen, um nicht zu stolpern.

»Beeil dich, wir müssen bei den anderen bleiben«, sagte Rachel und zog an ihrer Hand.

»Aua!«, protestierte Mindel, denn es fühlte sich an, als würde sie ihr gleich den Arm ausreißen. Mit zusammengebissenen Zähnen lief sie weiter, denn der Gedanke, ganz allein zu sein, ohne ihre große Schwester, die sie beschützte, war so schrecklich, dass ihre Kopfhaut prickelte.

Sie schienen angekommen zu sein, denn die Menge bewegte sich nicht mehr. Immer mehr Menschen kamen an, drängelten und schubsten. Mindel reichte den anderen kaum bis zur Hüfte und hatte plötzlich das Gefühl, als würde eine riesige Mauer sie zerquetschen. Schnell blickte sie zum Himmel, aber alles, was sie sah, waren Menschen.

»Du, geh da rüber«, bellte ein Aufseher. Kurz darauf spürte Mindel einen scharfen Ruck an ihrer Hand. Sie versuchte krampfhaft, in die Richtung zu gehen, in die Rachel sie zog. Aber es waren einfach zu viele Menschen, die ihr den Weg versperrten. Langsam glitt ihre Hand aus der ihrer Schwester und sie schrie aus vollem Halse: »Rachel! Warte!«

»Bitte nicht! Ich muss auf meine Schwester warten!«, flehte Rachel den Aufseher an, doch Mindel konnte keine Antwort hören.

In ihrer Verzweiflung ließ sie sich auf den Boden fallen und versuchte, zwischen den vielen Beinen hindurch in die Richtung zu kriechen, aus der sie Rachel ihren Namen rufen hörte. Aber es gab kein Durchkommen. »Rachel! Ich bin hier!«, schrie sie so laut sie konnte.

»Ich werde dich finden«, rief Rachel zurück, und dann, schon viel weiter weg: »Mindel, ich liebe dich. Ich verspreche, ich werde dich finden.«

Irgendwie schaffte es Mindel, wieder auf die Beine zu kommen, und wurde von der Menschenmasse in eine Richtung geschoben, obwohl sie sich umdrehen und ihrer Schwester hinterherlaufen wollte, die in die andere Richtung verschwunden war.

Sie drückte ihre Puppe Paula – die Mindel immer unter ihrem Kleid trug – an ihr Herz, während Tränen über ihre Wangen liefen. »Mach dir keine Sorgen, Paula, wir werden sie wiederfinden.«

1

SECHS MONATE ZUVOR IN EINEM BAYERISCHEN DORF

Rachel Epstein saß mit ihrer Mutter in der gemütlichen Küche und schälte Kartoffeln. Die hölzerne Tischplatte hatte, wie das gesamte Bauernhaus, schon bessere Tage gesehen und war dringend reparaturbedürftig, aber es war Rachels Zuhause. Hier zu sitzen und Seite an Seite mit ihrer Mutter zu arbeiten, gab ihr ein Gefühl der Zugehörigkeit und Sicherheit, etwas, das die Welt draußen schon lange nicht mehr bot.

Während Rachel Kartoffeln schälte, hantierte ihre Mutter mit Mehl, Butter und wertvollem Zucker, um einen Apfelkuchen für den vierten Geburtstag von Rachels kleiner Schwester Mindel zu backen.

»Könntest du bitte in den Garten laufen und mir noch einen Apfel holen? Es sieht so aus, als würden mir ein paar Scheiben fehlen, und ich möchte, dass der Kuchen perfekt wird.« Ihre Mutter war schon immer zierlich gewesen, aber in den letzten Jahren war sie geradezu dürr geworden, was sie alt aussehen ließ. Ihr dunkelbraunes Haar war von grauen Strähnen durchzogen, und der Glanz in ihren Augen war durch all die Entbehrungen, die die Familie ertragen musste, trübe geworden.

»Natürlich, Mutter, ich gehe schon.« Rachel hörte auf, Kartoffeln für das Abendessen zu schälen, und steckte sich eine Haarsträhne hinters Ohr. Sie verließ die Küche durch die Hintertür, die direkt in den Gemüse- und Kräutergarten führte.

Als Bauern hatten sie schon immer ihr eigenes Obst, Gemüse und Kräuter angebaut, aber in den letzten Jahren, als die Einschränkungen für Juden wöchentlich, wenn nicht sogar täglich, schlimmer geworden waren, waren sie auf ihre eigenen Produkte angewiesen, um überhaupt essen zu können. Rachel konnte sich nicht vorstellen, wie die Juden in den größeren Städten überleben konnten.

Das Bauernhaus hatte definitiv schon bessere Tage gesehen, trotz der täglichen Reinigung ihrer Mutter und der unaufhörlichen Arbeit ihres Vaters. Es gab einfach nicht genug Geld, Zeit oder Material, um alle notwendigen Reparaturen zu erledigen. Aber was konnte man schon von einer Nation erwarten, die sich im Krieg befand?

Ihre Knechte waren schon vor Jahren gegangen, entweder weil sie in die Wehrmacht eingetreten waren oder weil sie nicht mehr für Juden arbeiten wollten. Rachel seufzte. Die Dinge waren so kompliziert geworden. Als sie den Obstgarten mit den alten Apfelbäumen betrat, wurde sie von Rex, dem Schäferhund, schwanzwedelnd begrüßt. Sie kraulte ihm den Kopf, was er als Einladung betrachtete, ihr zu folgen. Schon bevor sie ihre drei jüngeren Geschwister sah, hörte sie Lachen und die lauten Stimmen von Israel und Aron, zehn und sieben Jahre alt und unzertrennlich wie Zwillinge, und dem Geburtstagskind Mindel.

Ein Lächeln umspielte Rachels Lippen. Dreizehn Jahre älter, behandelte sie Mindel eher wie eine Tochter als eine

Schwester. Besonders jetzt, da Vater Tag und Nacht auf den Feldern arbeitete und Mutter alle Hände voll damit zu tun hatte, den Haushalt zu führen, der mehrere Dienstmägde beschäftigt hatte, bevor die Nazis an die Macht gekommen waren und alles verändert hatten.

Ihr Lächeln gefror auf ihrem Gesicht, als sie Mindel sah, die schwankend an einem der Äste des Apfelbaums hing, während ihre Brüder ein paar Meter weiter oben gemütlich saßen und auf sie herabblickten.

»Was glaubt ihr, was ihr da tut?«, schrie Rachel sie an.

»Nichts«, antworteten ihre drei Geschwister wie aus einem Mund.

»Für mich sieht es nicht nach nichts aus. Israel, du solltest es besser wissen, als Mindel anzuspornen, dort hinaufzuklettern. Sie könnte herunterfallen und sich das Genick brechen!«

»Wir haben sie nicht gezwungen, sie wollte uns von ganz allein folgen«, verteidigte Aron seinen älteren Bruder.

»Warum müssen wir sie überhaupt überallhin mitschleppen? Sie verdirbt uns immer unsere Spiele.« Es war Israel, der sich beschwerte, und Rachel musste ein Lächeln unterdrücken. Sie kümmerte sich um Mindel, so gut sie konnte, und das schon seit deren Geburt. Ein Teil von ihr konnte verstehen, dass die beiden Knaben Zeit für sich haben wollten. Obwohl sie Mindel genauso liebten wie Rachel das tat – auch wenn sie eine solche weibische Emotion nie zugeben würden – waren sie nun mal Jungs und wollten wilde Spiele spielen, bei denen ein kleines Mädchen nur störte. Leider waren sowohl Rachel als auch Mutter zu sehr mit der Haus- und Gartenarbeit beschäftigt, um ständig ein Auge auf Mindel zu haben, und so war diese Aufgabe den beiden Jungen zugefallen.

»Du solltest den Kuhstall ausmisten und nicht durch den

Obstgarten streifen und die Äpfel essen, die wir für den Winter einmachen wollen.«

»Ich habe meine Aufgaben schon erledigt«, protestierte Israel, und wenn man die schmutzverschmierten Gesichter aller drei Kinder betrachtete, wurde klar, dass er die Jüngeren mit eingespannt hatte, wahrscheinlich mit dem Versprechen, danach Äpfel vom Baum pflücken zu dürfen oder mit einer anderen Belohnung, die er eigentlich nicht verteilen durfte.

Sie seufzte. Die Zeiten waren hart genug, vielleicht sollten sie auch etwas Spaß haben. »Kannst du mir wenigstens noch einen Apfel für Mindels Geburtstagskuchen geben?«

Mindels Augen leuchteten vor Stolz. »Morgen werde ich vier. Dann bin ich nicht mehr klein.«

»Kleine, Kleine!«

»Baby!«

»Kleines Baby!«, rief es von weiter oben im Baum.

»Hört auf, sie zu ärgern!«, schimpfte Rachel. »Und jetzt gebt mir einen Apfel, aber einen schön reifen.«

Mindel warf Rachel einen zu, aber Israel sagte: »Nicht von da unten, die hier oben schmecken viel besser.« Kichernd warf er Rachel einen weiteren Apfel hinunter. Sie schüttelte missbilligend den Kopf; mit ihren siebzehn Jahren war sie viel zu erwachsen, um sich an derartigen Spielereien zu beteiligen.

Auf dem Weg zurück in die Küche, spürte sie eine schreckliche Sehnsucht. Als sie in Mindels Alter gewesen war, war das Leben noch in Ordnung gewesen. Aber das war, bevor die Nazis an die Macht kamen, als Juden die gleichen Rechte besaßen wie alle anderen Deutschen und der Bauernhof noch ihren Eltern gehört hatte.

Im Laufe der Jahre hatte sich die Lage immer weiter verschlechtert. Zuerst fast unmerklich und dann immer schneller, wie eine Lawine die den Berg hinunterrauschte. Zum jetzigen Zeitpunkt hatten sie, wie so viele ihrer jüdischen Mitbürger, sämtliche bürgerlichen Rechte und Privilegien verloren. Rachel hatte die Schule verlassen müssen, und nur weil sie in diesem gottverlassenen Ort mitten im Nirgendwo lebten, – woran ihre Eltern sie gerne erinnerten, wenn sie sich über ihr Schicksal beklagte –war ihre Familie nicht gen Osten deportiert worden wie die meisten Juden, die in größeren Städten lebten.

Israel und Aron hatten zwar eine Ahnung von der allgemeinen Situation in Deutschland, aber sie schienen nie mehr als einen flüchtigen Gedanken daran zu verschwenden. Zu sehr waren sie damit beschäftigt, durch die Felder und Wälder zu streifen, während die kleine Mindel überhaupt nicht mitbekam, was außerhalb des Hofes geschah.

Rachel war sich nicht sicher, ob es gut war, Mindel von den Geschehnissen in der Welt abzuschirmen, aber darauf hatte sie keinen Einfluss, denn das war allein die Entscheidung ihrer Eltern.

Sie ging zur Hintertür und tauschte ihre Stiefel gegen Hausschuhe aus, bevor sie die Küche betrat. Als sie ihren Vater in der Küche erblickte, – ein Ort, den er nur selten außerhalb der Mahlzeiten aufsuchte – blieb sie abrupt stehen und starrte ihn an. Seine Lippen waren zu einem schmalen Strich zusammengepresst und eine tiefe Furche zog sich über seine Stirn.

Die beiden Äpfel in ihren Händen wie einen Schutzschild vor sich haltend, fragte sie mit einem kaum hörbaren Flüstern: »Was ist passiert?«

»Der alte Hans ist gestorben.«

Mutter blickte nicht einmal vom Schneidebrett auf, aber Rachel bemerkte ihre zitternden Schultern. Die Nachricht musste schlimmer sein, als sie gedacht hatte. Der alte Hans war der freundliche Mann, der ihren Hof vor Jahren gekauft hatte, nachdem die Regierung eine Verfügung erlassen hatte, dass Juden kein Land besitzen durften. Direkt nach dem Kauf, hatte Hans die Epsteins als seine Knechte angestellt und der Familie damit die Möglichkeit gegeben, auf dem Bauernhof zu leben, als ob er noch ihnen gehörte.

Rachel sah ihren Vater an. »Was soll nun aus uns werden?«

»Hans hat keine Kinder und in seinem Testament hat er mir den Hof vermacht, obwohl ich gehofft hatte, dass er erst nach dem Krieg sterben würde«, sagte Vater.

Mutters Augen bekamen einen verträumten Ausdruck. »Dann gehört der Hof wieder uns.«

»Aber Juden dürfen keinen Grund besitzen«, protestierte Rachel.

»Die Behörden merken es vielleicht nicht.«

Sie hielt das für Wunschdenken, vor allem, weil der grässliche Landrat, Herr Keller, schon seit Jahren ein Auge auf den Hof geworfen und den alten Hans bedrängt hatte, ihn zu verkaufen – oder zumindest die Familie Epstein loszuwerden. Soweit sie wusste, hatten sie es nur dem alten Hans zu verdanken, dass sie noch in Kleindorf lebten und nicht schon in Richtung Osten evakuiert worden waren. Der alte Mann war bereits über neunzig Jahre alt gewesen und scherte sich wenig um Kellers Drohungen, da seine Zeit auf Erden so gut wie vorüber war. Hans' Protektion sowie die Tatsache, dass Landarbeiter knapp waren und Herr Keller Quoten zu erfüllen hatte, hatten ihnen ihr bisschen Freiheit beschert.

Aber jetzt, da der freundliche, alte Mann tot war, würde der grausame Nazi diese Gelegenheit ganz sicher nicht verstreichen lassen. Nein, Rachel teilte die Meinung ihrer Mutter nicht, dass er es nicht bemerken würde, wenn Vater seinen eigenen Hof wieder in Besitz nahm. Als Landrat, erfuhr er es sogar vor allen anderen, denn alles, was im Landkreis Mindelheim wichtig war, ging über seinen Schreibtisch.

»Es bleibt uns nichts anderes übrig, als abzuwarten«, sagte Vater.

»Vielleicht passiert gar nichts«, erwiderte Mutter.

Rachel wollte sie anschreien. Wie konnten sie sich der Gefahren nur so wenig bewusst sein? Hatten sie ihr und Israel nicht eingeschärft, sich niemals in die Stadt zu wagen, um keine unerwünschte Aufmerksamkeit auf sich zu ziehen? Hatten sie nicht die Idee gehabt, den Hof an den alten Hans zu verkaufen? Und jetzt glaubten sie plötzlich, dass alles wie früher werden würde?

In ihrem Dorf hatte es nur zwei weitere jüdische Familien gegeben, und beide waren schon vor Jahren weggezogen. Die eine war ausgewandert, als es noch möglich war, die andere war eines Tages verschwunden und wurde nie wiedergesehen. Seitdem hatten sie von anderen gehört, die weggebracht wurden und nie wieder zurückkehrten. Trotzdem zogen ihre Eltern es vor, den Kopf in den Sand zu stecken und so zu tun, als wären sie auf dem Bauernhof sicher, nur weil dieser am Rande des winzigen Dorfes Kleindorf lag, und damit zu abseits, um für die Nazis von Interesse zu sein.

Trotz der Ermahnungen ihrer Eltern, sich von anderen Menschen fernzuhalten, pflegte sie einen losen Kontakt zu ihrer ehemaligen Klassenkameradin Irmhild, die inzwischen bei Herrn Keller auf dem Rathaus arbeitete. Nichts von dem, was Irmhild ihr in den letzten Jahren erzählt hatte, deutete darauf hin, sich in Sicherheit wiegen zu können. Wenn es nach Rachel gegangen wäre, hätten sie und ihre Familie Deutschland schon längst verlassen.

»Wir sollten das Land verlassen«, platzte sie heraus.

Ihre Mutter hob den Kopf und warf Rachel einen tadelnden Blick zu. »Und wohin sollten wir deiner Meinung nach gehen?«

»Ich weiß es nicht. Irgendwohin, nur nicht hierbleiben … Vielleicht nach England?« Rachel senkte den Kopf. Sie hätte ihren Eltern nicht widersprechen sollen.

»Wir sprechen kein Englisch!«, sagte Mutter, als wäre das Grund genug, in der prekären Situation zu bleiben, die sie nur dank der Freundlichkeit eines Mannes, der gerade gestorben war, bisher überlebt hatten.

»Wir könnten es lernen.«

Mutter starrte sie finster an, als ob die bloße Erwähnung des Erlernens einer anderen Sprache schon Beleidigung genug wäre. »Ich werde diesen Hof nicht verlassen. Er ist mein Zuhause, wo ich aufgewachsen bin, wo meine Eltern und Großeltern gelebt haben, und wo ich euren Vater geheiratet habe. Oben ist das Schlafzimmer, in dem ich euch vier Kinder zur Welt gebracht habe. Ich werde nicht weggehen, nur weil ein paar Nazis beschlossen haben, dass sie uns nicht leiden können.«

»Deine Mutter hat recht. Außerdem ist dieser Zug schon vor Jahren abgefahren. Ein Visum zu bekommen, ist so gut wie unmöglich, und selbst wenn, hätten wir nicht das Geld, um all die Gebühren und Bestechungsgelder zu bezahlen.« Vater redete selten so viel, und jetzt sah er völlig erschöpft aus. »Nein, hier zu bleiben ist die sicherste Lösung. Viel besser, als das Risiko einzugehen, nach wer weiß wohin zu gehen und sich bei dem Versuch, aus Deutschland zu fliehen, allen möglichen Gefahren auszusetzen. Ich will nie wieder ein Wort darüber hören.«

2

ZWEI WOCHEN SPÄTER

Mindel rannte aufgeregt von Baum zu Baum, die Puppe, die sie zu ihrem vierten Geburtstag geschenkt bekommen hatte, auf den Rücken gebunden. Glücklich dachte sie an ihren großen Tag mit dem leckersten Apfelkuchen, den sie je gegessen hatte, und all den wunderbaren Geschenken zurück. Ihre Eltern hatten ihr ein neues Kleid mit einem Blumenmuster geschenkt, und sogar ihre Brüder hatten sich den ganzen Tag über von ihrer besten Seite gezeigt und Mindel entscheiden lassen, welche Spiele sie spielen wollte. Aber Rachel hatte den Vogel abgeschossen mit der wunderbaren Stoffpuppe, die sie selbst genäht hatte.

»Jetzt hast du eine beste Freundin, die immer für dich da sein wird«, hatte Rachel gesagt, als sie ihr die Puppe überreichte.

Mindel war sprachlos gewesen. So ein wunderbares Geschenk, eine Freundin nur für sie. Sie hatte die Arme um Rachel geschlungen und gesagt: »Ich liebe dich so sehr, du bist einfach die beste große Schwester der Welt.«

Rachel wiederum hatte gelacht, wie sie es früher so oft

getan hatte, aber neuerdings nur noch selten tat, obwohl Mindel nicht verstehen konnte, warum. »Ich liebe dich auch, Mäuschen. Wie willst du deine Puppe nennen?«

Mindel hatte keine Sekunde gezögert und platzte heraus: »Paula.«

»Für mich sieht sie wirklich aus wie eine Paula«, hatte ihre Mutter gesagt, und sogar Rex hatte zustimmend gebellt.

Seitdem ging Mindel nirgendwo mehr ohne Paula hin, die zu ihrer besten Freundin geworden war, mit der sie immer spielen konnte, selbst wenn ihre Brüder keine Lust dazu hatten. Sie liebte Paula sogar noch mehr als Rex, der nicht ins Haus durfte, weil er, wie alle auf dem Hof, Aufgaben zu erledigen hatte.

Sie verstand nicht, warum sie nicht mit den Kindern spielen durfte, die sie manchmal auf den benachbarten Bauernhöfen sahen, wenn sie sich mit ihren Brüdern auf Entdeckungsreise begab. Aber all ihr Jammern und Klagen hatte Vater nicht davon abgebracht, sie von den anderen Kindern des Dorfes fernzuhalten.

Sogar Aron, der ihr einziger Spielkamerad geworden war, seit Israel wegen seiner zunehmenden Aufgaben kaum noch Freizeit hatte, bestand darauf, sich von anderen Menschen fernzuhalten.

Er nannte ihr nie einen triftigen Grund dafür, sondern sagte nur mit wichtiger Stimme: »Es ist besser, keine anderen zu treffen.«

»Warum?«

»Du bist noch zu klein, um das zu verstehen.«

Sie hasste es, wenn er das sagte, aber biss widerwillig die Zähne zusammen und gehorchte. Wohl wissend, dass sie beide eine Tracht Prügel erwartete, wenn Vater herausfände, dass sie sich ins Dorf gewagt hatten.

Da Aron es liebte, der Bestimmer zu sein und sie herumzukommandieren, streckte sie ihm wenigstens die Zunge heraus. »Ich tue es nur, weil Vater es will, nicht wegen dir.«

Paula dagegen verstand sie und spielte liebend gerne Mädchenspiele. Sie wollte nie der Bestimmer sein und widersprach nur selten. Paula war wirklich eine ganz besondere Freundin und die beste Gefährtin, die Mindel sich hätte wünschen können.

An diesem Tag allerdings war Rachel frühmorgens mit ihren Geschwistern in den Wald gegangen, um Pilze und Blaubeeren zu suchen. Mindel liebte es, unterwegs zu sein und Beeren zu pflücken, aber noch mehr liebte sie es, sich die süßen Köstlichkeiten direkt in den Mund zu stecken, so dass ihr Korb noch fast leer war, während Rachel bereits einen zweiten gefüllt hatte.

»Hör auf zu trödeln und komm her«, rief Rachel.

Mindel verstaute Paula, nahm ihren Korb und eilte zu ihrer großen Schwester, die die meiste Zeit wie eine Erwachsene sprach und sich auch so benahm. Wenn sie groß war, wollte Mindel genau so sein wie Rachel. Sie wollte auf alles eine Antwort wissen und trotzdem freundlich sein, nicht so wie ihre oft gemeinen Brüder. Sie liebte ihre große Schwester über alles: Wenn sie sich das Knie aufschürfte, pustete Rachel auf den Kratzer und sagte ein paar heilende Worte oder sang ein albernes Lied, um sie zum Lachen zu bringen. Und schon war der Schmerz vergessen, und sie konnte wieder weiterspielen.

An ihrem Geburtstag hatte sie sich insgeheim gewünscht, es gäbe nur Rachel und sie, denn auf das ständige Nörgeln, Schimpfen und Streiten ihrer Brüder konnte sie gut verzichten.

»Wir müssen nach Hause, es ist schon spät und wir haben noch viel zu tun.«

»Arbeit, immer Arbeit«, beschwerte sich Mindel und

schaute sich nach ihren Brüdern um, die mit prall gefüllten Körben voller Pfifferlinge ankamen.

»Seht mal, was wir gefunden haben, da drüben ist eine ergiebige Stelle«, sagte Israel.

»Gut gemacht. Da wird sich Mutter freuen.«

»Können wir noch mehr sammeln?«, fragte Aron.

Rachel schüttelte den Kopf. »Nein, es ist ein langer Weg nach Hause und wir müssen vor dem Abendessen zurück sein.«

Kaum hatte Rachel die Worte ausgesprochen, erinnerte sich Mindel daran, wie lang der Weg heute Morgen gewesen war, und ihre Beine wurden mit einem Mal schwer. »Ich kann nicht mehr laufen. Ich bin müde«, beschwerte sie sich.

Rachel lachte nur. »Du bist jung und hast gesunde Beine. Das schaffst du schon.«

Schmollend flüsterte Mindel Paula zu: »Du hast es gut, du wirst den ganzen Tag herumgetragen.«

Rachel musste sie belauscht haben, denn sie fragte: »Soll ich Paula für dich tragen?«

»Nein. Sie will bei mir bleiben«, sagte Mindel und sah dann auf den Korb in ihrer Hand hinunter. »Aber du kannst meinen Korb tragen. Er ist *so* schwer.«

»Das kann ich machen.« Rachel nahm den Korb und hängte ihn zu den beiden anderen über ihren Arm. Mindel betrachtete ihre starke Schwester bewundernd. Ja, so wollte sie auch sein, wenn sie mal groß war.

Nach etwa einer Stunde Marsch kamen sie an der Hütte einer alten Frau vorbei, die am Waldrand lebte. Von dort war es nicht mehr weit bis nach Hause, und als sie die Augen zusammenkniff, glaubte sie, eine Rauchfahne am Himmel zu sehen. Ihre Mutter war wohl gerade dabei, den Herd anzuheizen. Mindel ging dichter an Rachel heran und hielt sich an ihrem Rockzipfel fest.

»Sie ist keine echte Hexe, das weißt du schon?«, lachte Rachel, als gäbe es keinen Grund, sich vor der alten Frau zu fürchten, die ihre Brüder *die alte Hexe* nannten und von der sie behaupteten, sie könne zaubern. Einer ihrer Lieblingstricks war es, Leute, die sie nicht mochte, in eine Kröte zu verwandeln.

Aron drehte sich um, starrte Mindel an und sagte: »Quak.«

»Warum musst du sie immer ärgern?«, schimpfte Rachel.

Mindel zitterte. Sie wollte ganz bestimmt nicht in eine Kröte verwandelt werden und machte normalerweise einen großen Bogen um das Hexenhäuschen. »Können wir nicht einen anderen Weg nehmen?«, flüsterte sie nur für Rachels Ohren.

»Wir brauchen mindestens eine halbe Stunde länger, und ich dachte, du wärst müde?«

Mindel seufzte. Was für eine schwierige Entscheidung! Sie rückte noch näher heran und beschloss, wenn Rachel keine Angst hatte, sie auch keine haben würde. Aber sicherheitshalber hielt sie sich hinter Rachels Rücken versteckt, als sie sich der Hütte näherten.

Zu ihrem Leidwesen musste die hagere, alte Frau sie gesehen haben, denn sie kam auf ihren Stock gestützt heraus. Ihr weißes Haar stand ungekämmt in alle Richtungen. Dazu trug sie einen grün-braunen Rock, der ihr bis zu den Knöcheln reichte, und eine rote Bluse, die an mehreren Stellen geflickt war.

»Halt! Seid ihr nicht die Epstein-Gören?«, kreischte die Hexe und bleckte dabei ein paar gelbbraune Zähne in ihrem ansonsten leeren Mund.

Zu Tode erschrocken über den Anblick, klammerte sich Mindel an Rachels Beine. Erinnerungen an Hänsel und Gretel schossen ihr durch den Kopf, und sie befürchtete, die Hexe würde sie in ihrer Suppe verspeisen wollen, anstatt sie in Kröten zu verwandeln, wie Aron sie gewarnt hatte.

»Ja, das sind wir«, antwortete Rachel, scheinbar unbeeindruckt.

Mindel konnte nicht anders, als sie für ihre Tapferkeit zu bewundern.

»Kommt her«, sagte die Hexe und winkte ihnen mit dem Finger zu. Vor die Wahl gestellt, ob sie Rachel zu der Hexe folgen oder in sicherer Entfernung stehen bleiben sollte, ließ Mindel los und ergriff stattdessen Arons Hand. Gemeinsam schoben sie sich hinter Israels Rücken, um von dort aus zu beobachten, wie Rachel auf die angsteinflößende Frau zuging.

»Sie ist so mutig«, flüsterte Mindel.

»Ich würde dasselbe tun«, antwortete Aron. Daran zweifelte sie allerdings, denn sie konnte die Angst in seinen Augen sehen. Sicherlich wollte auch er nicht in eine Kröte verwandelt werden.

»Pst … ich will hören, was sie sagen«, schimpfte Israel.

»Ihr könnt nicht nach Hause gehen«, sagte die hagere Frau. »Herr Keller ist auf dem Hof und holt eure Eltern ab. Ihr müsst euch verstecken.«

Mindel verstand nicht, was Herr Keller auf ihrem Hof wollte und warum sie nicht nach Hause gehen und Hallo sagen konnten. Als sie hilfesuchend zu Rachel blickte, erkannte sie dort nackte Panik. Es war sowohl beängstigend als auch beruhigend, zu erkennen, dass sogar ihre große Schwester vor etwas Angst hatte.

»Aber wohin sollen wir gehen?«, fragte Rachel mit zittriger Stimme.

Die Hexe sah die Kinder mit überraschend freundlichen Augen an. »Ich kann euch nicht hierbehalten, meine Hütte ist viel zu klein und zu nah an eurem Haus. Geht tief in den Wald, wo euch niemand finden kann.«

Das hörte sich nach einem Abenteuer an, doch schon wenige Augenblicke später gewann die Angst wieder Oberhand und Mindel fröstelte trotz der warmen Temperatur an diesem Herbstnachmittag. In den Märchen die Mutter oft erzählte, erging es den Menschen, die in den Wald gingen, selten gut. Hänsel und Gretel wurden beinahe von der Hexe gegessen, Brüderchen wurde in ein Reh verwandelt und Schneewittchen hatte nur Glück, weil sie auf die freundlichen Zwerge traf.

Ein anderer Gedanke erschreckte sie und sie drückte Arons Hand fester. Nachts war es dunkel im Wald. Es wäre nicht so schlimm gewesen, wenn sie wenigstens Rex bei sich gehabt hätten, aber er war auf dem Hof geblieben, um Fremde anzubellen, die etwas stehlen wollten.

Nein, sie würde auf keinen Fall draußen schlafen, umgeben von wilden Tieren, Monstern, Gespenstern und wer weiß, was noch alles. Wie böse konnte dieser Herr Keller schon sein? Und würde Rex ihn nicht auch anbellen, wenn er versuchte, ihren Hof zu stehlen?

3

Rachel saß in der kalten, feuchten Zelle und konnte, so sehr sie sich auch bemühte, zuversichtlich zu wirken, ihre Tränen kaum zurückhalten.

Zwei Wochen waren seit jenem schicksalhaften Tag vergangen, an dem die alte Frau ihnen geraten hatte, sich zu verstecken. Da es nachts zu kalt gewesen war, um draußen zu schlafen, hatten sie sich in der Scheune eines Nachbarn versteckt, bis die Nichte der Besitzer sie gefunden hatte. Lotte war etwa so alt wie Rachel und hatte Mitleid mit ihnen gehabt und verspochen, niemandem etwas zu sagen.

Nach drei Tagen hatte Rachel Hoffnung geschöpft, dass alles gut ausgehen würde, vor allem, als ihre ehemalige Schulfreundin Irmhild, die auch mit Lotte befreundet war, den kühnen Plan fasste, für alle vier Geschwister gefälschte Kennkarten zu erstellen. Es war ein verrücktes und furchtbar gefährliches Unterfangen, aber wie durch ein Wunder hatte es funktioniert. Lotte half mit und kontaktierte ein katholisches Kloster in Kaufbeuren, das ein Waisenhaus unterhielt. Die Nonnen hatten sich bereit erklärt, die vier Kinder ohne weitere Fragen aufzunehmen, solange ihre Papiere einer oberflächlichen Überprüfung standhielten.

Und dann der schreckliche Moment, als alles schiefging. Eine Gänsehaut jagte ihr über die Arme, als sie sich an die Szene erinnerte, die sich am Vortag ereignet hatte.

Sie gingen nach Einbruch der Dunkelheit die Landstraße entlang, um bei Tagesanbruch das Kloster zu erreichen. Ihre beiden Brüder liefen voraus, während sie und Mindel langsamer waren, weil es schwierig war, in der Dunkelheit schnell zu gehen, und die arme Mindel Angst hatte.

»Schau, siehst du den hellen Stern dort oben?«, sagte Rachel, um ihre Schwester abzulenken.

»Ja, er ist wunderschön, aber wo ist der Mond?«

»Der Mond versteckt sich, weil er uns nicht verraten will. Weißt du noch, dass wir Verstecken spielen?«

Mindel nickte mit ernstem Gesicht. Rachel hatte ihr eingeschärft, dass es sich um ein Spiel handelte und dass sie sich von allen anderen Leuten fernhalten mussten, wenn sie gewinnen wollten.

»Was bekommen wir, wenn uns niemand sieht?«

Wir überleben. »Eine Tasse warme Milch mit Honig.« Rachel hatte keine Ahnung, ob die Nonnen im Kloster Milch oder Honig hatten, aber eine Lüge war so gut wie die andere, denn im Moment ging es nur darum, Mindel die Nacht über bei Laune zu halten. Bis zum Kloster waren es gut zwanzig Kilometer, und sie fürchtete sich vor dem Moment, in dem ihre kleine Schwester nicht weiterlaufen konnte.

»Warum müssen Aron und Israel immer vor uns gehen?«, beschwerte sich Mindel nach einer Weile.

»Weil wir in zwei verschiedenen Gruppen spielen«, schwindelte Rachel. Wenn vier Kinder gemeinsam durch die Nacht liefen, war die Gefahr, Aufsehen zu erregen, einfach viel größer. Israel hatte zunächst protestiert, weil er trotz all seines Gehabes immer noch ein Kind war und Angst hatte, nachts allein draußen zu sein. Aber nachdem sie an seine Männlichkeit appelliert hatte, gab er nach und willigte ein, mit Aron vorauszugehen, obwohl er darauf bestand, immer in Hörweite zu bleiben.

In ihre Gedanken vertieft, war Rachel nicht wachsam genug, und als sie das herannahende Fahrzeug hörte, war es zu spät. Ein Polizeiauto hielt neben ihnen und Herr Keller und seine Handlanger sprangen heraus.

Für die quälende Dauer eines Atemzuges starrte Rachel die Männer an, bis sie wieder zu sich kam, Mindels Hand ergriff und rief: »Lauf!« Adrenalin schoss durch ihre Adern, sie mobilisierte all ihre Kräfte und rannte so schnell sie konnte, wobei sie die arme Kleine hinter sich her schleifte. Sie kamen gut voran und Rachels Blick fiel auf das dichte Gestrüpp am Straßenrand. Zu dicht für die Männer, die sie verfolgten, aber nicht für zwei dürre Mädels wie Mindel und sie es waren.

Gerade als sie über den Graben sprangen, stolperte Mindel und plumpste zu Boden. Rachel versuchte verzweifelt, sie weiterzuziehen und zerrte an ihrem Arm, musste aber nach einigen Sekunden einsehen, dass das sinnlos war. Sie sprang zurück in den Graben, um Mindel aufzuheben und rannte mit ihr auf dem Arm weiter. Aber schon nach wenigen Schritten wurde ihr klar, dass sie so viel zu langsam waren, und sie blieb zitternd vor Angst stehen. Alle Versuche der Verhaftung zu entgehen, waren umsonst gewesen.

Es war endgültig vorbei.

In Herrn Kellers Augen lag ein böses Glitzern. Dieser Mann war schon boshaft gewesen, bevor die Nazis an die Macht gekommen waren, und hatte immer mit den Kindern geschimpft, wenn sie gegen *seine* Regeln in *seiner* Stadt verstießen. Er war nicht nur Landrat, sondern auch der Vorgesetzte der lokalen NSDAP und oberster Chef der Polizei in Personalunion, was ihn zum mächtigsten Mann in Mindelheim mit nahezu unbegrenzten Befugnissen machte.

»Wenn das nicht das Epstein-Judenpack ist. Ihr habt doch nicht wirklich geglaubt, ihr könnt mir entkommen, oder?« Ein grausames Lachen unterstrich seine Worte. »Nicht in meinem Bezirk. Der Führer hat recht. Deutschland muss frei werden von euresgleichen. Heil Hitler!«

Er erwartete nicht wirklich, dass sie den Gruß erwiderte? Aber selbst, wenn er es tat, konnte Rachel das unmöglich mit Mindel auf dem Arm machen. Sie spielte wieder mit dem Gedanken, ihr Glück in der Flucht zu suchen, aber das Gewicht auf ihren Armen erinnerte sie schmerzhaft daran, dass dieses Vorhaben ein Ding der Unmöglichkeit war.

Trotz ihrer Angst machte sie einen Schritt auf ihn zu und hoffte, dass die Gerüchte über das Schicksal der verhafteten Juden übertrieben waren. Gerade als sie Herrn Keller anblickte, bemerkte sie aus den Augenwinkeln eine Bewegung im Schatten der Bäume am Straßenrand und ihr Herz setzte einige Schläge aus.

Rachel hatte strikte Anweisung gegeben, ihnen keinesfalls zu Hilfe zu kommen, falls sie geschnappt werden würden. Trotzdem waren ihre Brüder zurückgekehrt. Aus Angst sie könnten bei einem fehlgeleiteten Rettungsversuch aus der Deckung kommen, wandte sie sich absichtlich von der Stelle ab, an der sie die Bewegung gesehen hatte. Stattdessen blickte sie dem widerwärtigen Herrn Keller in die Augen und machte in Richtung ihrer Brüder eine Geste, die sie als das Wegscheuchen einer Fliege von ihrem Ohr tarnte.

Es blieb ihr nichts anderes übrig, als auf Israels Gewitztheit zu vertrauen und zu hoffen, dass er alt genug war, um zu verstehen, wie aussichtslos ihre Lage war. Sie sprach in Gedanken ein Stoßgebet, dass er das einzig Vernünftige tun und sich und Aron retten würde. Wenn sie sich versteckt hielten, konnten sie den Marsch zum Kloster fortsetzen, sobald es sicher war.

»Wo sind deine Brüder, Jüdin?«, fragte Herr Keller.

»Ich … ich weiß nicht …« Plötzlich hatte sie eine Idee. »Sie wurden vor etwa einer Stunde von der Polizei gefasst.«

Keller schaute erst verwirrt und dann erfreut. Bis er ins Rathaus zurückkehrte und herausfand, dass niemand die Jungs geschnappt hatte, wären die beiden längst über alle Berge und hoffentlich sicher im Kloster angekommen.

Kellers Schergen verfrachteten sie und Mindel in das wartende Fahrzeug. Bevor sie hineingestoßen wurde, warf Rachel einen Blick zurück auf die Straße, aber sie konnte niemanden sehen.

Lieber Gott, bitte pass auf sie auf.

4

APRIL 1944

Wieder einmal wurden sie und Mindel an einen anderen Ort gebracht. Wie üblich erklärten die Aufseher weder wohin sie sie brachten noch wie lange die Reise dauern würde, noch gaben sie überhaupt irgendwelche Informationen. Sie kündigten nicht einmal an, dass die Gefangenen verlegt werden sollten.

Aber Rachel hatte gelernt, die Zeichen zu deuten, so wie sie gelernt hatte, niemals Fragen zu stellen, wenn sie nicht das Ende einer Peitsche auf ihrer Haut spüren wollte. In den letzten sechs Monaten waren die Schwestern an mindestens zehn verschiedenen Orten gewesen: Durchgangslager, Sammellager, Übergangslager. Trotz der unterschiedlichen Namen sahen sie alle gleich aus und fühlten sich auch gleich an: entsetzlich.

Hektische Befehle wurden erteilt, Häftlinge gezählt, und dann marschierte ein Trupp schwarz uniformierter SS-Männer auf den Appellplatz, wo die erschöpften Frauen und Kinder standen und auf neue Befehle warteten.

»Beeilt euch, ihr Faulpelze, ich habe nicht den ganzen Tag Zeit«, bellte der Anführer.

Rachels Impuls, sich über Ungerechtigkeiten oder Beleidigungen aufzuregen, hatte sich längst verflüchtigt, und so griff sie lediglich Mindels Hand fester und setzte sich in Bewegung, um dem Rest der Gruppe zum Ausgang des Lagers zu folgen.

Sie zwang sich, auf ihre Fußspitzen zu schauen, und machte einen Schritt nach dem anderen in eine ungewisse Zukunft. Dabei hoffte und betete sie, dass die Reise nicht nach Osten führen würde. Gerüchte über sogenannte Todeslager im Generalgouvernement, das von den Nazis besetzte Polen, hatten sich wie ein Lauffeuer verbreitet.

In diesen polnischen Lagern sollten die Bedingungen um ein Vielfaches schlimmer sein als in den Lagern, in denen sie im letzten halben Jahr gewesen waren, mythische Orte, die nur mit einem von Dantes Höllenkreisen vergleichbar waren.

Obwohl Rachel nicht alle geflüsterten Gerüchte glaubte, vor allem nicht die Behauptung, dass Neuankömmlinge schon auf dem Weg von der Rampe hinunter getötet wurden, war sie auch nicht so naiv zu glauben, dass die Nazis jemals etwas Gutes hervorgebracht hatten. Zumindest nicht für die Juden.

»Gehen wir zurück nach Hause?«, fragte Mindel, die eine Hand fest in Rachels presste, während sie in der anderen ihre Puppe Paula trug.

»Ich bin mir nicht sicher.« Rachel hatte es nicht übers Herz gebracht, Mindel zu sagen, dass der Bauernhof schon vor Mindels Geburt nicht mehr ihrer Familie gehört hatte und dass der schreckliche Herr Keller ihn inzwischen sicher gestohlen hatte.

»Paula vermisst ihr Zuhause sehr.«

»Ich weiß.« Während sie im Gleichschritt mit dem Rest der Gruppe weiterging, strich sie ihrer Schwester mit einer Hand über das struppige Haar. »Sag Paula, dass wir bald wieder daheim sind, und dann backe ich einen Apfelkuchen für uns alle.«

»Oh wie wunderbar!« Mindels Gesicht hellte sich auf und sie drückte die schmutzige Puppe an ihr Gesicht, um ihr einen Kuss zu geben. Paula sah sehr mitgenommen aus und hatte kaum noch Ähnlichkeit mit der hübschen Stoffpuppe, die Rachel vor sechs Monaten zu Mindels Geburtstag genäht hatte.

Beim Gedanken an den Apfelkuchen, den ihre Mutter damals gebacken hatte, lief ihr das Wasser im Mund zusammen. Es war die einzige Süßigkeit, die sie seit Monaten gegessen hatten. Zuckerrationen waren für alle sehr gering und für Juden praktisch nicht existent.

Nur dank ihres Obst- und Gemüsegartens und der essbaren Pflanzen, die die Kinder im Wald sammelten, konnte sich die Familie ausreichend ernähren. Aber selbst ihre mageren Rationen waren ein Festmahl gewesen im Vergleich zu dem, was die Nazis ihnen in den Lagern vorsetzten.

Rachel war seit dem Tag, an dem Herr Keller sie verhaftet hatte, immerzu hungrig und ihr Herz brach jeden Tag ein bisschen mehr, weil sie zusehen musste, wie die Pausbäckchen ihrer kleinen Schwester verschwanden. In den ersten Wochen hatte die Arme gejammert und sich jeden Abend hungrig in den Schlaf geweint, aber das hatte irgendwann aufgehört.

Neben der Trauer über die Trennung von ihren Eltern und deren mutmaßlichen Tod spürte Rachel eine wachsende Wut auf sie, weil sie die Dinge zu leicht genommen hatten. Hätten sie doch nur schon vor Jahren Deutschland verlassen, anstatt darauf zu vertrauen, dass der alte Hans sie für immer beschützen würde.

Am Bahnhof wartete ein Zug auf die Gefangenen.

»Nicht schon wieder einer von denen!«, beschwerte sich eine junge Frau.

Die Viehwaggons waren bereits voll, aber die Aufseher quetschten unbarmherzig weitere Frauen hinein und machten großzügig Gebrauch von ihren Schlagstöcken, wenn eine Gefangene nicht schnell genug in die wie gefräßige Mäuler geöffneten dunklen Löcher sprang, die den Eingang zu einer weiteren Hölle markierten.

Rachel nahm Mindel auf den Arm und sagte: »Halt dich gut fest!«, bevor sie in den Waggon kletterte und aufschrie, als ein Knüppel ihren Rücken traf. Sie schob Mindel ins Innere und kroch hinterher, wobei sie verzweifelt versuchte, wieder auf die Beine zu kommen, um nicht von den anderen Frauen zu Tode getrampelt zu werden, die drängelten und schubsten, um den schlagenden, tretenden und peitschenden Aufsehern zu entkommen.

Die rempelnde Menschenmasse blockierte bald das Licht, das durch die offene Tür fiel, und drängte Rachel weiter in den hinteren Teil des Wagens.

»Schieb deine Tochter in die Ecke und schirme sie mit deinem Körper ab, sonst wird sie zerquetscht«, sagte eine Frau mit einem vor die Brust geschnallten Säugling und neigte ihren Körper zur Seite, so dass Mindel sich unter dem Baby hindurch in die Ecke ducken konnte, wo bereits ein anderes Mädchen ihrer Größe stand.

»Danke«, sagte Rachel, während sie sich neben die andere Frau stellte, mit dem Rücken zum Ansturm von Leibern und die Hände gegen die Wand gepresst, um den beiden kleinen Mädchen in der Ecke ein wenig Raum zum Atmen zu verschaffen.

Eine andere Frau, etwa in Rachels Alter, wurde gegen sie geworfen. Sie hatte die schönsten braunen Augen und trug ihr pechschwarzes Haar in einem lächerlichen Haarschnitt, der einer herausgewachsenen Knabenfrisur ähnelte. Rachel drehte sich seitwärts und streckte eine Hand aus, um ihr aufzuhelfen.

»Ich bin Linda«, sagte die Frau.

Rachel starrte sie ungläubig an. Normalerweise nannte niemand seinen Namen, schon gar nicht bei der ersten Begegnung. Alle Gefangenen waren es überdrüssig, Freundschaften einzugehen, weil sie nie wussten, wie lange die andere Person noch am Leben sein würde.

»Ich bin Rachel.«

»Nett, dich kennenzulernen.« Linda war wohl die seltsamste Person, die Rachel je getroffen hatte, denn wer in aller Welt sagte schon *Nett, dich kennenzulernen*, wenn er in einem überfüllten Viehwaggon auf dem Weg in die Hölle gegen jemand geschubst wurde? »Wie alt ist deine Tochter?« Linda zeigte auf Mindel.

»Sie ist vier. Und sie ist nicht meine Tochter. Sie ist meine Schwester.«

»Oh. Sie muss froh sein, dich zu haben.«

»Das bin ich. Rachel ist die beste große Schwester der Welt«, pflichtete Mindel aus ihrer Ecke bei.

Das stimmte, denn allein hätte Mindel niemals so lange überlebt. Rachels Herz krampfte sich bei dem Gedanken zusammen und dann nochmal, als sie an ihre Brüder dachte. Wie jedes Mal, schickte sie ein Stoßgebet zum Himmel für ihre sichere Ankunft im Kloster. Obwohl sie es für höchst unwahrscheinlich hielt, dass zwei Knaben auf sich gestellt die zwanzig Kilometer bis zu einem Ort, an dem sie noch nie zuvor gewesen waren, zurücklegen konnten… Sie schob den Gedanken schnell beiseite. Die Alternative wäre … Nein, sie klammerte sich an die Vorstellung, dass sie heil angekommen waren.

Jeden Morgen wachte sie auf und fürchtete, die beiden unter den Neuankömmlingen vorzufinden, und jeden Abend seufzte sie erleichtert, wenn sie nicht aufgetaucht waren. Aber das hieß natürlich nicht, dass sie nicht in einem anderen Lager sein konnten.

»Ich muss Pipi«, sagte Mindel plötzlich.

Als sie in den Viehwaggon gestolpert war, hatte Rachel zwei Eimer gesehen: einen leeren und einen, der mit abgestandenem Wasser gefüllt war. Aus der Erfahrung früherer Transporte wusste sie, dass das Trinkwasser inzwischen aufgebraucht sein musste, während der Fäkalieneimer überlief.

»Tut mir leid, Mäuschen, du musst noch ein bisschen durchhalten«, sagte sie.

»Es pressiert aber«, jammerte Mindel.

Linda kam ihr zu Hilfe. »Kannst du auf den Boden pieseln?«

»Wie kannst du sowas überhaupt vorschlagen?«, schnauzte Rachel sie an.

»Wir wissen nicht, wie lange wir noch hier drin bleiben müssen. Vielleicht Tage. Also lass sie lieber jetzt pinkeln und erspar ihr die Qual, es zurückzuhalten.«

Rachel stieß einen angewiderten Laut aus.

»Was glaubst du, worin wir hier stehen? In der Kacke und der Pisse von Dutzenden von Frauen, die seit vielen Stunden hier eingesperrt sind.« Kaum hatten die Worte Lindas Mund verlassen, wurde sich Rachel des schrecklichen Gestanks bewusst.

»Ach du lieber Gott.« Urplötzlich hatte sie das Gefühl, dass etwas Nasses in ihre Schuhe sickerte. Der Drang, aus dem verschlossenen Waggon zu flüchten, wurde übermächtig.

»Siehst du?«, sagte Linda. »Da kann man nichts machen.« Dann wandte sie sich zu Mindel. »Ich halte deinen Rock hoch und du versuchst, nicht auf dein Höschen zu pieseln, ja?«

Das unappetitliche Geschäft war schnell erledigt und Mindel schien sich besser zu fühlen, bis sie nach einer Weile anfing zu jammern: »Meine Beine tun weh.«

»Ich weiß, Mäuschen, aber die Fahrt dauert nicht mehr lange.«

»Das sagst du immer, und nie stimmt es!«

Die Wut in Mindels Stimme gab Rachel einen Stich und sie schnaubte verärgert. Warum um alles in der Welt hatte das Schicksal bestimmt, dass sie alleine für ein Kind sorgen musste, das sich in den schlimmsten Umständen befand, die man sich vorstellen konnte?

»Kann ich mich wenigstens hinsetzen?«

Die Frauen waren in dem Waggon zusammengepfercht wie Sardinen in einer Büchse und es gab keinen einzigen freien Zentimeter. »Du siehst doch, dass es keinen Platz zum Sitzen gibt.«

»Ich bin aber so müde!«

»Ich kann sie eine Weile halten«, bot Linda an und nahm Mindel auf den Arm, die dort sofort einschlief.

»Vielen Dank. Warum bist du so nett?«, fragte Rachel.

Linda lachte. »Wenn wir nicht nett zueinander sind, wer soll es dann sein?«

»Da hast du wohl recht.« Rachel dachte noch über den Wahrheitsgehalt von Lindas Aussage nach, als eine der Frauen begann, ein jüdisches Volkslied auf Hebräisch zu singen. Obwohl sie kein einziges Wort Hebräisch sprach – ihre Eltern und Großeltern waren so genannte assimilierte Juden gewesen, die redeten und sich benahmen wie alle anderen Deutschen auch – kannte Rachel den Text von »Havah Nagilah« und sang mit. Eine nach der anderen stimmte ein, und die fröhliche Melodie erfüllte bald den Waggon und verdrängte für die Dauer des Liedes die schreckliche Wirklichkeit.

Eine Ewigkeit später hielt der Zug an, und sie wurden auf eine Bahnrampe gescheucht. Panische Angst packte Rachel und sie griff fester nach Mindels Hand, die noch nicht ganz wach geworden war.

»Gehen wir jetzt nach Hause?«, fragte Mindel mit geschlossenen Augen.

»Ich fürchte, noch nicht, mein Schatz.«

Mindel riss ihre Augen auf, und der abgrundtiefe Horror darin, brach Rachel das Herz. »Wohin gehen wir dann?«, fragte sie, wobei ihre kleine Hand zitterte.

»Ich weiß es nicht. Bleib immer dicht bei mir, dann wird dir nichts passieren.«

»Meinst du, Aron und Israel geht es gut?«

»Da bin ich mir ganz sicher. Sie sind zusammen, genau wie wir zwei.«

»Ich habe Angst.«

»Dafür gibt es keinen Grund. Solange wir nur zusammenbleiben, kann uns niemand etwas tun.«

5

Mindel drückte ihre Puppe Paula fest an sich, während ihr die Tränen über die Wangen liefen. Seit diese schrecklichen Männer in schwarzen Uniformen sie und Rachel festgenommen hatten, waren sie von Lager zu Lager geschickt worden – eins grauenvoller als das andere.

Nach der letzten schrecklichen Zugfahrt hatte Rachel sie an der Hand gepackt und einen endlos langen Weg hinter sich hergezogen, bis sie in einem weiteren Lager ankamen. Inzwischen kannte sie den Anblick eines schmiedeeisernen Tores mit Stacheldraht ringsum nur zu gut.

Jeder Ort, an den diese Männer in schwarzen Uniformen – SS, wie die Erwachsenen sie nannten – sie gebracht hatten, sah gleich aus. Und Mindel verstand immer noch nicht, warum sie überhaupt dort sein mussten.

Niemand, nicht einmal Rachel, hatte ihre Fragen nach dem Warum beantwortet. *Warum bin ich hier? Was habe ich ausgefressen? War ich nicht brav?* Ihre Ohren brannten voller Scham, als sie sich daran erinnerte, wie sie an dem Tag als sie verhaftet wurden mit ihren beiden älteren Brüdern gestritten hatte. Sie hatte Aron feste gekniffen und im Zorn Israels Katapult kaputt gemacht. Aber das konnten die SS-Männer unmöglich wissen.

Weitere Tränen flossen, weil sie ihre Brüder so sehr vermisste. Sie bewunderte und verehrte sie über alle Maßen – zumindest meistens. Würden sie herkommen, die SS-Männer verhauen und sie und Rachel retten? Sie hoffte es inständig.

Aber dann überkam die Verzweiflung sie wieder. Rachel war verschwunden. Bei ihrer Ankunft im Lager hatte einer der Aufseher sie weggezerrt, ohne auf Rachels Proteste oder Mindels verzweifelte Schreie zu achten. Sie suchte diesen trostlosen Ort schon seit Stunden ab, aber von ihrer Schwester gab es keine Spur.

»Jetzt gibt es nur noch dich und mich, Paula«, flüsterte sie ihrer Puppe zwischen Schluchzern zu. »Aber, hab keine Angst, ich werde mich um dich kümmern.«

Mindel ließ Paula nicken und drückte sie fester an sich. In ihrer Verzweiflung schob sie die Puppe unter das langärmelige, weiß-blau gestreifte Kleid, das sie im letzten Lager bekommen hatte, als ihr altes Kleid auseinander gefallen war.

Mehr Frauen kamen an, die Menge drängte und schubste. Mindel stolperte gegen jemanden und klammerte sich mit den Händen an den Rock einer jungen Frau, um nicht von der Menschenmasse zertrampelt zu werden. Entweder bemerkte die Fremde das nicht oder es machte ihr nichts aus, denn sie ging unbeirrt weiter und schleifte Mindel hinter sich her.

»Nationalität?«, fragte der Aufseher die Frau.

»Holländerin.«

»Sternlager, da drüben.« Er deutete auf eine andere Schlange, sah zu Mindel hinunter und wieder zu der Frau hinauf. »Das Kind auch.«

Die Menge ordnete sich, und alle stellten sich in Fünferreihen auf. In Ermangelung einer besseren Alternative klammerte sich Mindel weiter an den Rockzipfel der Fremden.

Es kam ihr vor wie Stunden, weil ihr knurrender Magen schrecklich weh tat und sie ihre Beine kaum noch spüren konnte, als die Schlange zum Stehen kam und die Frau sich umdrehte. »Und jetzt verschwinde, du dreckiges Gör!«

Sie war daran gewöhnt, beschimpft zu werden, und *dreckiges Gör* war eines der netteren Dinge, die man ihr in den letzten Monaten an den Kopf geworfen hatte. Trotzdem ließ sie erschrocken den Rock los und stand wenige Augenblicke später ganz mutterseelenallein da.

»Ich habe Hunger«, jammerte Paula, die unter ihrem Kleid hervorlugte.

»Ich werde uns etwas zu essen besorgen. Irgendwo gibt es bestimmt diese schreckliche Suppe.« Mindel trabte dorthin, wo sich eine weitere Schlange bildete, und wie sie gehofft hatte, stand an deren Ende ein Topf, der sogar größer war als sie selbst.

Mit frisch gewonnener Zuversicht nahm sie ihren Platz am Ende der Schlange ein und warnte ihre Puppe: »Paula. Ich weiß, dass du die Suppe nicht magst, aber du musst jeden Tropfen davon essen, damit du stark bleibst. Versprochen?«

Tapfer unterdrückte sie die Tränen, als sie dieselben Worte wiederholte, die Rachel ihr so oft gesagt hatte. Wenn sie doch nur ihre Schwester wiederfände.

Als sie endlich am Suppentopf ankam, füllte die Essensausgeberin, eine alte, ausgemergelte Frau mit hohlen Augen, die Kelle und wollte Mindel gerade Suppe einschenken, als ihr Arm auf halbem Weg in der Luft stehenblieb. »Wo ist deine Schüssel?«

»Ich … habe keine.«

»Keine Schüssel, keine Suppe«, sagte die Frau und winkte der nächsten Person. »Der Nächste.«

Mindel wurde aus dem Weg geschoben und stolperte über den staubigen Boden. Sie sah neidisch zu, wie die anderen an ihr vorbeigingen, jeder mit einem Becher oder einer Schale in der Hand. Bisher hatte sie noch nie darüber nachgedacht, aber jetzt wurde ihr klar, dass Rachel immer ihrer beider Schüsseln verwahrt hatte, und ohne würde Mindel nichts zu essen bekommen.

Ihr war nach lautem Schreien zumute. Aber wenn sie in den letzten Monaten eines gelernt hatte, dann, dass ein Wutanafall nie zu etwas gut war. Meistens bekam sie dafür sogar Tritte, Peitschenhiebe oder Schläge von den Aufsehern. Also rannte sie weg, mit dem Ziel, ihre Schwester zu finden.

Sie nahm all ihren Mut zusammen und fragte einen der freundlicher aussehenden Aufseher: »Weißt du, wo meine Schwester ist?«

»Was kümmert mich das, du dreckiges Balg?«

Er machte eine Bewegung, als wollte er sie schlagen, und sie rannte davon, so schnell ihre Füße sie trugen. Kurz darauf stieß sie mit einer Gruppe Frauen mit kahlgeschorenen Köpfen zusammen. »Bitte, ich muss meine Schwester finden!«

»Hier ist sie nicht.«

»Aber …« Mindel war kurz davor, sich on Ort und Stelle auf den Boden plumpsen zu lassen und dort zu warten, bis sie starb. Dann könnte sie wenigstens zu den Wolken fliegen und Rachel von dort oben ausfindig machen.

Eine ältere Frau, die einen merkwürdigen Akzent hatte, sagte: »Geh zurück in deine Baracke, ich bin sicher, dass deine Schwester dort auf dich wartet.«

»Aber … ich weiß nicht …« Ihre Gedanken machten Purzelbäume. Normalerweise wurden sie und Rachel zusammen einer Baracke zugeteilt, und ihre Schwester kümmerte sich um alles, von der Auswahl eines Bettes über das Besorgen von Decken bis zum Anstehen für die Suppe, wenn es Zeit dafür war. »Niemand hat mir gesagt, wo ich schlafen soll.«

Die Frau schaute ungläubig, fragte aber geduldig: »Bist du gerade erst hier angekommen?«

»Ja. Heute.«

»Alleine?«

»Nein, aber meine Schwester und ich wurden getrennt, und jetzt suche ich nach ihr.«

»Wie alt ist sie denn?«

Mindel runzelte nachdenklich die Stirn. »Sehr alt. Sie hat sich immer um mich gekümmert.«

»Das würde es erklären«, murmelte die Frau, bevor sie mit lauterer Stimme fortfuhr: »Sie wurde wahrscheinlich in ein Außenlager gebracht, um dort in einer der Fabriken zu arbeiten.«

Dicke Tränen kullerten Mindel über die Wangen, aber sie gab keinen Laut von sich.

»Oh, verdammt«, fluchte die Frau. »Du kannst bei uns in der Baracke schlafen, aber glaub ja nicht, dass ich mich um dich kümmern kann! Ich habe schon alle Hände voll zu tun, selbst am Leben zu bleiben.«

Mindel nickte. Wenigstens hatte sie für heute Nacht einen Platz zum Schlafen. Sie tastete unter ihrem Kleid nach Paula und folgte der Frau zu einer hässlichen Hütte. Sie sah genau so aus, wie in den anderen Lagern zuvor – ein einstöckiges, schmutzig-graues Gebäude mit winzigen Fenstern und einer Tür an jedem Ende.

Sobald die Frau die Tür öffnete, stieg Mindel ein grässlicher Geruch in die Nase und sie musste unwillkürlich würgen. Nachdem ihre Augen sich an das schummrige Licht im Inneren gewöhnt hatten, erkannte sie Reihen von dreistöckige Stockbetten an den Wänden.

»Nimm das letzte Bett da hinten«, sagte die Frau und

machte auf dem Absatz kehrt. Wenn Paula nicht gewesen wäre, hätte Mindel aufgeheult in ihrem Unglück.

Sie tat, wie ihr gesagt wurde. Die meisten Bewohner waren draußen, aber einige lagen in ihren Betten und füllten die Hütte mit Stöhnen, Schniefen, Husten und Pupsen.

Lieber Gott, ich werde nie wieder gemein zu meinen Brüdern sein, wenn ich nur Rachel wiederfinde, versprach sie, als sie das letzte Bett erreichte. Es stand direkt neben den Eimern, die nachts benutzt wurden, wenn die Häftlinge nicht nach draußen zur Latrine durften. Der Gestank war entsetzlich. Sie musste mehrmals würgen, aber da sie schon so lange nichts mehr gegessen hatte, kam nichts als Galle hoch.

Rachel hatte immer das oberste Bett gewählt, also kletterte sie dort hinauf, streckte sich auf dem nackten Holz aus und drückte Paula an ihr Gesicht. Tränen flossen in das schmutzige Kleid der Puppe und sie bemerkte kaum, wie zwei Frauen aufs Bett kletterten und sie murrend in eine Ecke schoben. Die Erschöpfung überkam sie und während sie in einen tiefen Schlaf fiel, murmelte sie immer wieder: »Rachel, wo bist du? Bitte, komm und hol mich.«

6

Rachel wurde durch das schrille Geheul einer Sirene geweckt. Aus Gewohnheit tastete sie nach ihrer kleinen Schwester, aber als ihre Finger niemanden fanden, kamen ihr die Ereignisse des Vortages wieder in den Sinn. Mindels panische Miene, als der Aufseher sie voneinander losriss und Rachel in einen anderen umzäunten Bereich dieses verdammten Lagers zerrte, erschien vor ihr, als würde es nochmal passieren.

Im Nachbarbett lag Linda. Ein Hoffnungsschimmer erhellte Rachels Herz. Linda war eindeutig verrückt, aber irgendwie schaffte sie es, sich bei all dem Schrecken eine optimistische Einstellung zu bewahren. Sie berührte die Schulter der anderen Frau. »Aufwachen, Linda.«

Linda öffnete langsam ihre Augen. »Warum? Es ist niemand gekommen, um uns zu wecken.«

Rachel konnte kaum ein Kichern unterdrücken. »Du hast nur die Sirene verschlafen, die Tote wecken könnte.«

»Nun, noch bin ich nicht tot.« Während sie diese Worte sagte, rieb sich Linda die Augen und kletterte vom obersten Stockbett herunter. Nach ausgiebigem Experimentieren in verschiedenen Lagern war Rachel zu dem Schluss gekommen, dass die oberste Etage der dreistöckigen Betten die beste Wahl war, zumindest solange man die Kraft hatte, jeden Tag hoch und runter zu klettern.

Die untere Etage schien auf den ersten Blick komfortabler zu sein: vor allem die Alten und Schwachen favorisierten diesen Platz. Aber sie waren immer die Ersten, die eine zusätzliche Kontrolle über sich ergehen lassen mussten oder den Zorn einer Aufseherin zu spüren bekamen, die sich fast nie die Mühe machten, zu den oberen Betten hinaufzuklettern.

Die mittlere Etage war ein Kompromiss zwischen Bequemlichkeit und Anstrengung, aber Rachel fand, dass sie die Nachteile der beiden anderen Stockwerke in sich vereinte. Das scharfe Auge und die Knüppel der Aufseherinnen konnten leicht bis dorthin gelangen, und man musste immer noch befürchten, dass die Fäkalien der Bewohner über einem heruntertropften.

»Nicht rumtrödeln!«, brüllte die Kapo – eine Gefangene, die als Gegenleistung für ihre Dienste als Handlanger der Nazis bestimmte Vorteile genoss – und Rachel beeilte sich, herunterzuklettern. Auf dem schmalen Gang zwischen den Betten kam sie an einer alten Frau namens Denise vorbei, die zu krank und schwach war, um aufzustehen.

Nach ihrer Ankunft gestern Abend hatte Rachel mit Denise gesprochen, die von sich behauptete, dreißig Jahre alt zu sein, aber aussah wie sechzig. Von ihr hatte Rachel erfahren, dass dieses Lager Bergen-Belsen hieß und in mehrere Komplexe unterteilt war, die durch Stacheldrahtzäune voneinander getrennt wurden.

Sie waren im größten Teil, dem Frauenlager, gelandet und sie konnte nur raten, wo Mindel sein mochte. Vielleicht im Sternlager, das sich in der Nähe des Haupteingangs befand und so genannt wurde, weil die Häftlinge dort keine Gefängniskleidung trugen, sondern Zivilkleidung mit einem aufgenähten gelben Stern. Zwar waren die meisten Insassen in Bergen-Belsen Juden, aber das Sternlager war hauptsächlich für niederländische Juden reserviert. Wie dem auch sei, selbst wenn Mindel dort war, würde es schwierig sein, sie zu finden, weil Verkehr und Kommunikation zwischen den Komplexen strengstens verboten war.

Schuldgefühle liefen ihr wie ein Schauer über den Rücken. Sie hätte Mindel besser festhalten sollen, als der SS-Mann sie weggeschoben hatte – weg von dem Ort wo Mindel in der Menge gefangen war und erbärmlich nach ihr gebrüllt hatte. Mit ihren vier Jahren war Mindel kaum mehr als ein Baby, und wie sollte sie überleben, wenn Rachel sich nicht mehr um sie kümmerte, so wie sie es seit der Verschleppung ihrer Eltern getan hatte?

Sie konnte nur hoffen, dass eine freundliche Frau die Kleine unter ihre Fittiche nahm, für sie sorgte und auf sie aufpasste. Verzweifelt strich Rachel sich mit der Hand über den Kopf. Sie hielt unwillkürlich inne, als sie dort nur Stoppeln spürte, anstelle des langen, dunklen Haars, das sie einst so gerne gebürstet und geflochten hatte.

Im vorigen Lager hatten sie ihr die Haare geschoren und obwohl sie die Demütigung noch nicht verwunden hatte, gab sie insgeheim zu, dass das bei den unhygienischen Bedingungen vielleicht ganz gut war. Wenigstens konnten sich die allgegenwärtigen Läuse nicht in ihrem Haar festsetzen. Nicht, dass es viel geholfen hätte – sie war von Kopf bis Fuß von diesen kleinen Plagegeistern befallen. Das ständige Jucken und Kratzen war eine weitere Qual, die es zu ertragen galt.

Aber Mindels Haar hatten sie nicht geschoren, und Rachel hatte jeden Abend viel Zeit damit verbracht, ihr Läuse und anderes Ungeziefer vom Kopf zu pflücken. So sehr sie es auch gehasst hatte, die Läuse mit den Fingernägeln von Mindels Kopf zu zupfen, hätte sie jetzt ihren rechten Arm dafür gegeben, dies wieder zu tun.

Sie rieb sich die Arme um mit der Bewegung etwas Wärme in ihre Knochen zu bringen. Im April war es nachts immer noch kalt, und am Vorabend hatte sie keine Decke auftreiben können. Jedes Mal, wenn sie von einem Lager ins nächste verlegt wurden, mussten sie bei null anfangen: um ein Bett, eine Decke sowie offenbar um das Privileg, zusammen zu bleiben, kämpfen.

Ihre Hand berührte ihren wertvollsten Besitz: die Suppenschüssel, die sie immer um ihre Hüfte gebunden trug. Keine Schüssel – keine Suppe. Mit einem höllischen Schreck registrierte sie die zweite Schüssel. *Gütiger Himmel, hoffentlich hat jemand Mindel einen Becher gegeben.*

»Beeilung, oder wollt ihr, dass wir alle für eure Trödelei bestraft werden?«, rief jemand und Rachel eilte mit den anderen Frauen nach draußen, um sich für den Appell aufzustellen.

»Ich habe noch Mindels Schüssel«, flüsterte sie Linda zu, die neben ihr stand.

»Nicht gut«, murmelte Linda, ohne dabei ihre Lippen zu bewegen.

»Meinst du, jemand hat ihr einen Becher gegeben?«

»Natürlich. Zumindest hätte ich das getan.«

Rachel war sich da nicht so sicher, denn Freundlichkeit war in den Lagern, wo jeder um sein eigenes Überleben kämpfte, selten geworden. Und nach dem zu schließen, was sie von Denise erfahren hatte, war Bergen-Belsen weit schlimmer als alle anderen Orte, an denen Mindel und sie bisher gewesen waren.

»Wie lange dauert dieser Appell noch?«, fragte Rachel nach

einer gefühlten Ewigkeit, als ihre Beine schmerzten und ihre Zunge staubtrocken am Gaumen klebte.

»Es kann Stunden dauern, bis die SS uns alle gezählt hat«, flüsterte die Frau zu ihrer Linken. »Besonders wenn die Zahlen der Lebenden und Toten nicht richtig aufaddieren.«

Ihre Augen starr nach unten gerichtet flüsterte Rachel zurück: »Bist du schon lange hier?«

»Zu lange.«

»Ich suche nach meiner kleinen Schwester. Sie ist in einem der anderen Komplexe.«

»Die findest du nie, es gibt keinen Weg rüber.«

Rachel fühlte sich, als würde sie auf Däumlingsgröße schrumpfen, so aussichtslos erschien ihr die Situation »Es muss doch einen Weg geben.«

»Die Krankenstation ist die einzige Möglichkeit, auf die andere Seite zu gelangen, aber dafür man muss schon einen Notfall haben«, flüsterte eine andere Frau.

»Zum Beispiel einen abgehackten Arm«, sagte die erste Frau.

»Pst, sonst bringen sie uns alle um«, zischte jemand hinter ihnen. Kurz darauf kamen die Aufseher zu ihrer Reihe und inspizierten jede der Frauen genau.

In ihrer Verzweiflung schmiedete Rachel einen Plan. Wenn die Krankenstation der einzige Ort war, an dem sich Insassen aus den verschiedenen Komplexen treffen konnten, musste sie dorthin gehen und fragen, ob jemand Mindel gesehen hatte. Es war unwahrscheinlich, aber der einzig erfolgversprechende Weg.

Die wichtigste Voraussetzung für ein Gelingen war, im Lager zu bleiben und sich so krank zu stellen, dass sie ins Sternlager gebracht wurde. Als der Appell endlich vorbei war und die Frauen ihre Morgensuppe erhielten, erzählte sie

Linda von ihrem Plan: »Ich habe eine Idee, wie ich Mindel finden kann.«

Linda schlürfte die ekelerregende, trübe Flüssigkeit, die sich Suppe nannte, und blickte über den Rand ihrer Tasse: »Erzähl.«

»Ich stelle mich krank.«

»Wie das? Du hast doch gehört, was die Frauen gesagt haben, die schon länger hier sind. Wenn du nicht gerade einen abgetrennten Arm hast, kommst du nicht auf die Krankenstation.«

»Es wird sich schon was ergeben. Ich bin nicht bereit, so schnell aufzugeben. Ich muss Mindel unbedingt finden. Ohne mich wird sie nicht überleben. Sie ist erst vier.« Rachel schluckte den Rest der ekelhaften Suppe herunter, leckte die Schüssel aus und ließ die Schultern zerknirscht sinken. Es war einzig allein ihre Schuld – sie hätte Mindel fester umklammern sollen.

»Du weißt schon, dass es nicht deine Schuld ist, oder?«, sagte Linda.

Rachel nickte. Auf rationaler Ebene wusste sie das, aber sie fühlte sich trotzdem verantwortlich. Sie vermisste ihre Schwester so sehr. Mindels kleine Hand in ihrer, die dünnen Arme um ihre Taille geschlungen. Ja, sie vermisste sogar Mindels unaufhörliches Geplapper mit Paula über das Leben zu Hause. »Aber wie soll sie ohne mich zurechtkommen?« Dann hatte sie eine Idee. »Ich frage den Lagerkommandanten. Was meinst du? Der sieht bestimmt ein, dass ich auf Mindel aufpassen muss.«

Plötzlich wurde die stets fröhliche Linda aschfahl und quäkte: »Tu das nicht. Tu das bloß nicht! Das darfst du nicht tun!«

»Aber warum denn nicht?«

Lindas braune Augen füllten sich mit unendlicher Trauer. »Glaub mir. Es kommt nichts Gutes dabei heraus.«

Rachel beschloss, nicht nach Einzelheiten zu fragen, denn aus Lindas Gesicht sprach so viel Schmerz und Schuldgefühl, dass sie das nicht noch verschlimmern wollte.

»Die Sache ist die …«, murmelte Linda. »Meine Schwester wollte meine Mutter retten … mein Vater ist Arier, also sind wir Halbjuden. Die Nazis zwangen meinen Vater, sich von meiner Mutter scheiden zu lassen. Die Tinte auf dem Papier war noch nicht trocken, da holte uns schon die Gestapo ab. Meine Schwester und ich wurden vor die Wahl gestellt, als Zivilarbeiter in einer Munitionsfabrik zu arbeiten, oder mit unserer Mutter evakuiert zu werden. Roberta flehte die Männer an, Mutter mit uns kommen zu lassen. Der verantwortliche Offizier lachte nur und sagte, wenn sie ihre Mutter so sehr liebte, dann evakuiert er sie einfach zusammen. Dann sah er mich an. ›Was ist Ihre Wahl, Fräulein? Wollen Sie lieber mit Ihrer Familie gehen oder den Führer und das Vaterland unterstützen?‹«

Rachel fielen beinahe die Augen aus dem Kopf und sie flüsterte: »Was hast du getan?«

»Es war die schwerste Entscheidung meines Lebens und ich hatte nur wenige Sekunden Zeit, sie zu treffen. Damals wussten wir bereits, dass die Geschichte von der Umsiedlung nach Osten nur ein Märchen war. Wir wussten von den Lagern, in denen die Menschen sich zu Tode schufteten, sowie an Hunger und Krankheiten starben. Mit meiner Familie zu gehen, hätte meinen sicheren Tod bedeutet, aber andererseits … wie konnte ich für diejenigen arbeiten, die mein Leben zur Hölle gemacht hatten? Die mir meinen Vater weggenommen hatten? Ihn gezwungen hatten, jeden Kontakt zu uns abzubrechen? Und die jetzt meine Mutter und meine Schwester in den sicheren Tod schickten?«

»Wie grauenvoll.«

»Ich starrte ihn an – ich werde nie seine stählernen Augen vergessen, die mich aufforderten, das Falsche zu tun. Denn, täusche dich nicht, beide Alternativen waren auf unterschiedliche Weise so falsch.«

»Was hast du getan?«

»Ich habe ihm gesagt, dass ich lieber für den Führer und das Vaterland arbeite.«

Rachel sog geräuschvoll Luft ein.

»Du hättest die Enttäuschung, ja sogar Hass, in den Augen meiner Mutter und meiner Schwester sehen sollen. Sie waren am Boden zerstört. Und ich bekam nie die Gelegenheit, ihnen meine Beweggründe zu erläutern. Sie wurden sofort weggeschafft und werden mich wahrscheinlich bis zu ihrem letzten Atemzug hassen.« Lindas Stimme wurde brüchig. »Nach einer Woche Arbeit in der Fabrik bin ich abgehaut und in den Untergrund gegangen. Sechs Monate später verriet mich jemand und ich wurde wieder gefasst. Beim zweiten Mal haben sie mir keine Wahl gelassen.«

»Es tut mir so leid.« Rachel legte einen Arm um Lindas Schultern.

»Es muss dir nicht leid tun. Ich habe aus dieser Sache zwei Dinge gelernt: Erstens, dass du deine Situation nur verschlimmerst, wenn du die Nazis um etwas bittest. Und zweitens: Ich werde alles tun, um anderen zu helfen, weil ich nicht weiß, was sie schon alles erlebt haben und warum sie hier sind.«

»Du bist wirklich außergewöhnlich und ich bin so froh, dass ich dich zur Freundin habe«, sagte Rachel.

Linda errötete leicht. »Ich bin wirklich nichts Besonderes. Lass uns lieber darüber nachdenken, wie du ins Sternlager kommst.«

7

Das furchtbare Kreischen einer Sirene weckte Mindel und sie rollte sich auf die Seite, um sich an Rachels warmen Körper zu schmiegen.

»He, runter von mir, du Göre!«, schimpfte die Frau, die neben ihr lag.

Mindel schluckte ihre Panik hinunter und öffnete die Augen. Dann erinnerte sie sich: Rachel war weg. Tränen liefen ihr über die Wangen, als das ganze Elend des letzten Tages zurückkam. *Das ist so ungerecht! Warum haben sie mir Rachel weggenommen? Was habe ich angestellt, um so bestraft zu werden?*

Sie drückte Paula an sich und kletterte blind vor Tränen von ihrem Bett herunter. Sie musste dringend pinkeln, wollte aber auf keinen Fall zu spät zum Appell kommen, denn deswegen war sie schon mehrmals geschlagen worden. Hin- und hergerissen zwischen dem Gang zu den Latrinen und dem drohenden Zuspätkommen, entschied sie sich schließlich für die stinkenden Eimer neben ihrem Stockbett. Mit einer Hand hielt sie sich die Nase zu, und mühte sich mit der anderen ab, ihr Höschen herunterzuschieben.

In ihrer Eile verfehlte sie den Eimer und pieselte an ihr Bein, aber sie hatte keine Zeit – und auch kein Wasser – um es abzuwaschen. Schnell rannte sie den anderen hinterher und erreichte die Tür gerade, als die letzte Person nach draußen ging. Unsicher, was sie als Nächstes tun sollte, folgte sie einem Mädchen, das etwas jünger aussah als Rachel, und wich auch nicht von ihrer Seite, als sich alle zum Appell aufstellten.

Sie ging an unzähligen Reihen von Insassen vorbei und schaute dabei in jedes Gesicht, in der Hoffnung, Rachel zu finden.

»Bist du neu hier?«, fragte das ältere Mädchen.

»Ja. Ich habe meine Schwester verloren, als wir ankamen.«

»Ich bin Heidi, und wie heißt du?«

Endlich eine freundliche Seele, die sie weder ausschimpfte noch wegschickte. Sie schenkte ihr ein dankbares Lächeln. »Ich bin Mindel.«

»Ich habe dich gestern Abend bei der Essensausgabe und danach in unserer Baracke gesehen, aber du hast schon geschlafen. Nimm das.« Heidi hielt ihr eine Blechtasse hin. »Die habe ich gestern Abend einer Leiche weggenommen.«

Mindel nickte und streckte die Hand aus, um den Becher zu nehmen, schwach vor Hunger. »Was ist eine Leiche?«

»Ein toter Mensch.« Heidi schaute geradeaus und forderte Mindel auf, es ihr gleich zu tun, bevor sie hinzufügte: »Hüte den Becher wie einen Schatz. Binde ihn dir um den Bauch. Nachts steckst du ihn unter dein Kleid. Lass ihn niemals unbeaufsichtigt. Hast du das verstanden?«

»Ja.« Mindel verstand gut genug. »Keine Schüssel, keine Suppe.«

Der Appell dauerte ewig und während sie versuchte, so regungslos wie möglich zu stehen, entfernte sie heimlich Paulas Haarband, schlang es durch den Henkel des Bechers und versuchte mindestens ein Dutzend Mal, eine Schleife zu binden. Mit jedem gescheiterten Versuch wuchs ihre Verzweiflung.

Sobald die Aufseher ihre Reihe passiert hatten, drehte sich Heidi zu ihr und sagte: »Lass mich mal.« Dann machte sie eine Schlinge mit einem Knoten und schob sie über Mindels Handgelenk. »Da hast du es. Verlier den Becher nicht.«

»Danke.«

Mindel hasste den täglichen Appell mit aller Leidenschaft; es war das Schrecklichste, was sie je erlebt hatte, noch furchtbarer als der ständige Hunger und die Schläge. Zu Beginn ihrer Gefangenschaft hatte sie springen, rennen und spielen wollen, aber Rachel hatte sie gezwungen, still zu stehen.

Dann, als die Monate vergingen, wurde sie immer hungriger und schwächer und wollte sich nur noch hinsetzen, aber wieder hatte Rachel sie gezwungen, stehen zu bleiben. Hatten diese SS-Leute nichts Besseres zu tun, als sie draußen in der Kälte, bei Regen oder sengender Sonne herumstehen zu lassen? Sahen sie nicht, wie anstrengend das war?

Außerdem verstand sie nicht, warum die Aufseher sie immer und immer wieder durchzählen mussten. Es war ja nicht so, als könnte man hier einfach rausspazieren.

Als der Appell endlich endete, trabte sie los, um sich in die Suppenschlange zu stellen. Vorsichtig entfernte sie die Schlinge von ihrem Handgelenk und umklammerte den Becher mit beiden Händen, wobei sie eine grimmige Grimasse zog, damit es auch wirklich niemand wagte, ihn zu stehlen. Sie hatte richtig großen Hunger. Als sie an der Reihe war, füllte die Suppenausteilerin den Becher bis zum Rand und gab ihr dazu ein kleines Stück Brot.

Mindel biss sich auf die Lippe und versuchte, mit einer Hand den Becher und mit der anderen das Brot zu balancieren. Als sie etwas von der kostbaren Suppe verschüttete, fing sie beinahe an zu weinen.

»Nimm den Becher in beide Hände«, sagte Heidi, die hinter ihr aufgetaucht war. »Genau so.« Sie zeigte Mindel, wie sie das Brot zwischen die Zähne nehmen musste, um beide Hände für den Becher frei zu haben. Mindel nickte und konzentrierte sich darauf, vorsichtig zu gehen, während ihre Augen nach einem Platz suchten, wo sie sich hinsetzen konnte. Selbst mit beiden Händen war es nicht leicht, die Flüssigkeit am Überschwappen zu hindern, und sie blieb mehrmals stehen, um die wilde Bewegung zu beruhigen.

Die Suppe schmeckte scheußlich, und noch vor einiger Zeit hätte sie diesen ekelhaften Fraß niemals gegessen, aber mit ihrem vor Hunger schmerzenden Magen würde sie so ziemlich alles essen. Sogar den Dreck vom Boden. Der schmeckte übrigens erstaunlich gut.

Sie hatte gelernt, niemals nach einem Nachschlag zu fragen, auch wenn sie nicht verstand, warum. Die Aufseher aßen ständig, also warum gaben sie ihr dann nichts ab, wenn sie so hungrig war?

Der Becher war viel zu schnell leer, und sie kratzte den letzten Tropfen mit den Fingern heraus und leckte sie sauber. Wenn ihre Mutter sie jetzt sehen könnte, würde sie einen Klaps auf die Hand bekommen. Zu Hause lautete die Regel *keine Finger im Essen*. Mindel hatte diese dumme Regel gehasst, weil das Essen mit Messer und Gabel so anstrengend war, aber sie mochte es noch weniger, den Rest dieses ekelhaften Zeugs ausschlecken zu müssen.

Der Gedanke an ihre Mutter machte sie sehr traurig. Rachel hatte ihr erzählt, dass ihre Eltern weggeschickt worden waren, um für die Regierung zu arbeiten, und bald zurückkehren würden.

»Aber warum können sie nicht auf unserem Bauernhof arbeiten? Mutter sagt doch immer, es gibt mehr als genug zu tun«, hatte sie gefragt, und Rachel hatte wie eine typische

Erwachsene geantwortet: »Du bist zu jung, um das zu verstehen.«

Als ob! Mindel verstand sehr gut, dass Erwachsene seltsame Ansichten hatten und oft nicht zu wissen schienen, wie die Dinge in Wirklichkeit funktionierten. Oder warum blieben sie überhaupt in diesem schrecklichen Lager? Warum sagten sie der SS nicht, dass sie sie gehen lassen sollten?

Da Heidi so nett gewesen war, nahm Mindel ihren ganzen Mut zusammen und fragte: »Kannst du mir helfen, meine Schwester zu finden?«

Heidis schaute traurig. »Wie heißt sie?«

»Rachel.«

»Und der Nachname?«

Mindel runzelte die Stirn und dachte angestrengt nach. Sie wusste, dass die Erwachsenen ihre Mutter manchmal Frau … irgendwas genannt hatten. Sie konnte sich aber nicht daran erinnern. So sehr sie sich auch bemühte, es fiel ihr nicht ein. »Ich weiß es nicht.«

»Nun, das macht es schwierig. Es muss Hunderte von Mädchen mit dem Namen Rachel im Lager geben. Weißt du, wie alt sie ist?«

Mindel wusste es nicht. Sie hob vier Finger. »Ich bin vier. Aron ist sieben.« Dann streckte sie alle zehn Finger hoch. »So alt ist Israel. Und Rachel, die ist viel älter.«

Heidi stieß einen tiefen Seufzer aus. »Aron und Israel sind deine Brüder?«

»Ja.«

»Sind sie auch hier?«

»Nein. Als dieser blöde Herr Keller uns geschnappt hat, rannten sie so schnell weg, dass die Männer sie nicht einholen konnten!« Mindel war unheimlich stolz auf ihre Brüder. Sie waren echte Helden. Wenn ihre eigenen Beine nicht so kurz wären, wäre sie mit ihnen gerannt, und dann …

Sie begann zu schluchzen. »Es ist meine Schuld, dass wir hier sind!«

»Wie kannst du so etwas sagen? Die Nazis sind schuld.«

Mindel zitterte vor Scham und Wut. »Ich bin gestolpert, als wir weggerannt sind. Rachel hat mich aufgehoben und getragen, aber dann war sie viel zu langsam. Nur deshalb haben die Männer uns erwischt. Es ist alles meine Schuld!«

Heidi legte den Arm um ihre Schultern. »Es ist nicht deine Schuld. Du bist einfach noch klein.«

»Ich will nicht mehr klein sein!«, platzte Mindel heraus. »Ich will erwachsen und stark sein und dann werde ich diese blöden SS-Männer mit ihren blöden Schlagstöcken verhauen und ihnen befehlen, dass sie uns gehen lassen sollen.«

Diesmal lächelte Heidi, bevor sie antwortete: »So funktioniert das leider nicht. Wenn du willst, können wir heute Abend nach deiner Schwester suchen.«

Eine weitere Sirene ertönte, und Heidi stand auf, wobei sie Mindel mit sich zog. »Die Erwachsenen müssen zur Arbeit. Du gehst besser in deine Hütte und bleibst den Aufsehern aus den Augen.«

»Arbeit?«, fragte Mindel verblüfft.

»Ja, fast alle über fünfzehn müssen arbeiten, mit Ausnahme derer im Sonderlager. Die Nazis benutzen uns Gefangene, um Kriegsgerät zu produzieren.«

Mindel verstand nicht so genau was Kriegsgerät war, nickte aber trotzdem und trottete zurück zu ihrer Baracke, stolz darauf, dass sie sich gemerkt hatte, welche es war. Als sie in der bis auf ein paar stöhnende Kranke weitgehend leeren Hütte ankam, kletterte sie in ihr Bett. Der Gestank war widerlich, deshalb hielt sie sich die Nase zu und zog Paula unter ihrem Kleid hervor. Die Arme hatte noch nichts zu essen bekommen.

Als sie auf dem Stockbett lag und Paula fütterte, begann

ihr Bauch wieder zu knurren. Sie versuchte, es zu ignorieren, aber ganz allein zu sein war schrecklich langweilig. Sie wünschte, es gäbe andere Kinder, mit denen sie spielen könnte. Hier rumzusitzen und nichts zu tun, machte den Hunger nur noch schlimmer. Ein paar Mal war sie drauf und dran aufzustehen, aber wusste nicht, wohin sie gehen sollte.

Rachel hatte ihr immer eingebläut, dass sie der SS aus dem Weg gehen sollte. Jetzt, da sie ganz auf sich allein gestellt war, wollte sie auf keinen Fall einem Aufseher begegnen, denn die konnten richtig gemein sein. Sie legte sich hin, starrte an die Decke und träumte davon, wie sie mit ihren Brüdern spielte. Aber mit jedem Tag fiel es ihr schwerer, sich an zu Hause zu erinnern. Sie wusste kaum noch, wie ihre Mutter aussah, geschweige denn ihr Vater.

Die Einsamkeit saugte sie in ein tiefes, dunkles Loch, und sie bemerkte nicht, wie sich die hintere Tür der Baracke öffnete und drei Kinder hereinstürmten. Sie blieben stehen, starrten Mindel an und flüsterten einander etwas zu, bevor sie sich umdrehten und den Weg zurückliefen, den sie gekommen waren.

Angst kämpfte mit der Neugier, aber schließlich kletterte Mindel herunter und verließ vorsichtig die Baracke. Sie entdeckte die Kinder zwischen zwei Nebengebäuden und ging auf sie zu.

Ein großer, unglaublich dünner Junge mit einem Schopf pechschwarzer Haare bemerkte sie und winkte sie eilig heran. Mindel sah sich um, entdeckte zwei Aufseherinnen, die den Weg entlang kamen und huschte lautlos in den Schutz des Nebengebäudes.

Völlig außer Atem fiel sie hin und schlitterte auf Knien auf den dünnen Jungen zu. Ihr Mund öffnete sich schon zu einem Schmerzensschrei, als sie sich an die bissigen Bemerkungen ihrer Brüder erinnerte, die sie ein Heulebaby gescholten hatten. Sie wollte diesem Jungen gegenüber keine Schwäche zeigen und biss die Zähne zusammen. Wenn er so war wie ihre Brüder, würde er sich keinesfalls mit einer Heulsuse abgeben wollen.

»Gut gemacht«, lobte er. »Lass dich nie von denen entdecken. Ich bin Laszlo, und du?«

»Mindel.«

»Ich habe dich noch nie hier gesehen, bist du neu?«, fragte er und ließ eine Doppelzahnlücke aufblitzen, genau wie Aron, der so stolz auf seinen ersten fehlenden Zahn gewesen war. Mindel wünschte, sie hätte auch einen Wackelzahn, denn dann wäre sie ein großes Mädel.

Sie nickte und als sie bemerkte, dass Laszlo ihre Puppe ansah, versteckte sie Paula hinter ihrem Rücken. Er brauchte nicht zu wissen, dass sie immer noch mit Puppen spielte.

Laszlo tat so, als hätte er es nicht bemerkt und fragte: »Wie alt bist du?«

»Vier. Und du?«

»Ich bin schon sieben. Du kannst mit uns spielen, wenn du willst.«

Plötzlich fühlte sie sich nicht mehr so schrecklich einsam wie noch vor einer Minute.

Nachdem sie ihr kärgliches Frühstück verzehrt hatte, folgte Rachel den anderen, die sich Schulter an Schulter in langen Reihen aufstellten. Überall um sie herum waren erschöpft aussehende Frauen, und es war leicht, diejenigen herauszufiltern, die schon länger im Lager weilten. Sie waren abgemagert, ihre Haare – sofern sie noch welche hatten – fielen ihnen aus, und ihre Kleidung schlackerte.

»Was machen wir hier?«, flüsterte sie der alten Frau zu, die neben ihr stand.

»Arbeitseinsatz«, sagte die Frau mit ausdruckloser Stimme.

»Die schicken uns arbeiten?« Bisher war Rachel in mehreren Durchgangs- und Sammellagern gewesen, aber nirgends war sie zur Arbeit gezwungen worden.

Die Frau gab ein trockenes Husten von sich. »Das Stammlager ist für die Kranken und Sterbenden. Der Rest wird in Außenlager zur Arbeit geschickt.«

Rachel beobachtete, wie die Aufseherinnen die Reihen der Frauen abschritten, die gesünder aussehenden auswählten und sie zur Seite schickten. Panik machte sich in ihr breit. Sie konnte nirgendwo hingehen. Sie musste hierbleiben und Mindel finden.

»Ich kann nicht in ein Arbeitskommando«, zischte sie in Lindas Richtung.

Als die Aufseherinnen sich ihrer Reihe näherten, dachte Rachel verzweifelt darüber nach, wie sie vermeiden konnte, selektiert zu werden. Im Vergleich zu den anderen Frauen sah sie überaus gesund und leistungsfähig aus. Gerade als eine Aufseherin ihre Reihe abschritt, fingierte sie einen Hustenanfall, beugte sich vor und hielt sich mit einer Hand den Bauch, während sie sich die Finger der anderen in den Hals steckte.

Die ganze grässliche Suppe, die sie zum Frühstück gegessen hatte, stieg in ihrer Kehle hoch und sie spuckte auf den Boden. Es war nicht schwer, schwach und kränklich auszusehen, denn wenn die Suppe auf dem Weg nach unten schon scheußlich geschmeckt hatte, war sie auf dem Rückweg nicht besser geworden.

»Ekelhafte, dreckige Hure«, schrie die Aufseherin mit den bösartigsten, hinterhältigsten blauen Augen. »Das machst du wieder sauber!«

Rachel bückte sich und wischte mit dem Saum ihres Rocks den Boden, während sie den Blick gesenkt hielt, bis die glänzenden schwarzen Stiefel an ihr vorbeigegangen waren. Als sie sicher war, dass die Aufseherin die nächste Reihe erreicht hatte, richtete sie sich langsam wieder auf.

»Warum in aller Welt hast du das getan?«, flüsterte die alte Frau neben ihr.

»Ich muss meine Schwester finden.«

»Dummes Mädel!«, schalt die Frau. »Hier drin muss man sich zuallererst um sich selbst kümmern. Wer arbeitet, hat eine größere Chance zu überleben. In den Außenlagern ist alles besser – weniger Gedränge, mehr Essen und ab und zu mal eine Dusche.«

Aus ihrem Mund klang es wie das gelobte Land. Rachel erhaschte einen Blick auf ihre wehmütige Miene und schüttelte ungläubig den Kopf. Doch darauf folgte Ernüchterung. Sie sah sich selbst in dieser zynischen älteren Frau widergespiegelt. Würde sie in einem Jahr auch so aussehen und denken? Panik wallte in ihr auf und ließ sie taumeln. In einem Jahr wäre Mindel tot. Sie musste ihre Schwester unbedingt vorher finden.

Die Selektion endete, und ein weiterer Schlag traf Rachel mitten ins Herz. Die von Natur aus fröhliche und stets optimistische Linda hatte viel zu gesund ausgesehen und war für ein Arbeitskommando ausgewählt worden. Obwohl sie Linda erst seit ein paar Tagen kannte, hatte sie das Gefühl, dass ihr die beste Freundin weggenommen wurde. Tränen stiegen ihr in die Augen, als Linda zur anderen Seite geschickt wurde.

»Nicht die Hoffnung verlieren. Ich bin sicher, dass du deine Schwester finden wirst, und irgendwann sehen wir beide uns wieder. Gib niemals auf, denn wenn du das tust, haben die Nazis gewonnen.«

Rachel fehlten die Worte für eine Antwort. Plötzlich fühlte sie sich unzulänglich. Wenn Linda sich ihren Optimismus bewahren konnte, sollte sie in der Lage sein, das Gleiche zu tun. Aber sie schaffte es nicht. Die Trennung von Mindel lastete schwer auf ihrem Gewissen und zerrte an ihrem Lebensmut.

Nachdem die verschiedenen Arbeitstrupps das Lager verlassen hatten, wurden die nicht arbeitenden Frauen für den Rest des Tages im Wesentlichen sich selbst überlassen. Die meisten setzten sich auf den Boden, lehnten sich an die Wände der Baracken und genossen die Aprilsonne. Es war ein wunderschöner Tag: Die Sonne schien hell von einem wolkenlosen Himmel, blind gegenüber all dem Leid, das sich tief unter ihr abspielte.

Rachel gab der gähnenden Müdigkeit nach, die ihr nach der endlosen Fahrt in diesem gottverdammten Güterzug immer noch in den Knochen saß und setzte sich zu einer Gruppe abgemagerter Frauen auf den Boden. *Nur für fünf Minuten*, sagte sie sich.

Sie musste eingenickt sein, denn sie fand sich auf dem Hof ihrer Eltern wieder, wo die ersten Setzlinge durch die sich erwärmende Erde lugten und den frostigen Nächten trotzten. Sie ging über das Feld, jätete sorgfältig das Unkraut und goss die jungen Pflanzen. Eine Welle des Heimwehs erfasste sie. Das Leben unter den Nazis war nicht einfach, aber ihr abgelegener Bauernhof am Rande des Fleckens Kleindorf war immer noch ein sicherer Zufluchtsort – dank des alten Hans.

Nachdem er ihren Eltern das Land abgekauft und sie dann als Arbeitskräfte auf dem einstmals eigenen Hof eingesetzt hatte, hatte sie niemand mehr belästigt. Trotzdem hatte sich Rachel um die Zukunft gesorgt, und selbst als die Monate vergingen und nichts passierte, hatte sie ihren Eltern nie ganz geglaubt, dass sie den Krieg aussitzen konnten und danach alles wieder zur Normalität zurückkehrte.

»Kleindorf ist zu abgelegen und unbedeutend für eine Razzia der Nazis«, hatte ihr Vater gesagt.

»Wir sind die letzten Juden im Dorf, warum sollte sich jemand die Mühe machen?«, hatte ihre Mutter geantwortet.

»Solange wir unser Soll erfüllen und Hans die geforderte Menge an den Bauernverband verkaufen kann, lassen sie uns in Ruhe.«

»Selbst wenn es eine Razzia gibt, werden die Kleindorfer Bauern niemals zulassen, dass man uns wegschickt.«

Rachel wollte ihren Worten von ganzem Herzen glauben. In Gedanken wanderte sie durch den Obstgarten mit den blühenden Apfelbäumen, als ein schrilles Heulen sie aufschrecken ließ. Sie öffnete die Augen und anstatt einer saftigen, grünen Wiese fand sie nur einen grauen und trostlosen Ort vor. Nachdem sie ein paar Mal geblinzelt hatte, gewann sie ihre Orientierung zurück und erkannte die Umgebung. Das Konzentrationslager Bergen-Belsen.

Ihre Eltern hatten sich geirrt. Traurigkeit erfüllte sie. Sie stand schwerfällig auf und wanderte auf dem Gelände umher, wobei sie jede Insassin nach Mindel fragte. Die meisten der hageren Gestalten schüttelten nur müde die Köpfe, andere rieten ihr, die Göre zu vergessen, aber schließlich fand sie doch noch eine wohlmeinende Seele.

»Setz dich doch einen Moment«, sagte die Frau in dem grauen Kleid mit dem aufgenähten gelben Stern. »Übrigens, ich bin Doris.«

»Rachel.«

»Wann hast du deine Schwester zuletzt gesehen?«

Sie erzählte die Geschichte, wie sie bei ihrer Ankunft getrennt wurden.

Doris runzelte die Stirn und malte dann mit dem Zeigefinger eine Karte des Lagers in die Erde. Die Form sah ein wenig wie ein Panzer aus, mit einem spitzen Ende auf der rechten und einem breiteren auf der linken Seite.

»Wir sind hier im Frauenlager, dort drüben hinter dem Zaun ist das SS-Kleidermagazin und die Werkstätten, und gleich daneben, mit einem Tor zu unserem Bereich, ist das Sternlager, wo sie Juden verschiedener Nationalitäten als Geiseln für den Austausch gegen deutsche Kriegsgefangene festhalten.«

»Wirklich?« Rachel hatte noch nie von dieser Art von Geschäften gehört.

»Ja, aber mach dir keine Hoffnungen. Seit ich vor über einem Jahr angekommen bin, hat niemand diesen verfluchten

Ort lebend verlassen – mal abgesehen von den Arbeitskommandos. Hier«, sie zeigte auf ihrer Karte rechts neben das Sternlager, »haben wir das Ungarnlager und das Sonderlager. Die Insassen des Sonderlagers sind privilegiert. Sie müssen nicht arbeiten und bekommen extra Rationen, weil sie schon für ihre Passage bezahlt haben und darauf warten, ihre Reise nach Palästina fortzusetzen.«

Rachel war verblüfft. Es gab tatsächlich Menschen, deutsche Juden, die nach Palästina auswandern wollten? Ihre Eltern hatten immer nur mit Verachtung über die Leute gesprochen, die sie Zionisten nannten und behaupteten, sie seien die Wurzel der Zwietracht unter den Juden.

»Daneben ist das Neutralenlager mit Juden aus Ländern, die sich nicht im Krieg mit Deutschland befinden, wie zum Beispiel Spanien oder Argentinien. Und noch ein kleines Männerlager. Hinter diesem Zaun gibt es ein weiteres Lager, das nicht von der SS, sondern von der Wehrmacht bewacht wird. Dort werden sowjetische Kriegsgefangene festgehalten, und nach allem, was ich gehört habe, sind die Bedingungen noch schlechter als bei uns.«

»Noch schlimmer?« Rachel schnappte unwillkürlich nach Luft und hielt sich eine Hand vor den Mund.

Doris gab ein gackerndes Lachen von sich. »Viel schlimmer. Aber zurück zu deiner Schwester. Ich schätze, dass sie im Sternlager ist.«

So viel hatte Rachel schon gestern erfahren. »Wie komme ich dorthin?«

»Gar nicht.« Doris lehnte sich zurück, griff unter ihr Kleid und zog dann mit siegessicherer Miene ihre Hand heraus. »Hab ich dich!«

Rachel musste nicht einmal hinsehen, um zu wissen, dass Doris gerade einen Parasiten aus einem intimen Körperteil gezupft hatte. Mittlerweile machte sie so etwas auch ständig, denn alle Lagerbewohner waren von Läusen befallen. Sie erinnerte sich wieder daran, wie sie jeden Abend mit den Fingern Mindels langes Haar gekämmt hatte. Einmal, in ihrem ersten Lager, waren sie alle mit einer stinkenden Chemikalie besprüht worden, die ihr stundenlang in den Augen brannte. Aber schon am nächsten Tag waren die Parasiten zurückgekommen und hatten ihr ohnehin schon miserables Dasein noch schlimmer gemacht.

Verzweiflung überkam Rachel. Trotz Doris' Erklärung, dass es unmöglich sei, klammerte sie sich an den Gedanken, irgendwie einen Weg zu finden um auf die Krankenstation in dem anderen Komplex zu gelangen und dort nach Mindel zu suchen. »Ich muss sie aber finden!«

Doris drehte ihren Kopf und starrte Rachel mit fassungsloser Miene an, doch dann wurde ihr Ausdruck weich und sie legte eine knochige Hand auf Rachels Arm. »Ich wünschte, ich könnte noch so sein wie du, aber sieh nur, was das Lager aus einem alten Weib wie mir gemacht hat.«

9

»Schau zu und lerne«, flüsterte Laszlo Mindel zu, als sie sich in der Nähe der Hintertür der Küchenbaracke versteckten.

»Was hast du vor?«, flüsterte Mindel zurück, und eine Gänsehaut bildete sich auf ihren Armen. Sie fürchtete, jemand würde sie entdecken, zumal Laszlo aussah, als führte er nichts Gutes im Schilde, aber sie wollte nicht, dass er von ihrer Angst wusste. Die anderen Kinder hatten behauptet, sie sei zu klein, um bei ihnen dabei sein zu dürfen, aber er hatte sich für sie eingesetzt.

Voller Bewunderung blickte sie zu ihm auf. Er war so erwachsen und mutig. Er war ihr Held und sie würde alles tun, um ihm zu beweisen, dass sie mithalten konnte. In den letzten Tagen war sie ihm ständig gefolgt, immer darauf bedacht, ihm zu gefallen und ihn stolz zu machen. Sie würde den anderen Kindern schon beweisen, dass sie nicht zu klein war.

Laszlo spähte um die Ecke des Gebäudes und zog sie dichter zu sich heran, bis auch sie durch die offene Hintertür ins Innere gucken konnte. »Der Eimer da drüben ist mein Ziel.«

In der Küche stand eine Frau, die Kartoffeln aus einem großen Jutesack holte und sie in einen Eimer schälte – den Eimer, worauf Laszlo gezeigt hatte.

»Das sind Kartoffelschalen«, flüsterte sie zurück.

»Und sie schmecken ausgezeichnet. Ich werde uns welche besorgen.«

»Aber das ist Diebstahl«, sagte Mindel, entsetzt über seinen ruchlosen Plan.

»Na und?«

Noch während sie ihn anstarrte, wanderten ihre Gedanken nach Hause. Einmal hatte ihre Mutter einen Geburtstagskuchen für Israel gebacken, aber jeder hatte nur ein kleines Stückchen bekommen, bevor sie den Kuchen für den nächsten Tag weggestellt hatte. Mindel und Aron hatten gewartet, bis ihre Mutter zum Melken der Kühe hinausging, sich in die Speisekammer geschlichen und jeder ein großes Stück stibitzt.

Aus Angst, auf frischer Tat ertappt zu werden, hockten sie in der Speisekammer und stopften sich den Kuchen in die Münder, so schnell sie konnten. Danach schlichen sie sich in den Garten und taten so, als sei nichts geschehen.

Aber sobald ihre Mutter sie sah, wurde ihr Gesicht knallrot und sie schimpfte die beiden dafür aus, Kuchen gestohlen zu haben. Bis heute hatte Mindel nicht den leisesten Schimmer, wie ihre Mutter es herausgefunden hatte. Sie waren doch so vorsichtig gewesen.

Mindel zuckte zusammen, als sie sich daran erinnerte, wie Mutter ihre klebrigen Hände nahm, sie mit der Handfläche nach oben drehte und mit einem Holzlöffel schlug. Aron war es nicht besser ergangen, und beide waren an diesem Tag ohne Abendessen auf ihr Zimmer geschickt worden.

Daraufhin hatte sie nie wieder auch nur einen Bissen Essen aus der Speisekammer gestohlen.

»Bitte nicht. Du bekommst Ärger. Sie werden dich schlagen«, flehte sie Laszlo an.

»Nur wenn ich erwischt werde. Außerdem lasse ich mich lieber verprügeln, als zu verhungern.«

Mindel verstand ihn, aber war sich trotzdem nicht sicher, ob sie mit seinem Vorgehen einverstanden sein sollte. Im Lager wurden ständig Menschen für die kleinsten Vergehen geschlagen, und zwar nicht mit einem Kochlöffel, sondern mit Knüppeln und Peitschen. Sie hatte sogar schon Leute gesehen, die nach einer Tracht Prügel umgefallen und nie wieder aufgestanden waren. Das sollte mit Laszlo nicht geschehen. Er war schließlich ihr Freund.

»Siehst du die kleine Ausbuchtung bei den Regalen?«, fragte Laszlo.

Sie legte den Kopf schief, bis sie es entdeckte, und nickte.

»Du bist schnell und klein, also schleichst du dich hinein und versteckst dich dort. Ich stehe hier draußen Schmiere. Sobald die Frau dir den Rücken zudreht, schnappst du dir so viel du kannst aus dem Eimer und rennst zu mir zurück. Wenn nötig, lenke ich sie ab.«

Alles Blut wich aus Mindels Kopf und sie fühlte sich plötzlich schwindlig. »Du willst, dass ich die Kartoffelschalen klaue?«

»Wir nennen es ‚organisieren‘, nicht stehlen. Wenn du diesen Test bestehst, mache ich dich zu einem Mitglied unserer Bande.«

Mindel schluckte. Sie wollte so gerne zur Bande gehören. Irgendwo dazugehören. Und sie war hungrig. Sehr hungrig sogar. Aber stehlen war falsch. Ihre Mutter wäre so enttäuscht.

Laszlo sah, dass sie zögerte, und sagte: »Du traust dich nicht. Ein Feigling kann kein Mitglied bei uns werden.«

Sie hasste dieses Wort. Aron hatte sie oft Feigling genannt, meistens, wenn sie sich nicht an seine dummen Regeln halten wollte. Sie straffte die Schultern und sagte: »Ich tue es. Du wirst schon sehen, dass ich kein Feigling bin.«

Zitternd vor Angst biss sie sich auf die Lippe und überlegte, wie sie sich aus dieser Mutprobe herauswinden könnte. Aber es gab keinen Ausweg, wenn sie nicht als Feigling dastehen wollte. Sie murmelte Laszlos Worte wieder und wieder vor sich hin und redete sich ein, dass es nicht wirklich Diebstahl war – schließlich waren die SS-Männer so gemein und gaben ihnen nicht genug zu essen. Aber auch das half nicht, ihre Nerven zu beruhigen.

Laszlo schubste sie vorwärts. »Fertig? Dann los.«

Mindel nickte. Sie nahm all ihren Mut zusammen und schlich vorwärts, wobei sie sich einredete, dies wäre ein Versteckspiel. Zu Hause auf dem Bauernhof war sie eine Meisterin darin gewesen, sich in den kleinsten Ritzen zu verstecken und dabei keinen Mucks von sich zu geben. Meistens liefen ihre Brüder suchend direkt an ihr vorbei, ohne zu bemerken, dass sie nur wenige Zentimeter von ihnen entfernt kauerte.

Plötzlich verdrängte Aufregung ihre Angst. Die Küchenhilfe und die dummen Aufseher würden nie erfahren, dass sie dagewesen war, und Laszlo würde sie über den grünen Klee loben. Außerdem käme sie mit einer Handvoll Kartoffelschalen als Geschenk für die Bande zurück. Um sich selbst Mut zu machen, zwang sie ein Lächeln auf ihre Lippen, bevor sie die Augen zusammenkniff und sich auf die bevorstehende Aufgabe konzentrierte. Absolute Stille war das Wichtigste, denn sie hatte herausgefunden, dass Mutter oft nach dem Gehör ging, wenn sie Mindel oder ihre Geschwister suchte.

Sie schlich zur Tür und wartete geduldig, bis die Küchenhilfe ihr den Rücken zuwandte. Dann schlüpfte sie schnell hinein und quetschte sich in die winzige Nische. Flach atmend wartete sie, bis die Frau das Tablett mit den geschälten Kartoffeln nahm und zum Herd hinüberging.

Mindel verschwendete keine Sekunde. Sie stürzte nach vorne, tauchte ihre Hände in den Eimer, schnappte sich zwei Handvoll Kartoffelschalen und rannte zum Ausgang, wo Laszlo schon auf sie wartete. Sie witschte gerade durch die Tür, als sie Schritte hörte. Die Beute fest an ihre Brust gedrückt, rannte sie mit Laszlo hinter ein Nebengebäude, wo sie die anderen Kinder zurückgelassen hatten.

»Gute Arbeit«, lobte Laszlo, als sie schwer atmend hinter der Hütte auf den Boden fielen.

Mindel grinste erleichtert und präsentierte ihre Beute. »Ich habe es geschafft.«

»Ja, du hast es geschafft.« Laszlo beäugte die Kartoffelschalen.

Sie streckte ihm die vollen Hände entgegen. »Iss was.«

»Du hast sie organisiert, du darfst zuerst.«

Sie legte die Schalen auf einen nicht ganz so schmutzigen Fleck am Boden und steckte sich zwei davon in den Mund. Sie schmeckten bitter und rochen nach Erde, waren jedoch tausendmal besser als der schreckliche Schleim, der sich Suppe nannte. Dann teilte sie den Haufen in fünf gleiche Teile für jedes der Kinder: Laszlo, Ruth, Fabian, Clara und sich selbst.

»Nehmt«, lud sie die anderen ein.

Fast ehrfürchtig nahm jedes Kind seinen Anteil und kaute bedächtig die willkommene Leckerei. Als sie fertig gegessen hatten, grinste Laszlo. »Ich hab euch doch gesagt, dass sie nicht zu klein ist.«

Fabian schmollte, aber Clara sagte: »Du hattest recht. Dann nehmen wir sie jetzt in unserer Bande auf.«

Nachdem Laszlo zustimmend genickt hatte, holte Ruth einen verwaschenen Streifen graubraunen Stoffs aus ihrer Tasche, band ihn um Mindels linkes Handgelenk und sagte feierlich: »Willkommen in unserer Bande!«

Alle schüttelten ihr die Hand, und Mindel spürte, wie sie vor Stolz ein paar Zentimeter größer wurde. Die anderen Kinder hatten sie als Mitglied akzeptiert. Sie war nicht mehr allein.

Das änderte sich jedoch, als es nach dem Abendessen Zeit war, in ihr Stockbett zu klettern. Die Baracke war fast leer, da sich die Erwachsenen vor der Nachtruhe noch mit der einen oder anderen Sache beschäftigten. Auch ihr Bett fand sie leer vor. Nicht einmal die ekelhaft stinkenden Decken lagen mehr dort. Mindel wartete darauf, dass die beiden Frauen, die letzte Nacht dort geschlafen hatten, zurückkamen. Aber nichts geschah. Die Hütte füllte sich und als die Kapo die Nachtruhe ankündigte, war sie immer noch allein.

Angst ließ sie am ganzen Leib zittern. Ihre Bettnachbarn waren zwar nicht besonders freundlich gewesen, aber hatten ihr zumindest erlaubt, die Decken mit ihnen zu teilen. Jetzt war sie ganz allein, ohne eine wärmende Decke und ohne den Trost eines anderen Menschen an ihrer Seite.

Sie fröstelte bei dem Gedanken an die bevorstehende Nacht, denn obwohl die Tage recht warm sein konnten, waren die Nächte immer noch kalt – wenn auch nicht so schrecklich wie während des strengen Winters.

Die Erinnerung daran, wie sie sich mit Rachel unter die fadenscheinige Decke gekuschelt hatte, um sich warm zu halten, trieb ihr die Tränen in die Augen. Schnell holte sie Paula unter ihrem Kleid hervor, küsste ihr schmutziges Gesicht und weinte so leise wie möglich in ihr Haar, weil sie nicht wollte, dass die Erwachsenen sie für den Lärm ausschimpften.

Anscheinend war sie nicht leise genug gewesen, denn kurze Zeit später hörte sie einen gezischten Fluch, knarrendes Holz und dann Schritte auf dem Boden. Vor lauter Panik vor den Schlägen, die sicher auf sie herabprasseln würden, atmete sie so flach wie sie konnte und tat so, als ob sie fest schliefe. Aber sie konnte das Schluchzen, das in ihrer Kehle aufstieg, nicht unterdrücken. Wie sehr sie sich wünschte, Rachel wäre an ihrer Seite, um sie zu trösten. Oder irgendein anderes menschliches Wesen, das ihr den Kopf streichelte und ihr beruhigende Worte zuflüsterte.

Eine Hand griff nach ihr und sie schreckte auf. Es war zu dunkel, um zu sehen, wer es war, aber als eine vertraute Stimme flüsterte: »Nicht weinen. Ich bleibe bei dir«, entspannte sie sich.

»Danke.« Sie lächelte durch ihre Tränen hindurch und nickte eifrig, obwohl er sie nicht sehen konnte. Dann rutschte sie zur Seite, damit Laszlo zu ihr ins Bett klettern konnte. Er hatte eine Decke dabei, deckte sie beide damit zu und sie kuschelten sich fest aneinander. Sofort fühlte sie sich getröstet.

»Keine Angst. Ich beschütze dich«, sagte er, seinen Arm um ihre Schulter gelegt.

»Wirst du keinen Ärger mit deinen Eltern bekommen?« Das Sternlager war in Männer- und Frauenhütten unterteilt. Tagsüber konnten die Familien sich sehen. Nachts blieben Mädchen bei ihren Müttern und Knaben bei ihren Vätern, aber wenn sie keinen hatten, durften sie bei ihrer Mutter oder einer anderen weiblichen Verwandten in der Frauenbaracke schlafen.

Sein Arm verkrampfte sich, und sie befürchtete etwas

Falsches gesagt zu haben. Keinesfalls wollte sie ihren besten Freund verärgern.

»Meine Eltern sind tot«, flüsterte er mit gepresster Stimme, bevor er tief seufzte. »Niemanden kümmert es was ich tue. Wenn überhaupt, sind die anderen in meinem Bett froh, dass sie jetzt mehr Platz haben.«

»Hier ist es so grässlich«, murmelte Mindel.

»Ja ist es. Ich hasse dieses Lager.«

»Ich habe solche Angst.« Sie drückte sich fester in seine Arme.

»Du brauchst keine Angst zu haben, solange ich hier bin. Weil ich dich beschützen werde.«

Sie gab ein kaum hörbares Kichern von sich. »Das hat Rachel auch immer gesagt. Ohne sie …«, sie zwang sich, weiterzusprechen, » … sie hat sich um alles gekümmert. Hat uns ein Bett ausgesucht, Decken besorgt, immer gewusst, wann es Zeit war, sich zum Essen anzustellen, einfach alles.«

»Hm.« Laszlo schien nach Worten zu ringen. Mindel glaubte eigentlich nicht, dass er auch Angst hatte, aber es schien fast so, als würde er gleich anfangen zu weinen.

»Ich bin so froh, dass du hier bist«, sagte sie.

Laszlo hatte seine Stimme wiedergefunden und flüsterte: »Ich wollte immer Geschwister haben und jetzt bist du meine Schwester. Mach dir keine Sorgen, alles wird gut. Wir können besser kämpfen als die Nazis. Wir müssen nur noch ein bisschen länger am Leben bleiben. Es kann nicht mehr lange dauern, bis die Alliierten kommen und uns befreien.«

Mindel hatte noch nie etwas von diesen Alliierten gehört, aber wenn sie Freunde von Laszlo waren und vorhatten, sie aus diesem schrecklichen Lager rauszuholen, dann waren sie auch ihre Freunde.

Nach einer Weile verlangsamte sich Laszlos Atmung, und sie schmiegte sich noch enger an seinen warmen Körper, um die Geborgenheit aufzusaugen, die er ausstrahlte. Rachel hatte sie immer genauso gehalten, wenn sie schliefen, und obwohl sie ihre Schwester wahnsinnig vermisste, fühlte sie sich in Laszlos Armen sicher. Außerdem hatte er versprochen, dass seine Freunde kommen würden, um sie zu befreien.

Sie lag da und grübelte, warum die SS, und zwar sowohl die Männer als auch die Frauen, so grausam zu den Gefangenen waren. Wieder und wieder überprüfte sie all ihre Taten, aber konnte nichts finden, das den Zorn der SS verdiente, und doch schrien sie Mindel ständig an und drohten ihr sogar, sie mit ihren schrecklichen Peitschen zu schlagen.

Ihre Grübelei kam zu keinem Ergebnis und sie schlief schließlich ein. Als, wie jede Nacht, die Albträume und Tränen sie weckten, war Laszlo da, hielt sie fest und versprach, über sie zu wachen.

Sie glaubte ihm aufs Wort. Laszlo war so erwachsen; er hatte eine Decke mitgebracht, sie in seine Bande aufgenommen und ihr gezeigt, wie man Essen organisiert. Ein stolzes Lächeln umspielte ihre Lippen, als sie sich daran erinnerte, wie sie die Küchenfrau überlistet hatte. Nur eine winzige, nörgelnde Stimme bestand darauf, dass es sich um Diebstahl handelte, und Diebstahl war falsch.

Sie ignorierte die Stimme, denn ein schmerzender, knurrender Bauch war noch falscher. Als sie wieder einschlief, träumte sie von Rachel und wie Laszlo ihr dabei half sie wiederzufinden.

10

Tagsüber hielten sich nur wenige Menschen im Lager auf, da die meisten Arbeitskommandos angehörten. Diejenigen, die zu krank oder zu schwach waren, um zu arbeiten, lagen entweder in ihren Betten oder draußen und saugten die Frühlingssonne auf. Auch Rachel tat das, während sie ihre nächsten Schritte plante.

Getrieben von dem Bedürfnis, ihre Schwester zu finden, zerbrach sie sich den Kopf, über das erfolgversprechendste Vorgehen. Schließlich fasste sie so etwas wie einen Plan und stand auf. Zögernd ging sie auf die andere Seite des Frauenlagers, wo sich das Tor zum Sternlager mit der Krankenstation befand. Sie hatte keine Ahnung, wie sie dort reinkommen sollte, also hoffte sie auf einen glücklichen Zufall.

Kurz vor den Lagerbüros und Werkstätten zögerte Rachel. Eine Aufseherin kam aus dem Büro und schaute zu ihr hinüber. Als sie nicht sofort anfing zu brüllen, nahm Rachel all ihren Mut zusammen, ging auf sie zu und fragte: »Verzeihung, Frau Aufseherin, ich suche meine kleine Schwester. Ich glaube, sie wurde versehentlich einem anderen Komplex zugeteilt, als wir gestern ankamen.«

Die junge Frau mit dem glatten, braunen Haar und der gutsitzenden Uniform, die ihre wohlgeformten Rundungen zur Geltung brachte, stemmte die Hände in die Hüften. »Was kümmert mich deine Schwester? Sie wird sowieso bald tot sein. Genau wie du. Und jetzt geh mir aus dem Weg, du hässliche Vogelscheuche!« Ihre Hand glitt zu dem an ihrer Hüfte befestigten Knüppel, um ihren Worten Nachdruck zu verleihen.

Rachel beeilte sich, dem Befehl Folge zu leisten und verdrückte sich schleunigst. Ihre bisherigen Erfahrungen hatten sie gelehrt, keine weiteren Fragen zu stellen. Keiner der Aufseher in all den Lagern, die sie in den letzten sechs Monaten durchlaufen hatte, war besonders freundlich gewesen, aber die Männer und Frauen in Bergen-Belsen waren eine Klasse für sich.

Als sie endlich am Zaun ankam, der die beiden Komplexe voneinander trennte, hielt sie sich außer Sichtweite, bis eine Frau in Schwesternuniform das Tor passierte. Der Wachposten öffnete und schloss das Tor, ohne ein Wort zu sagen.

Als sie das Frauenlager betrat, zündete sich die Krankenschwester eine Zigarette an. Rachel ging zögernd auf sie zu und fragte: »Entschuldigen Sie, ich suche meine Schwester. Sie ist erst vier Jahre alt und ungefähr so groß.« Rachel zeigt mit ihrer Hand Mindels ungefähre Größe an.

»Nein, in dem Alter haben wir keine Patienten.« Die Krankenschwester war ganz offensichtlich selbst eine Gefangene, obwohl sie besser genährt und gekleidet war als der Rest. Sie kniff die Augen zusammen und musterte Rachel, während sie den Rauch ihrer Zigarette inhalierte.

Rachel rauchte nicht, aber sie hatte gehört, dass Nikotin

das Hungergefühl minderte, und verspürte plötzlich das Verlangen, einen Zug zu nehmen. »Sie ist keine Patientin.«

»Wenn sie keine Patientin ist, warum fragen Sie mich dann?«, antwortete die Krankenschwester mit verwirrter Miene.

»Es ist …« Rachel wusste nicht, wie sie es erklären sollte, aber als sie die ungeduldige Miene und die schwindende Zigarette sah, fuhr sie schnell fort: »Meine Schwester und ich wurden gestern bei der Ankunft getrennt und ich glaube, sie ist im Sternlager.«

»Und jetzt wollen Sie auf der anderen Seite des Zauns nach ihr suchen?« Ihre Augen leuchteten mit einer Emotion auf, die Rachel nicht einschätzen konnte.

Rachel nickte eifrig.

»Nun, das lässt sich einrichten …« Sie schaute Rachel prüfend in die Augen und nahm einen weiteren Zug von der Zigarette. »Aber es kostet.«

»Es kostet?« Rachel kippte beinahe um. Sie besaß nichts Wertvolles.

»Ja. Ich muss die Wachposten bestechen … Und es ist auch für mich ein großes Risiko.«

»Aber … ich habe …« Sie wollte sagen, dass sie nichts hatte, überlegte es sich aber anders und beschloss, zuerst nach dem Preis zu fragen. Vielleicht gab es eine Möglichkeit, das zu beschaffen, was die Frau haben wollte. »Wie viel kostet es?«

»Zehn Zigaretten.«

Rachel spürte, wie ihr das Blut aus dem Gesicht wich. Zehn Zigaretten waren ein Vermögen wert. Einige Gefangene schienen immer welche zu haben, aber sie selbst war bisher viel zu sehr damit beschäftigt gewesen sich um Mindel zu kümmern, um die feinen Künste des Schwarzmarkthandels zu erlernen. Deswegen hatte sie keine Ahnung, wo und wie sie Zigaretten auftreiben konnte.

Trotzdem zwang sie sich Zuversicht auszustrahlen und sagte: »Ich beschaffe die Zigaretten so schnell wie möglich.« Falls sie gehofft hatte, dass die Krankenschwester auf das bloße Versprechen hin tätig wurde, wurde sie enttäuscht.

»Wenn Sie die Ware haben, kommen Sie kurz vor dem Abendessen wieder hierher. Erzählen Sie niemandem davon. Fragen Sie auch nicht nach mir, wenn ich nicht da bin. Und bitten Sie auf keinen Fall eine andere Schwester, denn die werden Sie an die Aufseher verraten. Haben Sie mich verstanden?«

»Ja.« Als Rachel wegging, lief ihr ein Schauer über den Rücken, denn ihr wurde bewusst, wie unglaublich riskant dieses Gespräch gewesen war. Die Warnung der Krankenschwester, dass ihre Kolleginnen Rachel denunzieren würden, konnte sie aus reiner Bosheit gesagt haben ... oder weil es die Wahrheit war.

Im Nachhinein erkannte sie, dass das Glitzern in den Augen der Frau Gier gewesen war. Nicht auszudenken, was passiert wäre, wenn sie mit einer anderen Krankenschwester gesprochen hätte, die nicht bestechlich war.

Rachel hatte mit eigenen Augen gesehen, wie aufsässige Gefangene bestraft wurden. Andererseits verteilten die Aufseher gerne Gefälligkeiten an diejenigen, die ihre Mitgefangenen denunzierten, und verwandelten die Insassen in skrupellose Handlanger, welche die Drecksarbeit der Nazis erledigten. Vielleicht könnte sie ... Bei dem bloßen Gedanken, sich die Zigaretten zu verdienen, indem sie eine andere Frau an die SS verriet, drehte sich ihr Magen um.

Aber was sollte sie sonst machen? Wenn doch nur Linda noch da wäre. Sie wüsste Bescheid. Da Linda immer so freundlich und großzügig war, taten die Menschen ihrerseits alles, um Linda zu helfen, und sei es nur mit einem Ratschlag. Anstatt auf die unwahrscheinliche Möglichkeit zu warten, dass Lindas Arbeitstrupp am Abend ins Lager zurückkehrte, beschloss sie, Doris zu fragen, wie man an Zigaretten kam.

»He, Doris«, rief sie, als sie die alte Frau erspähte, die mit geschlossenen Augen an der Wand lehnte.

Doris öffnete die Augen zu Schlitzen und fragte: »Wer bist du?«

»Ich bin Rachel, weißt du noch? Wir haben heute Morgen über meine kleine Schwester gesprochen und du hast mir den Grundriss des Lagers in die Erde gemalt.«

Es dauerte ein paar Sekunden, bis Doris' Gesicht aufleuchtete. »Ach ja. Ich entsinne mich. Mein Verstand ist nicht mehr das, was er einmal war. Das Lager verändert einen Menschen. Bald sind wir alle Muselmänner wie die da drüben.« Sie gackerte ein wahnwitziges Lachen und sackte tiefer in sich zusammen.

Rachel folgte ihrem Blick zu einer Gruppe Männern, den einzigen im Frauenlager, mal abgesehen von den Aufsehern. Sie gehörten zum Sonderkommando und kamen tagsüber herüber, um die grausigsten aller Arbeiten zu erledigen: das Einsammeln der Leichen, die sie dann in das ständig brennende Krematorium schieben mussten. Rachel hatte noch nie in ihrem Leben eine solche Agonie gesehen wie bei diesen Männern.

»Muselmänner?«, fragte sie.

»Kretiner, wenn du das vorziehst. Die armen Kerle. Sind schon so gut wie hinüber. Die werden alle bald sterben. So wie der Rest von uns auch.«

Rachel konnte ihren Blick nicht von diesen Männern losreißen, die kaum Menschen ähnelten, und Doris' Worte hallten in ihrem Kopf nach: *So gut wie hinüber.* In diesen Kreaturen schien keine menschliche Seele mehr zu wohnen. Da war kein Leuchten in ihren Augen, kein Erkennen, keine Spur von Intelligenz. Ihre Seelen hatten diese Welt bereits verlassen und nur die leeren Hüllen existierten noch. Ein Untoter, der atmete, ging und Befehle ausführte, ohne jedoch die Essenz eines Menschen zu besitzen, welche seine Hülle mit Leben erfüllte.

Sie schüttelte die Verzweiflung ab, die sich ihrer bemächtigen wollte. Wild entschlossen, nicht so zu enden wie diese bedauernswerten Geschöpfe, riss sie ihren Blick los und wandte sich Doris zu, deren Augen wieder geschlossen waren.

»Wie kann ich an Zigaretten kommen?«

Doris war schlagartig hellwach. »Hast du eine Zigarette für mich?«

»Nein, ich habe dich gefragt, wie ich welche beschaffen kann.« Rachel hätte am liebsten frustriert aufgeschrien. Es war ein Fehler gewesen, Doris um Rat zu fragen, denn die Frau war offensichtlich weich in der Birne oder … so gut wie hinüber und im Begriff, selbst zum Muselmann zu werden.

»Man muss dafür arbeiten«, antwortete die alte Frau mit plötzlicher Klarheit. »Es gibt Wege, besonders für ein hübsches, junges Mädel wie dich. Wenn du willst, kann ich dich an einen der Aufseher vermitteln, die halbwegs anständig sind und gut bezahlen.«

»Um was zu tun?«

»Ihre Lust zu befriedigen.«

Rachels Gesicht verzerrte sich zu einer angewiderten Grimasse. Sie war zu vielem bereit, um Mindel zu finden, aber eine Hure zu werden, gehörte nicht dazu. Ihre Eltern hatten ihr immer eingebläut, dass ein gutes, deutsches Mädel sich für seinen Ehemann aufsparte.

Doris musste ihre Abscheu bemerkt haben, denn sie fügte hinzu: »Wenn du lieber auf der anderen Seite spielst, kann ich dir einige Aufseherinnen nennen, die das zu schätzen wissen.«

Rachel wich zurück. Sie hatte nicht gewusst, dass es solche Frauen gab, bis sie es in ihrem zweiten Lager mit eigenen

Augen gesehen hatte. Es war ein Schock gewesen, mitzuerleben, wie eine Aufseherin all diese Dinge mit einer Gefangenen tat. Obwohl der Gefangenen dabei scheinbar keine Schmerzen zugefügt wurden, hatte Rachel es als demütigender empfunden als viele der anderen Grausamkeiten mit denen die Nazis die Juden folterten. Sie könnte niemals … Galle stieg in ihrer Kehle auf.

»Gibt es denn nichts anderes, was ich tun kann?«

Doris gackerte wieder. »Schon. Aber das wird viel schlechter bezahlt. Frag eine der Kapos und biete ihr deine Dienste an. Du kannst ihre Wäsche waschen, Arbeiten für sie erledigen oder …« Doris warf einen langen Blick auf Rachels vergleichsweise pralle Figur » … du kannst deine Essensrationen verkaufen.«

»Danke.« Das war eine Menge zu verarbeiten und Rachel verschwand an einen ruhigen Ort, um über ihre nächsten Schritte nachzudenken. Sie konnte sicherlich anbieten, Wäsche zu waschen oder andere Arbeiten zu erledigen, zumal sie in keinem Arbeitskommando war und den ganzen Tag nur herumsaß. Aber würde das ausreichen? Sie hatte keine Ahnung, wie sowas bezahlt wurde und wie viele Tage sie für die Ware schuften musste. Selbst wenn es ihr gelang, zehn Zigaretten zu verdienen, fürchtete sie, dass es bis dahin zu spät sein würde, um ihre Schwester lebend vorzufinden.

11

Mit Hilfe von Heidi und Laszlo durchkämmte Mindel das gesamte Sternlager und fragte jeden Insassen, ob er ihre Schwester gesehen hatte. Jedoch ohne Erfolg.

Eine von Heidis Freundinnen setzte sich sogar stundenlang mit Mindel hin, um Rachels Gesicht auf eine zerrissene Papiertüte zu skizzieren, die sie irgendwo gefunden hatte. Das Ergebnis sah ihrer Schwester verblüffend ähnlich, und Mindel rief aufgeregt: »Oh, kannst du aber gut malen. Das ist richtig schön!«

Das Mädchen errötete über das Lob und reichte Mindel das verkrumpelte Papier. »Behalte es und zeige jedem die Zeichnung, vielleicht hast du ja Glück und jemand erkennt deine Schwester.«

Aber selbst mit der Skizze hatte sie keinen Erfolg. Viele Tage vergingen und irgendwann hörte sie auf, nach ihrer Schwester zu suchen. Stattdessen konzentrierte sie sich auf die Suche nach etwas Essbarem.

Die Bande, wie sie sich nannten, traf sich jeden Morgen nach dem Appell, um das Sternlager systematisch nach allem abzugrasen, was nützlich sein konnte. Es war erstaunlich, wie viele Dinge sie jeden Tag fanden, die man eintauschen konnte. Laszlo wurde ihr Vorbild. Sie lernte schnell und war stets bemüht, ihm zu gefallen.

Einmal ließ ein Aufseher einen Zigarettenstummel fallen, und sobald er außer Sichtweite war, rannte Laszlo zu der Stelle, um die Überreste aufzuklauben.

»Igitt! Was willst du denn damit?«, fragte Mindel. Ihr Vater hatte geraucht, aber er hatte immer gesagt, das sei nichts für Kinder schon gar nicht für Mädels und, um ehrlich zu sein, mochte sie den muffigen, verbrannten Gestank überhaupt nicht.

Laszlo schaute sie mit dieser nachsichtigen Miene an, mit dem er ihr zu verstehen gab, wie dumm sie war. Als nächstes würde er ihr eine lange Erklärung liefern, nicht nur über den Zigarettenstummel, sondern auch über das Lagerleben im Allgemeinen.

So sehr sie ihn auch liebte, bei solchen Gelegenheiten ging ihr seine Besserwisserei gewaltig auf den Keks. Da war er ganz wie ihre Brüder, die immer behauptet hatten, sie seien schlauer, schneller oder besser als Mindel, nur weil sie älter waren. Schnell schob sie den Gedanken beiseite. An die Beiden zu denken, machte sie immer traurig, und sie wollte nicht traurig sein.

»Eine Zigarette ist mehr wert als Gold«, erklärte Laszlo mit wichtiger Miene. »Es gibt Erwachsene, die für eine Zigarette fast alles tun würden.«

»Aber das ist doch nur ein Stummel«, protestierte Mindel.

»Du hast ja keine Ahnung«, prahlte Laszlo. »Für eine ganze Zigarette kann man alles kaufen, was man will, und sogar ein Stummel ist eine Menge wert. Ich werde dir beibringen, die Tabakreste aus dem Papier zu kratzen, und wenn wir ausreichend davon gesammelt haben, kenne ich jemanden, der sie gegen Essen eintauscht.«

»Das machen die Leute wirklich?« Mindel konnte ihr Erstaunen nicht verbergen. Zigaretten gegen Essen tauschen! Das war äußerst merkwürdig. Allerdings taten Erwachsene alle möglichen sonderbaren Dinge, warum also nicht auch Zigaretten wie Geld benutzen?

»Sag ich doch. Aber wenn du mir nicht glauben willst …« Laszlo schnitt eine Grimasse. Er konnte manchmal so empfindlich sein.

Mindel beeilte sich, ihn zu beschwichtigen. »Ich glaube dir ja. Erwachsene sind so seltsam.«

Sofort grinste er wieder. »Das sind sie wirklich. Kippen sind ein seltener Fund. Weil sie so wertvoll sind, will sie jeder haben. Wenn du also einen Aufseher siehst, der eine fallen lässt, zögere keine Sekunde und schnapp sie dir, so schnell du kannst.«

»Das werde ich.« Sie beschloss, von nun an das Lager nach Kippen zu durchsuchen und sie Laszlo zu bringen, um ihm zu zeigen, wie sehr sie sein Vertrauen verdiente.

Rachel betrachtete ihre aufgescheuerten, schwieligen Hände. Für Zigaretten zu arbeiten, war anstrengender gewesen, als sie erwartet hatte. Doris' Rat folgend, hatte sie sich an die Kapo ihrer Baracke gewandt. Leider hatte die bereits eine Dienerin, erklärte sich aber bereit, Rachel für einen geringen Prozentsatz ihres Einkommens an andere Funktionshäftlinge zu vermieten.

Es war reine Ausbeutung, aber Rachel hatte zu viel Angst, ihr zu widersprechen. Und so schrubbte sie acht Tage lang schmutzige Wäsche, fegte Böden und flickte Kleider, bis sie endlich ihre zehnte Zigarette verdiente.

»Danke«, sagte sie zu der Frau mit der Hakennase, die Rachel beauftragt hatte, an ihrer Stelle die Latrinen zu putzen. Es war die ekelhafteste Arbeit, die sie in der letzten Woche erledigt hatte – viel schlimmer, als sie es sich hätte vorstellen können, denn die meisten Insassen litten unter chronischem Durchfall und schafften es oft nicht rechtzeitig auf den Donnerbalken.

»Morgen wieder?«

»Nein, für morgen bin ich schon ausgebucht.« Rachel würde sich nie wieder für diese ekelhafte Aufgabe hergeben. Doch dann besann sie sich eines Besseren. Sobald sie Mindel gefunden hatte, musste sie eine zweite Person versorgen, und jedes zusätzliche Einkommen wäre ihr willkommen. Für Mindel würde sie sogar wieder Latrinen schrubben. »Aber vielleicht nächste Woche? Ich melde mich.«

»Warte nicht zu lange, sonst suche ich mir jemand anderen.«

Rachel wusste, dass dies eine leere Drohung war, denn nur die allerverzweifeltsten Frauen waren bereit, diese Aufgabe zu übernehmen, die gerne als Strafe für widerspenstige Insassinnen verhängt wurde. Sie streckte die Hand aus, um die Zigarette entgegenzunehmen, und verstaute sie sorgfältig zu den anderen in der Tasche ihres Kleides.

Zurück in ihrer Baracke ließ sie sich völlig erschöpft, aber seltsam glücklich auf ihre Pritsche fallen. Morgen nach dem Abendappell würde sie zum Zaun zwischen den Komplexen gehen und auf die Krankenschwester warten. Mit etwas Glück konnte sie sich noch am selben Tag den Zugang ins Sternlager erkaufen. Wenn Mindel dort war, würde sie sie schon bald finden und dann konnten sie wieder zusammenbleiben. Zwar hatte sie keine Ahnung, wie genau sie das anstellen sollte, aber ihr würde schon etwas einfallen. Zuerst musste sie ihre Schwester finden, danach kam alles Weitere.

Am nächsten Morgen sprang sie aus ihrer Koje und freute sich sogar auf den neuen Tag. In der Nacht zuvor war eine weitere Zugladung Neuankömmlinge eingetroffen, und das ohnehin schon volle Lager platzte aus allen Nähten. Rachel stand beim Appell und dachte darüber nach, wie sie Mindel am schnellsten finden konnte. Im Frauenlager hatte sie vermutlich jede Insassin gefragt, und ihre kleine Schwester war definitiv nicht in diesem Komplex. Die eingeschränkte

Kommunikation über den Stacheldrahtzaun in die anderen Teile hatte auch keine Ergebnisse gebracht, aber sobald der Appell vorbei war, würde sie zur Krankenstation im Sternlager gehen.

Ihre Beine schmerzten vom stundenlangen Stehen, und sie verlagerte unmerklich ihr Gewicht von einem Bein auf das andere. Dabei bewegte sie ihre Zehen in ihren ausgetretenen Schuhen, um das Blut wieder in Fluss zu bringen.

Manchmal fragte sie sich, ob sie überhaupt noch Blut hatte, das zirkulieren konnte, denn die Rationen waren so gering, dass ihr Magen ständig schmerzhaft gegen seine Leere rebellierte und sie sogar nachts am Schlafen hinderte.

Eine Stunde verging, und dann noch eine, und die Gefangenen standen immer noch draußen und warteten. Es schien ein Problem mit den Listen zu geben, auf denen die Neuankömmlinge vermerkt waren, und die sadistische blonde Aufseherin begann schon wieder von vorne mit der Zählung, wobei sie großzügig mit ihrer Peitsche auf jeden einschlug, der nicht die perfekte »arische Haltung« an den Tag legte: Knie durchgedrückt, Schultern nach hinten, Blick nach vorne. Wenn es nicht so furchtbar wäre, wäre es fast lustig, den Frauen dabei zuzusehen, wie sie in sich zusammensackten, sobald die bösartige Aufseherin weiterging.

In Gedanken versunken, bemerkte sie nicht, wie eine andere Aufseherin in ihre Reihe trat, vor ihr zum Stehen kam und brüllte: »Du, geh da rüber!«

Rachel zuckte zusammen und brauchte zwei Sekunden, um zu begreifen, dass sie gemeint war. Bevor die Peitsche auf sie niedergehen konnte, nickte sie eifrig und trottete zu einer Gruppe wartender Frauen. Als der Appell endlich endete, wurde ihre Gruppe zum Ausgang getrieben, wo ein Lastwagen auf sie wartete.

Entsetzen breitete sich in ihr aus und sie suchte verzweifelt nach einem Ausweg. Doch es gab keinen. Sie musste auf diesen verdammten Lastwagen klettern, ob sie nun wollte oder nicht. Minuten später raste das voll beladene Fahrzeug die Straße hinunter.

Als das verhasste Bergen-Belsen in der Ferne verschwand, rutschte ihr das Herz in die Hose. Nach allem, was sie geschuftet hatte, dem Schrubben, dem Fegen … würde sie Mindel vermutlich nie wieder sehen. Zu ausgetrocknet um zu weinen, lehnte sie sich an die Wand des Lastwagens, schloss die Augen und rief sich Mindels Gesicht ins Gedächtnis. Sie war inzwischen vermutlich tot, und es war allein Rachels Schuld. Sie hätte ihre Hand besser festhalten sollen, hätte nicht zulassen dürfen, dass die Aufseher sie trennten, hätte … hätte. Ihre Schultern zitterten, als sie ihren düsteren Gedanken nachhing.

Wie bei jedem vorherigen Transport gaben die Nazis keine Erklärung. Weder wohin sie gebracht wurden noch warum oder wie lange es dauerte. Und schon gar nicht, ob sie eines Tages zurückkehrten. Eine Frau beklagte sich, dass sie eine Scheibe Brot unter ihrer Matratze versteckt hatte, und eine andere antwortete: »Ich bin mir sicher, deine Bettnachbarin wird sich glücklich schätzen.« Diese herzlose Bemerkung veranlasste die erste Frau, sich auf sie zu stürzen und zu versuchen, ihr die Augen auszukratzen.

Es kam zu einem Tumult, bei dem Rachel geschubst, gestoßen und gegen das Geländer gepresst wurde, bis aller Energie erschöpft war und die Aufregung abebbte wie die Wellen eines Steins, den man in eine Pfütze warf. Rachel griff in ihre Tasche und tastete nach den Zigaretten.

Wie immer gab es Gerüchte und Spekulationen über ihr Reiseziel, und diejenigen, die sich rühmten, gut Bescheid zu wissen, warfen Namen von Außenlagern und Arbeitskommandos in die Runde und stritten sich darüber, welches vorzuziehen war.

Rachel war es egal. Sie wollte nur zurück nach Bergen-Belsen, um Mindel zu finden. Verzweifelt über ihre Hilflosigkeit schlug sie den Kopf gegen die Plane des Lastwagens.

Ungefähr eine Stunde später hielt das Fahrzeug an und die SS-Männer schrien: »Los! Raus! Schnell!«

Sie hatte keine Ahnung, warum die SS die Häftlinge immer zur Eile antrieb, wenn sie andererseits jeden Tag beim Appell so viele Stunden vertrödelten. Aber weil die Aufseher Peitschen hatten, sprang sie schnell von der Ladefläche und reihte sich hinter den anderen Frauen ein. Auf dem schmiedeeisernen Tor, das dem in Bergen-Belsen ähnelte, stand: »Arbeit macht frei«.

Diese Inschrift war purer Hohn. Zählte die harte Arbeit auf dem Bauernhof, die sie seit frühester Kindheit an verrichtet hatte, etwa nicht? Sollte sie diese bigotten Nazis bitten, sie gehen zu lassen, weil sie sich bereits frei gearbeitet hatte?

»Nummer?«

Rachel rasselte ihre Häftlingsnummer herunter. In den Durchgangslagern hatten die Nazis zumindest den Anschein erweckt, dass die Häftlinge Menschen waren, aber in Bergen-Belsen hatte jeder eine Nummer bekommen, und man hatte ihnen verboten weiterhin ihre Namen zu benutzen.

»Nationalität?«

»Deutsch.«

Der Aufseher spuckte sie an. »Du bist keine Deutsche, du bist eine dreckige Jüdin. Hast du verstanden? Wenn das nächste Mal jemand nach deiner Nationalität fragt, sagst du ‚dreckiger Jude‘.«

Rachel nickte.

Der Mann grinste hämisch. »Nationalität?«

»Dreckiger Jude«, antwortete sie ohne mit der Wimper zu zucken. Es spielte keine Rolle. Nichts spielte mehr eine Rolle. Eine Sekunde lang erwog sie, ihn anzugreifen, damit er sie erschießen würde, aber das konnte sie nicht. Nicht solange es den kleinsten Hoffnungsschimmer gab, dass Mindel noch am Leben war.

»Du lernst schnell«, sagte er mit einer zufriedenen Miene. »Deshalb belohne ich dich mit einer leichten Arbeit. Geh da rüber.«

Sie beeilte sich, seinen Anweisungen zu folgen und ging in die Richtung, in die sein Finger zeigte. Dort gesellte sie sich zu einer kleinen Gruppe von Frauen. Bald bildete sich eine weitere Schlange für die Ausgabe neuer Häftlingskleider. Rachel nahm das grobe, blau-weiß gestreifte Kleid aus kratzigem Halbleinen mit der gleichen Ehrerbietung, als wäre es ein purpurner Mantel. Sie atmete den frischen Geruch ein, der so viel angenehmer war als der ihres eigenen stinkenden Kleides, das sie seit Monaten Tag und Nacht getragen hatte.

Sie war so begeistert von diesem unerwarteten Luxus, dass es ihr nicht einmal etwas ausmachte, sich dafür nackt vor den männlichen Aufsehern ausziehen zu müssen. Zwar kratzte der Stoff auf ihrer Haut, vor allem, weil sie kein Unterhemd darunter trug, aber er gab ihr ein schützendes Gefühl, was ihr altes, fadenscheiniges und durchsichtiges Kleid nicht hatte bieten können.

Offenbar hatte ihre Nachbarin damals am ersten Tag in Bergen-Belsen recht gehabt, und ein Arbeitseinsatz in einer der Munitionsfabriken war so nah am Paradies, wie das Leben unter den Nazis nur sein konnte. Denn kaum war sie in das neue Kleid geschlüpft, wurde sie in eine andere Schlange beordert, wo sie einen Teller und einen Löffel erhielt. Innerhalb weniger Minuten hatte Rachel ihr Hab und Gut vervielfacht.

Die Kapo ihrer Baracke schien eine umgängliche Frau zu sein, keine der Sadistinnen, die in der Nazihierarchie gewöhnlich die untersten Machtpositionen bekleideten. Maria, eine stämmige und kräftige Brünette, trug das rote Dreieck einer politischen Gefangenen auf ihrer Gefängnisuniform.

Rachel hingegen trug das gelbe Dreieck der Jüdinnen – die Niedrigsten der Niedrigen, noch unterhalb der Kakerlaken und Wanzen, die die Betten bevölkerten. Ein Jude musste sich Befehle und Spott von allen anderen Insassen gefallen lassen, sogar von den gewöhnlichen Kriminellen, Asozialen und Homosexuellen.

»Meine Damen, ich zeige Euch eure Betten«, sagte Maria in einem Ton, der keinen Widerspruch duldete, auch wenn er nicht mit der sonst üblichen Verachtung und Schimpfworten gespickt war. Zusammen mit den anderen Neuankömmlingen folgte Rachel ihr in eine blitzsaubere Baracke mit Stockbetten auf beiden Seiten des schmalen Ganges. Nachdem sie jeder Frau ein eigenes Bett zugewiesen hatte, begann Maria mit einer kurzen Ansprache, in der sie die Aufgaben erläuterte, die erwartet wurden: Vor allem Fegen, Putzen, Waschen und die Ordnung in der Baracke. Sie schloss mit den folgenden Worten: »Tut, was ich sage, und ich garantiere euch, dass ihr gerecht behandelt werdet. Aber wer faulenzt oder einen Streit anfängt, ist schneller hier raus und in einer Strafeinheit, als er blinzeln kann. Verstanden?«

»Verstanden«, murmelte Rachel zusammen mit den anderen. Trotz Marias harter Worte mochte sie sie viel lieber als die meisten der Barackenältesten, die sie bisher kennengelernt hatte. In Bergen-Belsen waren die Kapos in der Regel Kriminelle, die sich nach dem bisschen Macht sehnten, das man ihnen gab, und es genossen, andere Häftlinge zu quälen.

Danach mussten sie sich vor der Küche aufstellen, wo jede

zwei Kellen Brühe und ein trockenes Stück Brot erhielt. Rachel zweifelte, ob das Brot wirklich aus Mehl gebacken wurde, und die stinkende Flüssigkeit roch und schmeckte genauso grauenvoll wie im Hauptlager, aber immerhin war es die doppelte Menge. Sie fand sogar ein paar Kartoffelschalen, ein winziges Stück Karotte und einige undefinierbare gummiartige Brocken in ihrer Schüssel.

Informationen waren wie immer schwer zu bekommen, aber als die anderen Häftlinge am Abend von ihren Arbeitseinsätzen zurückkehrten, erfuhr Rachel, dass sie sich im Außenlager Tannenberg bei Unterlüß befand, etwa dreißig Kilometer östlich von Bergen-Belsen. Dass das Arbeitskommando, dem sie zugeteilt worden war, in der Munitionsfabrik Rheinmetall-Borsig arbeitete und die eine halbe Stunde Fußweg vom Lager entfernt lag.

Wie sich herausstellte, hatte der Aufseher sie tatsächlich für ihren Gehorsam belohnt, denn die Frauen waren sich einig, dass die Arbeit bei Rheinmetall den Alternativen Holzfällen oder Straßenbau vorzuziehen war.

Unwillkürlich schauderte Rachel bei dem Gedanken, in ihrem ausgemergelten Zustand eine schwere Axt zu schwingen, um damit einen Baum zu fällen. Sie verdrängte den Gedanken und kletterte in ihr Bett, das mit einer kratzigen Strohmatratze und einer Decke ausgestattet war – eine enorme Verbesserung gegenüber ihrem Schlafplatz im Hauptlager.

Sie schickte ein Gebet für ihre drei jüngeren Geschwister zum Himmel und hoffte inständig, dass ihre Brüder es in die Sicherheit des Klosters geschafft hatten und dass Mindel eine gute Seele gefunden hatte, die sich um sie kümmerte. Ihr Glaube an Gott war in den letzten Monaten, in denen sie Grausamkeiten erlebt hatte, die sie sich nie hätte vorstellen können, fast verschwunden, aber selbst wenn das Gebet nicht half, würde es auch nicht schaden.

Seufzend schloss sie die Augen. Sie träumte von glücklicheren Zeiten mit genügend Essen, Sonnenschein und dem Duft von Blumen und frischgemähtem Gras. Sie sah ihre Mutter lächeln, während sie ihren Kindern beim Spielen zusah, und schlief bald ein, in der Hoffnung, dass diese glücklichen Zeiten eines Tages wiederkehrten.

13

SOMMER 1944

Der Frühling war gekommen und gegangen, die Sommersonne versengte den trockenen Boden im Lager, so dass es staubte und man kaum noch atmen konnte.

Mindel dachte noch ab und zu an Rachel, hatte sich aber mit der Tatsache abgefunden, dass ihre Schwester nie mehr zurückkommen würde. Sie war fort, wahrscheinlich tot. Mindel versuchte, nicht daran zu denken. Solche Dinge passierten. Hier im Lager geschahen sie überraschend häufig. An einem Tag war jemand da, am nächsten Tag war er oder sie weg.

Sie quälte sich durch die Tage, hing mit der Bande herum und gehorchte niemandem, außer Laszlo und der SS. Natürlich gingen die Bandenmitglieder den Aufsehern so gut wie möglich aus dem Weg und vermieden Zusammenstöße um jeden Preis.

Aber die anderen Erwachsenen? Die waren schwach und konnten die Kinder zu nichts zwingen. In gewisser Weise war es sogar besser als zu Hause, wo ihre Mutter sie immer herumkommandiert und ihr alles verboten hatte, was Spaß machte. Hier konnte sie tun und lassen, was sie wollte, solange die Aufseher sie nicht dabei erwischten.

Das Einzige, was sie wirklich störte, waren die Appelle und das wenige Essen. Aber auch das ließ sich bis zu einem gewissen Grad noch verschmerzen, denn Mindel und Laszlo waren ein eingespieltes Gespann, wenn es darum ging, etwas Essbares aus der Küche zu organisieren. Er stand Schmiere, während sie sich durch die kleinsten Öffnungen quetschte und alles einsteckte, was sie zu fassen bekam.

Eines Morgens beim Appell machte sie eine erstaunliche Entdeckung. Eine Küchenhilfe stand ihr schräg gegenüber. Mindel riss die Augen weit auf, um sich zu vergewissern, aber es gab keinen Zweifel. Die Frau, die dort stand, war dieselbe, die Tag für Tag Kartoffeln schälte.

»Wusstest du, dass die Küchenhilfen Gefangene sind genau wie wir?«, fragte sie Clara bei der nächsten Gelegenheit.

Das etwas ältere Mädchen lachte. »Natürlich sind sie das oder dachtest du, dass die SS die Arbeit selbst macht?«

Mindel runzelte konzentriert die Stirn. Darüber hatte sie noch nie nachgedacht. »Aber wenn die Küchenhilfen auch nur Gefangene sind, können sie uns nicht bestrafen. Warum haben wir dann Angst vor ihnen?«

»Weil sie uns bei der SS anschwärzen.«

Mindel war nicht überzeugt. Bis die Frau die Aufseher rufen konnte, wäre sie schon dreimal über alle Berge. Von diesem Tag an wurde sie bei ihren Diebstählen noch dreister.

Eines Nachmittags stand sie vor dem Küchengebäude und wartete darauf, dass die Frau ihr den Rücken zudrehte und sie hineinschleichen konnte. Mindel hatte sie schon einmal gesehen. Sie war richtig alt, mindestens dreißig, hatte dunkles Haar, eine blasse Haut und hohe Wangenknochen. Manchmal sprach sie mit sich selbst in einer Sprache, die Mindel nicht verstand. Es klang komisch, wie Kauderwelsch, aber Ruth hatte den anderen Kindern mit Bestimmtheit erklärt, es sei Russisch.

Niemand in der Bande wusste genau, was Russisch war und warum diese Leute so anders sprachen, aber das war auch egal, denn Mindel hatte nicht die Absicht, jemals mit dieser Frau zu sprechen.

Draußen war es heiß, und ihr knurrender Magen machte sie ungeduldig. Sie konnte es kaum erwarten, die lecker aussehenden Kartoffelschalen zu stibitzen. Normalerweise wartete sie, bis die Küchenhilfe den Sack mit Kartoffeln fertig hatte und sie zum Herd trug. Doch diesmal ergriff Mindel die Gelegenheit, sobald die Russin sich für einen Moment umdrehte, um sich den Rücken zu massieren. Auf Händen und Knien kroch sie in die Baracke und versteckte sich hinter einem Regal.

Die dumme Frau machte jedoch keine Anstalten wegzugehen. Als sie es endlich doch tat, war Mindel so verzweifelt, dass sie nicht einmal wartete, bis die Frau um den Tresen verschwunden war, um auf den Mülleimer zu stürzen.

Sie griff in den Eimer mit den Kartoffelschalen und stopfte sich eine Handvoll in den Mund, bevor sie ein zweites Mal hineingriff und sich die Taschen ihres Kleides vollstopfte.

»*Ty chevo tvorish?*«, ertönte eine erboste Stimme hinter ihr, und Mindel spürte, wie ihr Herz aussetzte.

Sie drehte sich um und entdeckte die Russin, die zwischen ihr und der Tür stand. Mindel schluckte die Schalen hinunter und wich nach links aus. Die Frau bewegte sich mit ihr und musterte sie dabei von Kopf bis Fuß. Diesmal sprach sie in gebrochenem Deutsch: »He, was machst du da?«

»Ich ... ich habe Hunger.«

»Den haben wir alle. Das ist kein Grund zu stehlen.«

Mindel spürte, wie ihre Ohren vor Scham brannten und nickte. Sie war so stolz auf ihr Organisationstalent gewesen.

Trotzig presste sie die Lippen aufeinander und wich zurück, um die Tür zu erreichen und wegzurennen, aber die Russin ahnte ihr Vorhaben und schnitt ihr den Weg ab.

»Du großen Ärger, wenn du an falsche Person kommst«, sagte sie und sah sich um, um sicherzustellen, dass niemand sie beobachtete. Sie griff auf ein hohes Regal und zog eine Dose herunter, aus der sie eine Handvoll Brotkrümel nahm. »Hier. Nimm und geh. Aber komm nie wieder stehlen.«

Mindel starrte auf die angebotenen Brotkrümel, zweifelnd, ob das eine Falle war. In der Bande war man sich einig, dass man Erwachsenen nicht trauen konnte. Der SS sowieso nicht, aber auch nicht den anderen Gefangenen. Jeder, der nicht zur Familie gehörte, wollte einen nur ausbeuten oder bestehlen.

Der Hunger siegte über das Misstrauen, und sie streckte ihre Hand aus, um nach den Krumen zu greifen. Die Russin gab den Weg frei und Mindel rannte zur Hintertür so schnell sie konnte. Sie stürzte aus der Küche und raste mit Volldampf bis dorthin, wo Laszlo auf sie wartete.

»Holla! Was ist passiert?«, fragte er, als sie atemlos und zitternd wie Espenlaub neben ihm auftauchte.

»Ich wurde erwischt.«

»Ach du Scheiße! Wie bist du rausgekommen?« Laszlos Augen huschten umher, als erwartete er, dass jeden Moment knüppelschwingende Aufseher auftauchten.

Mindel zog ihn am Arm weg. »Sie hat mich nicht verraten. Hat mir sogar Brotkrümel gegeben.« Mindel öffnete ihre Hand, um ihm die Beute zu zeigen.

»Lass uns zu den anderen gehen und Lagebesprechung halten.«

Hinter den Baracken befand sich eine leere Fläche, die früher einmal eine Wiese gewesen sein mochte, inzwischen nur aus festgestampfter Erde bestand. Für Mindel und die Bande war es der Himmel auf Erden, denn dort waren sie den neugierigen Blicken der Aufseher und anderer Erwachsener weitgehend entzogen. Nur die Posten auf den hohen Wachtürmen konnten sie sehen, aber die waren zu weit weg, um sie zu belauschen.

Als sie an dem staubigen Platz ankamen, den sie zu ihrem Hauptquartier gemacht hatten, warteten die anderen Kinder bereits.

»Warum habt ihr so lange gebraucht?«, fragte Ruth.

»I… « Mindel wollte etwas sagen, aber Laszlo stieß sie mit dem Ellbogen in die Seite und erklärte: »Die Frau hat keine Kartoffeln geschält, aber Mindel hat Brotkrümel organisiert.«

Die Kinder bildeten einen Kreis, und jedes von ihnen legte die organisierten Schätze in die Mitte. Laszlo teilte den Vorrat gerecht in fünf Teile und sie aßen gemeinsam. Es war fast so, als wäre Mindel wieder zu Hause und säße mit ihrer Familie am Tisch – nur dass diese vier Kinder jetzt ihre Familie waren.

Abgesehen von Laszlo und ihr selbst hatten alle noch einen Elternteil oder zumindest ein älteres Geschwisterkind im Lager, aber da die Erwachsenen tagsüber arbeiten mussten, waren sie die meiste Zeit auf sich allein gestellt.

Als sie gegessen hatten, schlug Fabian vor: »Lasst uns etwas spielen.«

»Jude und SS«, kam sofort die Antwort. Das war das Lieblingsspiel der Kinder.

»Ich bin SS«, sagten Laszlo, Fabian und Ruth wie aus einem Mund und überließen Clara und Mindel die Rolle der Juden.

»Ich hasse es, Jude zu sein«, beschwerte sich Mindel.

»Nur am Anfang«, sagte Laszlo. »Später tauschen wir die Rollen. Jeder darf mal SS sein.«

Clara und Mindel bekamen einen Vorsprung, während die anderen ihnen den Rücken zukehrten und bis zehn zählten.

Mindel rannte sofort los und suchte ein Versteck. Es gab nicht wirklich viele, abgesehen von den Hütten. Sie drückte sich an die Wand und hoffte, dass die anderen sie nicht entdecken würden.

Schon rief Laszlo: »Ich komme. «

Kurz darauf hörte sie leise Schritte, die sich ihrem Versteck näherten. Sie wartete bis zur letzten Sekunde, bevor sie sich davonstahl, in der Hoffnung, das Überraschungsmoment auf ihrer Seite zu haben, aber Fabian war zu schnell. Er packte sie am Arm und zerrte sie hinter sich her zum Bestrafungsplatz. Clara wurde bald darauf gefangen, und die beiden standen in der Mitte des Kreises, während die anderen so taten, als würden sie sie an einen Pfahl binden, und sangen: »Die Juden sollen brennen! Die Juden sollen brennen!«

Mindel und Clara mussten so tun, als würden sie um ihr Leben betteln und boten der SS Essen, Kleidung, Geld und was ihnen sonst noch einfiel an. Sobald sie offiziell lebendig verbrannt waren, endete das Spiel und sie begannen von vorne mit vertauschten Rollen.

Mindel war viel lieber SS, weil die immer gewann und die Juden nie eine Chance hatten. Sie spielten noch mehrere Runden, bis sie alle erschöpft zu Boden sanken.

Es war seltsam, ständig erschöpft zu sein, denn ihre Brüder hatten ihr immer versprochen, dass sie schneller und stärker werden würde, wenn sie älter war, aber in Wirklichkeit schien genau das Gegenteil der Fall zu sein. Jeden Tag konnte sie weniger schnell laufen und musste öfter eine Verschnaufpause machen.

Aber das Herumsitzen und Nichtstun wurde bald langweilig, und Ruth, die ein wandelnder Besenstiel war, sagte: »Mal sehen, wer am dünnsten ist.« Sie hob ihr Kleid hoch und schob ihre Finger unter die Rippen. Ihre Hand verschwand bis zu den Knöcheln.

»Ha, das ist gar nichts, das kann ich besser«, prahlte Fabian und schob sein Hemd hoch, um zu zeigen, wie er die ganze Hand unter den Rippen verschwinden lassen konnte. »Was sagt ihr dazu?«

Die anderen Kinder murmelten bewundernd und Mindel nickte ernst, als sie sagte: »Du bist wirklich dünn.«

»Was ist mit dir, Mindel? Zeig uns, wie dünn du bist!«, drängte Fabian, aber sie antwortete: »Ich mag dieses Spiel nicht.« Sie konnte nur die ersten beiden Fingerglieder hinter ihre Rippen quetschen. Noch ein Nachteil, wenn man die Jüngste und Kleinste war. Bei diesen Spielen verlor sie immer.

Viel zu schnell war es Zeit Abend zu essen, und obwohl sie immer hungrig war, verabscheute sie den Moment, in dem sie die ekelhafte Suppe in den Mund löffeln musste. Warum konnten die Aufseher ihnen nicht etwas Leckeres geben? Heimweh überkam sie, und wie durch ein Wunder saß Mindel auf einmal daheim am Küchentisch und sah ihrer Mutter beim Kneten von Brotteig zu.

»Kann ich etwas Teig haben?«, fragte Mindel.

»Nein, du musst warten, bis das Brot gebacken ist.« Mutter knetete weiter und formte den Teig zu zwei länglichen Broten. Als sie sich umdrehte, konnte Mindel nicht länger warten und lehnte sich über den Tisch, um ein Stück Teig abzuzwicken, aber Mutter war schneller und schlug ihre Hand weg.

»Ich habe nein gesagt. Du darfst den rohen Teig nicht essen, sonst bekommst du Würmer.«

Mindel wollte keine Würmer haben, also schaute sie sehnsüchtig auf die verlockend aussehenden Brotlaibe, die einer nach dem anderen im Ofen verschwanden.

»Wie lange dauert es, bis sie fertig sind?«

Mutter lachte und rieb mit dem Handrücken über Mindels Kopf. »Du wirst bis zum Abendessen warten müssen.«

»So lange?« Ehrlich gesagt wusste sie nicht, wann es Abendessen gab, aber sie war sich sicher, dass alles, was später als sofort war, viel zu lange dauerte. Vor allem, weil kurz darauf der köstliche Geruch von frisch gebackenem Brot die Küche erfüllte. Und tatsächlich, einer nach dem anderen kamen ihre Brüder, Rachel und sogar Vater ins Haus, schnupperten und fragten, wann sie ein Stück frisches Brot bekommen könnten.

»He, träumst du, oder was?«, fragte eine laute Stimme und sie blickte in Laszlos Gesicht. So sehr sie ihn auch liebte, in diesem Augenblick hasste sie seinen Anblick, weil er sie in dieses schreckliche Lager zurückgeholt hatte.

»Vermisst du auch manchmal frisches Brot?«, fragte sie ihn.

Sein Gesicht nahm einen verträumten Ausdruck an, bevor es sich wieder verhärtete. »Jeden Tag.«

14

Rachel wurde durch lautes Geschrei aus dem Schlaf gerissen und brauchte einen Moment, um sich zu erinnern, wo sie war. Sie sprang aus ihrem Bett, zog ihre Schuhe an und rannte nach draußen zum unvermeidlichen Appell. Doch zu ihrer großen Überraschung gab es keinen Appell, sondern nur eine Schlange vor der Feldküche.

Sie hatte sich so sehr an die schreckliche Brühe gewöhnt, dass sie den abgestandenen und muffigen Geruch gar nicht mehr wahrnahm und hastig den letzten Tropfen in ihren Mund löffelte – gerade noch rechtzeitig, um sich mit Hunderten anderer Frauen in eine Reihe zu stellen. Noch bevor alle versammelt waren, marschierten sie in Viererreihen aus dem Lager.

Draußen war es bereits hell. Die gesamte Bevölkerung des Städtchens schien auf den Beinen zu sein und sich auf den Weg zur Arbeit zu machen. Sobald sich die Gruppe der Gefangenen jedoch näherte, verschwanden die Bürger in Seitenstraßen oder schauten demonstrativ weg. Nur einige

Unerschrockenen blieben stehen und schleuderten den Gefangenen Schimpfwörter entgegen.

Rachel ging an der Außenseite ihrer Viererreihe und stockte, als Spucke auf ihrem Arm landete. Gerade als sie sie wegwischen wollte, kam eine Aufseherin von hinten, schlug mit ihrem Knüppel zu und schrie: »Weitergehen, du dreckige Jüdin!«

Sie stolperte weiter und blickte sich verstohlen um. Selten in ihrem Leben hatte sie sich so gedemütigt gefühlt; sie verstand nicht, warum diese Menschen sie so sehr hassten. Sie war eine Deutsche genau wie die Stadtbewohner, mit dem einzigen Unterschied, dass ihre Vorfahren Juden gewesen waren. Aber ihre Eltern hatten sich längst assimiliert, und Rachel und ihre Geschwister lebten wie alle Deutschen, außer dass sie sonntags nicht in die Kirche gingen.

In der Ferne konnte sie ein großes Gebäude sehen, vermutlich die Fabrik, in der sie arbeiten sollten. Trotz der frühen Stunde war die Luft warm, und sie fürchtete sich vor dem Rückweg am Abend, wenn die asphaltierte Straße glühend heiß sein würde. Dankbar für ihre festen Schuhe schaute sie sich um und bemerkte, dass einige Frauen Lumpen um ihre Füße gewickelt hatten.

Nach einem mühsamen Marsch erreichten sie schließlich die Rheinmetall-Borsig-Munitionsfabrik, die wie ein riesiger, grauer Wachtposten am anderen Ende der Stadt aufragte. Die Althäftlinge eilten zu ihren Arbeitsplätzen, doch Rachel musste sich mit den anderen Neuankömmlingen anstellen, um ihren Arbeitsbereich zugewiesen zu bekommen.

Sie hoffte nur, dass sie sich bei der Arbeit hinsetzen konnte, denn in ihrem geschwächten Zustand war sie von dem halbstündigen Marsch vollkommen erschöpft. Vor weniger als einem Jahr hatte sie so etwas zu Hause mehrmals am Tag ohne Probleme geschafft.

»Mitkommen!«, befahl ein Vorarbeiter und deutete auf Rachel und fünf weitere Frauen. Er führte sie zu einer Station, wo Rachel erfreut mehrere hohe Hocker entdeckte. Er forderte sie auf sich zu setzen, und zeigte ihnen, wie man Geschosshülsen mit Sprengstoff füllte, dann ließ er sie allein und stellte die nächste Arbeitsgruppe zusammen.

Sie wagte nicht zu sprechen oder sich auch nur umzusehen, sondern konzentrierte sich ausschließlich auf die Aufgabe. Es war körperlich nicht so anstrengend wie Straßenbauarbeiten, aber sie musste sich sehr konzentrieren, um den Sprengstoff nicht zu verschütten, wenn sie ihn in die Hülsen füllte.

Im Laufe des Vormittags wurde die Luft in der Fabrik unerträglich heiß und stickig. Der Geruch der verschiedenen Chemikalien brannte ihr in Nase und Augen, bis sie nach einer Weile nur noch durch einen Schleier von Tränen sehen konnte. Einmal wischte sie sich mit den Fingern über die Augen und schrie vor Schmerz auf, als sie sich damit Chemikalienrückstände in die Augen schmierte. Es war in jedem Fall besser, eine von Tränen getrübte Sicht zu haben, als diesen unerträglichen Schmerz noch einmal zu ertragen.

Der scharfe Geruch reizte nicht nur ihre Augen. Nachdem sie ihn stundenlang eingeatmet hatte, brannte ihre Lunge und sie hustete ununterbrochen.

»Es wird besser«, sagte die Frau, die neben ihr arbeitete.

»Woher wissen Sie das?«, fragte Rachel, bevor ein weiterer heftiger Hustenanfall sie schüttelte.

»Weil ich schon sehr lange hier bin.«

Obwohl Rachel am Vorabend positiv überrascht gewesen war, wurde ihr schnell klar, dass die Arbeit so beschwerlich war, dass es ein eigenes Bett und etwas mehr Essen nicht aufwog. Und es lag sicher nicht daran, dass sie ein verwöhntes Gör war, denn sie hatte zeitlebens hart gearbeitet.

Bald schon wünschte sie sich nach Bergen-Belsen zurück, wo sie nicht jeden Tag zusätzlich zur Zwölf-Stunden-Schicht an einem grauenvollen Arbeitsplatz auch noch eine Stunde marschieren musste. Am meisten schmerzte es sie jedoch, dass sie mit ihrer Zwangsarbeit die Kriegsanstrengungen genau der Leute unterstützte, die geschworen hatten, ihr Volk auszulöschen – und ihr die Schwester weggenommen hatten.

Allerdings fand sie beim Abendessen heraus, dass die Arbeit in der Munitionsfabrik einen weiteren Vorteil hatte: Jede Frau erhielt ein Glas Milch zu ihrer dünnen Suppe. Es war das erste Mal seit ihrer Verhaftung, dass sie Milch gesehen oder gekostet hatte. Echte Milch. Glückliche Erinnerungen an zu Hause kamen ihr in den Sinn und ließen sie lächeln.

»Warum geben die uns hier Milch, wenn sie es anderswo noch nie getan haben?«, fragte sie eine Altgefangene.

»Natürlich nicht aus reiner Herzensgüte«, sagte die dünne Frau mit Glatze. »Es lindert den scharfen Geschmack der Chemikalien etwas und stoppt angeblich die Wirkung der giftigen Dämpfe, die wir den ganzen Tag einatmen.«

———

Wochen vergingen, die Tage verschwammen ineinander. Die Arbeit wurde zwar nicht leichter, aber wenigstens musste Rachel ihren Kopf nicht mehr anstrengen. Jeden Tag zwölf Stunden lang dieselben Handgriffe zu machen, war langweilig und ermüdend, aber sie gewöhnte sich mehr oder weniger an die Plackerei und, wie versprochen, ließ der Husten irgendwann nach.

Eines Abends nach dem Abendessen – dieselbe schleimige Suppe wie jeden Tag, mit leicht variierendem, aber immer ekligen Geschmack – kehrten die Frauen in ihre Baracken zurück. Rachel, die jeden Tag ein Stückchen Hoffnung verlor, legte sich in ihr Stockbett. Immer total erschöpft, tat sie in ihrer Freizeit selten mehr als herumliegen.

Eine lärmende Gruppe von Neuankömmlingen als Ersatz für diejenigen, die in der vergangenen Woche gestorben waren, betrat die Baracke. An ihrem eigenen Arbeitspensum würde das nichts ändern, aber Rachel freute sich trotzdem, andere Gesichter zu sehen und vielleicht ein paar Neuigkeiten von draußen zu erfahren. Wie alle anderen sehnte sie sich nach Informationen über den Verlauf des Kriegs und die allgemeine Lage in Deutschland oder sogar nach Nachrichten über ihre Familienangehörigen. Trotz der kompletten Abschottung von der Außenwelt hatten die Frauen in Tannenberg durch achtlos hingeworfene Bemerkungen der zivilen Vorarbeiter von der Invasion der Alliierten in Frankreich erfahren.

Normalerweise feierten die Aufseher jede erfolgreiche Schlacht, und wenn sie tagelang kein Wort sagten, gab ihr Verhalten Anlass zu wilden Spekulationen über den Stand des Kriegs. Jedes besorgte Gesicht oder abrupt beendete Gespräch war für die Häftlinge ein Grund zur Annahme, dass das Ende näher rückte. Rachel war nicht die Einzige, deren Hoffnung zu Überleben darauf beruhte, dass das Deutsche Reich einem baldigen Untergang geweiht war und sie durch die Alliierten befreit werden würden.

Von ihrer oberen Etage aus beobachtete sie die Masse der schmutzigen und erschöpften Frauen, die an den Stockbetten vorbeischlurften. Ängstlich fragte sie sich, ob sie auch so aussah, und fürchtete jeder Tag in dieser Hölle brächte sie einen Schritt näher daran, selbst ein Muselmann zu werden. Die Erinnerung an die untoten Kreaturen, die sie im Stammlager gesehen hatte, verfolgte sie in ihren Albträumen, und wenn es etwas gab, wovor sie mehr Angst hatte als vor dem Tod selbst, dann war es, einer von denen zu werden.

Sie bemühte sich, hinunterzuklettern und die Neuankömmlinge zu begrüßen, die von der Kapo Maria ihre Betten zugewiesen bekamen. Dann entdeckte sie die Frau.

»Linda!« Sie sprang herunter und eilte auf sie zu. Kurz darauf lagen sie sich in den Armen. Obwohl sie nur wenige Tage miteinander verbracht hatten, war es als würde sie eine lange verlorene Freundin wiedersehen.

»Rachel! Wie wunderbar ist das! Hierher zu kommen und eine Freundin zu finden.«

Wie immer hatte Linda die Fähigkeit, ihren Tag zu erhellen, und es schien, als würde in der heruntergekommenen Hütte plötzlich die Sonne strahlen.

»Es ist so schön, dich zu sehen.« Rachel wusste nicht, was sie sonst sagen sollte. *Du siehst furchtbar aus*, wäre zwar wahr gewesen, aber es war keine angemessene Art auszudrücken, wie glücklich sie darüber war, Linda wiederzusehen.

»Maria, kann Linda das Bett neben mir haben?«, fragte Rachel die resolute Funktionsgefangene, die ein strenges, aber nie grausames Regiment in der Baracke führte.

»Sicher.« Maria schrieb Lindas Namen neben die Nummer des Stockbetts und fuhr dann mit der Zuweisung der restlichen Neuankömmlinge fort.

»Hast du deine Schwester gefunden?«, fragte Linda, als sie die obere Etage erklommen hatten.

Rachel schüttelte verzweifelt den Kopf. »Ich war so kurz davor, ins Sternlager zu kommen, bevor sie mich hierher geschickt haben.«

»Es tut mir so leid. Aber ich bin sicher, es geht ihr gut. Irgendjemand wird sie unter seine Fittiche genommen haben.«

»Das sage ich mir auch immer wieder.« Rachel versuchte, zuversichtlich zu klingen.

»Mach dir deswegen keine Sorgen.« Linda legte eine knochige Hand auf Rachels Arm, eine Geste, die ihr das Herz erwärmte und sie daran erinnerte, dass es auf der Welt noch Güte gab.

»Ich weiß, es ist nicht meine Schuld, aber ich habe trotzdem das Gefühl, dass ich sie im Stich gelassen habe. Ich habe versprochen, mich um sie zu kümmern, und stattdessen habe ich zugelassen, dass sie mir entrissen wird.«

»Niemand kann es mit der SS aufnehmen. Nicht du, nicht ich, niemand hier.« Linda setzte sich auf die harte Matratze, legte Rachels Kopf in ihren Schoß und streichelte sie, als wäre sie ein Baby.

»Es fühlt sich so furchtbar an. Nicht zu wissen, wo sie ist oder wie es ihr geht.« Rachel hatte Mühe, ihre Gefühle im Zaum zu halten. Sie hatte keine Tränen mehr zu vergießen, doch ihr ausgemergelter Körper zitterte unter den heftigen Wellen von Schuld und Scham, die sie überrollten. »Ich hätte sie besser festhalten sollen … nicht zulassen, dass sie uns trennen …«

»Pst. Mach dir nicht so viele Sorgen. Deiner kleinen Schwester geht es bestimmt gut.« Linda flüsterte weiter beruhigende Worte, und schon bald driftete Rachel weg und träumte von einem Wiedersehen mit Mindel.

15

Es war so schrecklich heiß. Mindels Zunge klebte an ihrem Gaumen, aber das kümmerte natürlich niemanden. Sie würde keinen einzigen Tropfen Wasser bekommen, bevor dieser nicht enden wollende Appell vorbei war, und Gott allein wusste, wie lange das dauern würde. Blöde SS!

Sie verstand nicht, warum es so lange dauerte, die Gefangenen zu zählen. Die Aufseher waren Erwachsene, also warum konnten sie nicht zählen ohne immer wieder von vorne anzufangen, so wie sie es tun musste, wenn sie über eine Hand hinaus zählte? Das ergab keinen Sinn, und sie zweifelte allmählich an der Intelligenz der Aufseher.

Das nächste Mal, wenn sie Heidi sah, würde sie das ältere Mädchen danach fragen. Inzwischen hatte sie erfahren, dass Heidi schon fünfzehn war. Alt genug, um über solche Dinge Bescheid zu wissen, aber noch nicht zu alt, um nicht mehr vertrauenswürdig zu sein.

Mindel bewunderte Heidi aus vollem Herzen. Sie hatte in Berlin gelebt, bevor ihre Familie auf abenteuerliche Weise vor den Nazis nach Amsterdam geflohen war. Laszlo hatte ihr erzählt, dass Amsterdam die Hauptstadt der Niederlande sei, ein Nachbarland von Deutschland, in dem die Menschen eine andere Sprache sprachen.

Sie verstand immer noch nicht ganz wie das funktionieren sollte, da Heidi und ihre Schwester genauso redeten wie Mindel selbst.

»Sei nicht dumm«, hatte Laszlo gesagt. »Wenn sie allein sind, sprechen sie Niederländisch, aber mit uns reden sie Deutsch.«

»Wäre es nicht einfacher, immer die gleiche Sprache zu sprechen?« Daheim hatte sie nur mit ihrer Familie geredet und mit einem der seltenen Besucher, der vorbeikam.

»Törichtes Mädchen! Die Niederländer sprechen Niederländisch, aber die meisten haben seit der Besatzung Deutsch gelernt. So wie ich Ungarisch spreche, weil mein Vater Ungar war, aber auch Deutsch, weil meine Mutter Deutsche war.«

»Du sprichst auch zwei Sprachen?« Das war neu für Mindel, und sie fragte sich, ob sie der einzige Mensch auf der Welt war, der nicht wusste, dass es verschiedene Sprachen gab, geschweige denn mehrere beherrschte.

»Eigentlich drei, ich habe in der Schule Englisch gelernt.«

»Du bist zur Schule gegangen?«

Laszlo runzelte die Stirn. »Jeder geht zur Schule, wenn er alt genug ist.«

»Meine Brüder nicht.« Der Gedanke an die beiden versetzte ihr einen stechenden Schmerz ins Herz. Als Rachel und sie verhaftet worden waren, hatte sie sich eingeredet, dass die beiden – die immer voraus gegangen waren – den blöden Polizisten richtig schnell davongelaufen waren. Aber während ihrer Zeit im Lager hatten sich Zweifel eingeschlichen und sie befürchtete, dass die SS auch sie geschnappt hatte.

Sie schüttelte den Kopf und zog es vor, nicht daran zu denken. In ihrer Vorstellung waren ihre Brüder auf den

Bauernhof zurückgekehrt, hüteten die Kaninchen, die Hühner, bestellten die Felder und sorgten für ihren Hund Rex. Ganz sicher warteten sie dort auf sie.

Ach, wenn sie doch Rachel endlich wiederfinden und mit ihr nach Hause gehen könnte.

»Wie alt sind deine Brüder?«, fragte Laszlo.

»Sieben und zehn.«

»Wie blöd seid ihr denn?«, sagte Michael, einer der älteren Jungen und ein nerviger Klugscheißer. »Juden dürfen nicht in die Schule gehen.«

Mindel wandte den Kopf ab, denn sie wollte nicht weiter über dieses Thema reden. Zu Hause war alles so einfach gewesen. Sie hatte nicht einmal gewusst, dass ihre Familie jüdisch war oder sich von den Nachbarn unterschied – nicht, dass sie mit vielen Menschen in Kontakt gekommen wäre.

Aber seit ihrer Gefangennahme hatte sie so viele Dinge über Juden gelernt, und keins davon war gut. Juden waren schmutzig, gemein, gerissen … und jetzt erfuhr sie, dass sie nicht einmal zur Schule gehen durften. Wer hatte das alles beschlossen?

Sie kannte die Antwort bereits. Die SS und Adolf Hitler. Er schien über alles in Deutschland zu entscheiden und keine seiner Entscheidungen ergab Sinn. Was sie nicht verstand, war, warum die anderen Erwachsenen ihm nicht sagten, wie falsch er alles machte?

Die Sonne stieg immer höher in den Himmel und versengte den Boden. Laszlo hatte behauptet, es sei August. Sie erinnerte sich, dass zu Hause der August der Monat war, in dem das ganze Dorf auf die Felder ging, um die Ernte einzufahren. Aber hier im Lager standen sie nur herum und warteten. Und die grässlichen Aufseher ließen sie nicht einmal im Schatten der Baracken stehen, wo es doch so viel angenehmer gewesen wäre. Die SS hatte wirklich keine Ahnung vom Leben.

Eine alte Frau, die in Mindels Nähe stand, brach zusammen und trotz des Wutanfalls des Aufsehers, der sie auspeitschte und schlug, stand sie nicht mehr auf. Mindel beobachtete das Spektakel mit weit aufgerissenen Augen und flüsterte: »Sei nicht dumm, steh wieder auf!«

Doch nichts geschah. Die Frau lag regungslos auf dem Boden, und nach einer Weile hörte der Aufseher auf, sie zu schlagen und ging weiter. Mindel schüttelte unwillkürlich den Kopf. Es war nicht das erste Mal, dass sie Zeuge eines solchen Vorfalls geworden war. Heidi zufolge waren die Leute, die nicht mehr aufstanden, tot.

Mutter hatte immer gesagt, dass nach dem Tod eines Menschen die Seele weiterlebte und zu Gott in den Himmel ging. Also stand sie da und beobachtete genau, was als nächstes passieren würde. Sie wollte unbedingt sehen, wie die Seele in den Himmel aufstieg. Aber wie jedes Mal bisher, war nichts zu sehen, und der Leichnam lag da wie ein Stock. Nichts, nicht einmal ein Schatten oder eine Feder erhob sich gen Himmel.

Mindel konnte ihre Enttäuschung kaum unterdrücken. Das, was ihre Mutter ihr beigebracht hatte, schien im wirklichen Leben nicht zu passieren. Konnte sich Mutter geirrt haben oder hatte sie Mindel angelogen? Das Ausmaß ihres Verdachts ließ ihr Herz schmerzhaft verkrampfen.

Sie nahm sich vor, auch zu diesem Thema Heidi zu befragen. Einmal hatte sie versucht, Laszlo nach den Seelen zu fragen, die in den Himmel gingen, aber er hatte nur gestöhnt und ihr gesagt, dass sie ein Baby sei, wenn sie das immer noch glaubte.

Es war in der Tat eine herbe Enttäuschung. Wenn ihre Seele nach dem Tod nicht zu den Wolken flog, konnte sie nicht mit den Engeln herumtollen, und sie konnte auch nicht von oben herabschauen, um Rachel zu finden.

Ihr Durst wurde immer schlimmer, und in der sengenden Sonne wurde ihr irgendwann schwindlig. Da sie sich aber nicht mehr sicher war, ob sie wirklich in den Himmel fliegen konnte, beschloss sie, dass es besser war, noch nicht zu sterben, und zwang sich, aufrecht stehen zu bleiben.

Der verhasste Appell ging weiter, eine weitere Frau strauchelte, stieß gegen die Person zu ihrer Rechten und verursachte einen ziemlichen Aufruhr. Mindel beobachtete, wie sie versuchte, sich wieder aufzurichten, aber ein Aufseher war bereits zur Stelle und prügelte mit seinem Knüppel auf sie ein.

Die Frau schrie auf und fiel nach vorne. Mindel sah mit weit aufgerissenen Augen zu, wie die Aufseher die knurrenden Hunde losmachten. Der Angstschrei blieb in ihrer Kehle stecken, aber sie konnte beim besten Willen nicht wegsehen, als sich das morbide Schauspiel vor ihr abspielte.

Sie liebte alle Tiere, und Hunde ganz besonders. Ihre Eltern hatten einen Wachhund gehabt, den guten alten Rex. Er bellte pflichtbewusst Fremde an, und Rachel hatte mal erzählt, wie er einen Einbrecher in die Wade gebissen und ihn festgehalten hatte, bis Vater angerannt kam.

Aber die Lagerhunde waren weder freundlich noch liebenswert.

Die meisten von ihnen waren Deutsche Schäferhunde und wurden an sehr kurzen Leinen gehalten. Sie bellten grundlos, stürzten sich auf die Gefangenen und bissen manchmal sogar zu. Doch was Mindel heute sah, war etwas, das sie nie vergessen würde. Etwas, von dem ihr Vater ihr versichert hatte, dass kein Hund dazu fähig sei.

Die Aufseher brüllten den Hunden einen Befehl zu, und alle drei stürzten sich auf die Frau, die auf Händen und Knien verzweifelt darum kämpfte, wieder auf die Beine zu kommen.

Die Hunde sprangen auf sie, und Mindel schloss schließlich doch die Augen und hielt sich die Ohren zu, hörte aber trotzdem die schnappenden Kiefer, das Reißen von Fleisch und vor allem die markerschütternden Schreie.

Dann war es wieder still.

Mindel öffnete ihre Finger einen Spalt breit und lugte hindurch. Dann keuchte sie auf. Überall war Blut. Einer der Aufseher schüttelte den Kopf und scherzte, dass die Hunde dringend ein Bad brauchten. Da sich sonst niemand rührte oder etwas sagte, nahm Mindel langsam die Hände von den Ohren, stellte sich etwas aufrechter hin und starrte geradeaus in die Ferne. Sicherlich gab es in dem zerfleischten Körper keine Seele mehr, die zu Gott in den Himmel aufsteigen konnte.

Als der Appell endlich vorbei war, lagen zahllose Häftlinge am Boden. Die SS schickte alle Erwachsenen mit Arbeitstrupps weg, nur die Alten, Kranken und Kinder warteten noch darauf, dass sie gehen durften.

Ein Aufseher deutete auf Heidi, die einige Reihen von Mindel entfernt stand. »Du! Herkommen!«

Sie gehorchte und er brüllte sie an: »Nimm diese Drecksgören hier mit und schafft mir die lebenden Gefangenen in die Hütten. Die Leichen überlasst ihr dem Sonderkommando.«

Heidi nickte, rief die Kinder zu sich, und erklärte ihnen: »Wir müssen alle, die noch leben, zurück in die Baracken bringen.«

»Woher sollen wir wissen, wer noch lebt?«, fragte ein Mädchen, das etwa so alt war wie Mindel.

»Wenn sich jemand bewegt oder atmet, wenn ihr ihn anstupst, bringt ihr ihn in seine Hütte. Am besten arbeitet ihr in Vierergruppen, eine Person kann ziemlich schwer sein«, sagte Heidi.

Das machte Sinn. Mindel bewunderte das ältere Mädchen dafür, dass sie die Situation so gut im Griff hatte. Sie hätte niemals an das Gewicht der Verletzten gedacht.

»Was ist, wenn einer sich weder bewegt noch atmet?«, fragte Mindel.

»Dann ist er tot und später bringt das Sonderkommando die Leichen ins Krematorium. Vergesst nicht zu zählen, wie viele Leute ihr in die Baracken zurückbringt und wie viele tot sind. Die SS wird das wissen wollen.« Heidi teilte die Kinder in Gruppen ein, immer zwei ältere mit zwei jüngeren.

Ruth und Fabian waren in Mindels Gruppe, zusammen mit einem älteren Mädchen, das sie schon einmal gesehen hatte, aber nicht wirklich kannte.

»Ich bin Laura«, sagte das Mädchen und winkte sie herbei. »Lasst uns loslegen.«

Sie gingen auf die erste Person zu, die auf dem Boden lag. Diese war ganz offensichtlich tot, ihre leeren Augen waren weit aufgerissen, ebenso wie ihr Mund. Sie war so abgemagert, dass sie sehr unheimlich aussah, und Mindel machte einen großen Bogen um die Leiche.

»Kannst du zählen?«, fragte Laura.

»Bis fünf.« Mindel hob die Finger der einen Hand.

»Gut, du zählst die Leichen und Fabian die Lebenden.«

Mindel nickte und presste die Lippen zusammen, um sich auf ihre sehr wichtige Aufgabe zu konzentrieren. Sie ging zu der nächsten am Boden liegenden Person, derweil Laura und Ruth einer Frau aufhalfen und sie zu einer Hütte schleiften. Mindel bückte sich und betrachtete die gräuliche, ausgemergelte Frau, die zu schlafen schien. Da sie nicht sicher war, ob sie noch lebte oder nicht, folgte sie Heidis Anweisung, sie zu stupsen.

Zuerst tat sie das ganz sanft, und als keine Reaktion kam, etwas fester. Die Frau bewegte sich nicht. Aber reichte das aus, um festzustellen, ob sie tatsächlich tot war? Mindel hatte ihre Zweifel und schaute zu Fabian, der ein paar Schritte hinter ihr wartete.

»Du musst fester zutreten«, sagte er.

Es fühlte sich falsch an, aber Mindel trat die Frau in die Seite – fest. Sie bewegte sich immer noch nicht. »Ich glaube, sie ist tot.«

»Wir müssen ganz sicher sein, weil sie die Leichen in den Ofen stecken.«

Mindel wurde schwindelig. Der Ofen. Nein, sie wollte ganz bestimmt nicht, dass jemand bei lebendigem Leib verbrannt wurde. Sie trat der Frau mit aller Kraft in die Magengrube. Immer noch keine Reaktion.

»Sie ist wirklich tot«, bestätigte Fabian und ging weiter, um die nächste Person zu begutachten.

»Das war Nummer zwei.« Mindel hatte ihre Aufgabe, die Leichen zu zählen, nicht vergessen. Als Laura und Ruth zurückkamen, hatte sie schon keine Finger mehr zum Zählen. »So viele haben wir«, sagte sie zu Laura und zeigte zwei Hände und dann noch einen Finger.

»Elf?«, fragte Laura.

Mindel hatte keine Ahnung, nickte aber trotzdem.

»Und wie viele Verletzte?«, wandte Laura sich an Fabian.

»Nur drei. Kommt mit, ich zeige euch, wo sie sind.« Er führte sie zur ersten Verletzten und gemeinsam schafften sie es, alle Menschen in ihrem Abschnitt zurück in die Hütten zu bringen.

»Das war furchtbar anstrengend«, beschwerte sich Mindel und erinnerte sich erst jetzt wieder an ihren schrecklichen Durst. Vor lauter Ablenkung durch das Zählen der Leichen hatte sie ihn völlig vergessen, doch nun kehrte er mit aller Macht zurück. Sie hoffte, dass der Wasserhahn hinter einer der Hütten, aus dem sie Wasser zum Wischen der Böden holten, ein paar Tropfen hergeben würde.

Sie hatte Glück und schaffte es mit viel Geduld, ihren Becher mit fast zwei Zentimetern Wasser zu füllen, das sie gierig trank. Es schmeckte faulig und schlammig, aber war besser als nichts. Dann schlurfte sie über den Platz zu ihrer eigenen Hütte, die Beine zu schwer, um richtige Schritte zu machen. Alles, was sie wollte, war in ihr Bett zu klettern und zu schlafen, bis die viel beschworenen Alliierten kamen und sie befreiten. Weil sie nicht aufpasste, stieß sie mit jemandem zusammen, und eine Stimme knurrte: »Verschwinde, du dreckige Göre!«

Sie blickte auf und sah, wie der Aufseher die Peitsche aus seinem Gürtel zog und in ihre Richtung schwang. Der Hieb traf sie am Rücken, und sie schrie auf. Fassungslos starrte sie den Mann an wie ein Reh das Scheinwerferlicht, bis ein lauter Schrei sie aus ihrer Benommenheit riss.

»Lauf, Mindel! Schnell!«

Sie wusste nicht, wer geschrien hatte, und es war ihr auch egal, sie gehorchte einfach und rannte so schnell ihre Beine sie trugen weg von dem bösartigen Aufseher. Keuchend erreichte sie ihre Baracke, ließ sich auf die erstbeste Pritsche fallen und blieb dort mit dem Gesicht nach unten liegen. Zu erschöpft, um sich zu bewegen, rollte sie sich auf die Seite und schlief sofort ein. Sie träumte vom Leben auf dem Bauernhof mit ihren geliebten Eltern, ihren drei Geschwistern, Rex, den Kaninchen, den Hühnern und sogar der alten Hexe, die sich als nette Frau entpuppt hatte, weil sie die Kinder gewarnt hatte, dass Herr Keller ihre Eltern verhaftet hatte.

Sie träumte von der netten Nachbarin Lotte, die ihnen Essen gegeben und sie in der Scheune versteckt hatte, und an den Plan, in einem Kloster unterzuschlüpfen. Aber dann hatte Herr

Keller sie doch gefunden. Tränen flossen, als sie im Traum dafür betete, dass ihre Brüder in Sicherheit waren. Und für Rachel. Obwohl sie ihre Schwester seit ihrer Ankunft in Bergen-Belsen nicht mehr gesehen hatte, klammerte sich Mindel an die Hoffnung, dass sie noch irgendwo in der Nähe war. Sie vermisste sie so sehr. Sie vermisste ihre ganze Familie so sehr.

»Mindel, geht es dir gut?«, drang Laszlos Stimme durch ihre Träume.

»Ja, ich bin so müde. Mein Rücken tut weh.«

»Ich habe gesehen, wie der Aufseher dich gepeitscht hat. Lass mich mal sehen.« Er schob ihr Kleid hoch und atmete zischend ein. »Es ist nur ein Striemen, blutet nicht einmal. Du hast Glück gehabt.«

»Warum hat er mich geschlagen? Es war ein Versehen, dass ich mit ihm zusammengestoßen bin. Es war keine Absicht!«, fragte Mindel und versuchte, das Wimmern aus ihrer Stimme herauszuhalten.

»So sind sie nun mal. Fies und gemein.« Laszlo legte sich neben sie und sie umarmte ihn fest, bis sie die Feuchtigkeit in seinen Augen sah. Es war das erste Mal, dass sie bemerkte, dass auch er traurig war. Mindel strich ihm über den Rücken, so wie Rachel es bei ihr immer getan hatte, und murmelte dabei: »Es wird alles gut werden. Wir müssen nur zusammenhalten.«

Zu ihrer Überraschung schien dies seine Stimmung zu verschlimmern. Er jagte ihr einen gehörigen Schrecken ein, als er zu schluchzen begann und die Worte aus ihm herausbrachen wie Wasser durch einen gebrochenen Damm. »Verdammte Nazis! Erst haben sie meinen Vater vor meinen Augen erschossen, weil er es wagte, ihnen zu widersprechen, und dann ist meine Mutter zwei Tage nach unserer Ankunft hier gestorben.« Laszlos Schluchzen wurde stärker und Schauer des Entsetzens krochen über Mindels Rücken.

Er war ihr Fels in der Brandung, ihr Beschützer, ihr Held. Was sollte sie tun, wenn er zusammenbrach? In einer hilflosen Geste klammerte sie sich fester an seine Schultern, streichelte seinen Rücken und wiederholte immer wieder die gleichen Worte. »Es tut mir so leid, mein armer Liebling. Bitte hör auf zu weinen.«

Nach einer Weile schien er sich zu fangen und wischte die Tränen weg. »Ich habe nicht geweint.«

Sie lächelte, erleichtert, dass der alte Laszlo wieder da war, und erwiderte: »Weiß ich doch. Und solange wir zusammenhalten, kann uns nichts passieren.«

»Ich werde dich immer beschützen, denn du und ich, wir sind jetzt Bruder und Schwester.«

Er war wirklich ihr bester Freund.

Nach einer Weile flüsterte sie: »Glaubst du, meine Schwester ist noch in einem der anderen Lagerteile?«

»Schwer zu sagen. Erwachsene haben es so viel härter als wir. Sie müssen arbeiten.«

»Ich muss sie finden.«

»Das hast du doch schon versucht.«

Sie hatte vermutlich jede einzelne Person im Sternlager gefragt. »Vielleicht kann ich mich durch den Zaun quetschen und auf der anderen Seite herumfragen?«

»Tu das nicht. Das gibt nur Ärger«, sagte Laszlo, bevor sie beide einschliefen, bis die Erwachsenen von der Arbeit zurückkehrten und der Besitzer des Betts sie fortjagte.

16

Das Lager Tannenberg hatte einen neuen Kommandanten, der sich als noch sadistischer erwies als der vorherige. Er liebte endlose Appelle und ließ die ausgelaugten Frauen stundenlang strammstehen, wenn sie von ihren zermürbenden Zwölf-Stunden-Schichten in der Rheinmetall-Fabrik oder im Straßenbau zurückkehrten.

Links und rechts brachen erschöpfte Häftlinge zusammen, und die bösartigen Aufseherinnen prügelten auf sie ein, bis sie entweder wieder aufstanden oder bei dem Versuch starben. Rachels eigenes Leben hing an einem seidenen Faden, denn sie war schon mehrmals ins Schwanken geraten und eingeknickt, aber jedes Mal hatte sie es mit übermenschlicher Willenskraft geschafft, wieder gerade zu stehen.

An diesem Abend war sie noch kaputter als sonst. Der ätzende Geschmack in ihrem Mund zwang sie immer wieder zum Würgen, und die stechenden Magenschmerzen wollten sie dazu verleiten, sich hinzulegen und zu einem Ball zusammenzurollen. Stattdessen drückte sie die Schultern zurück und fand irgendwie die Kraft gerade zu stehen ohne die Knie komplett durchzustrecken. Das war ein Fehler, den viele Frauen machten, weil sie glaubten, man könne dann länger aufrecht stehen, aber in der Regel führte es dazu, dass sie ohnmächtig wurden.

»Oh nein, nicht die Schwarze«, flüsterte Linda.

Rachel warf einen Blick nach links und zuckte innerlich zusammen, während ihre wunden und schwieligen Hände ihren Rock umklammerten. Susanne Hille, die wegen ihrer pechschwarzen Haare den Spitznamen *die Schwarze* trug, schritt mit einem gemeinen Feixen auf dem Gesicht die Reihe ab. Sie war die jüngste Aufseherin, kaum älter als zwanzig Jahre, aber grausamer als alles, was Rachel bisher erlebt hatte, und schlimmer als alle männlichen Aufseher zusammengenommen. Ihr Markenzeichen war es, Insassen wahllos mit dem Knüppel zu schlagen, den sie immer in der Hand hielt.

Das Hinterhältige an der Schwarzen war, dass sie nie auf die am Boden liegenden Frauen losging, sondern auf diejenigen, die sichtlich darum kämpften sich aufrecht zu halten. So wie Rachel heute. Ihr Herz setzte aus, als die verhasste Aufseherin in ihrer Reihe ankam. Mit diesem fiesen Lächeln auf den Lippen schritt sie voran, bis sie sich mit ihrem Knüppel auf jemanden stürzte.

Ein markerschütternder Schrei zerriss die Luft. Rachel zuckte unwillkürlich zusammen, um sich sofort auf die Innenseite ihrer Lippe zu beißen. Währenddessen ging Susanne Hille weiter und suchte sich alle paar Schritte ein neues Opfer aus.

»Nicht die Selektion«, flüsterte Linda.

»Sieh nach vorne«, zischte Rachel und biss sich so fest auf die Innenseite ihrer Wangen, dass sie beinahe aufschrie. Das war ein Trick, den sie von einer anderen Insassin gelernt hatte, um das Blut in Fluss zu bringen und einen rosigen

Schimmer auf ihr Gesicht zu zaubern, der sie gesünder aussehen ließ.

Rachel schielte zur Seite und beobachtete wie Susanne Hille begann, scheinbar wahllos Frauen zu selektieren. Sie wurden auf eine Seite geschickt und später abtransportiert.

»Wo werden sie wohl hingebracht?«, fragte Linda, als die Schwarze außer Hörweite war.

»Keine Ahnung.« Das Einzige, was Rachel wusste, war, dass niemand jemals eine der selektierten Frauen wiedergesehen hatte. Es gab Gerüchte, dass sie ins Stammlager zurückgebracht wurden, aber nicht jeder war von dieser Auslegung überzeugt. Eine Gruppe jüdischer Frauen, die von Auschwitz nach Bergen-Belsen transferiert worden war, war sich sicher, dass sie »durch den Schornstein« gehen würden.

Rachel glaubte das nicht. Natürlich gab es im Stammlager ein Krematorium, in dem die Leichen verbrannt wurden, aber anders als in Auschwitz – wenn man diesen Frauen Glauben schenken durfte – war noch nie jemand in ein vorgetäuschtes Brausebad gebracht und dort vergast worden.

Trotzdem wollte sie lieber nicht aus erster Hand herausfinden, was mit den Selektierten geschah, und hielt sich so regungslos wie möglich, während ihre Gedanken abschweiften und sie grübelte, was eine hübsche junge Frau wie Susanne Hille dazu gebracht haben könnte, sich ihren Mitmenschen gegenüber so abscheulich zu verhalten. Welche Erfahrung brachte eine Aufseherin dazu, sich so zu verhalten, wie sie es tat?

Natürlich fand sie keine Antwort auf ihre philosophischen Überlegungen, zuckte mit den Schultern und rief sich stattdessen ein Bild von Mindel in Erinnerung. Ihre süße kleine Schwester. Würde sie sie jemals wiedersehen? War sie überhaupt noch am Leben?

Wahrscheinlich nicht. Aber trotzdem konnte Rachel nicht

anders, als sich an den Gedanken zu klammern, dass sie ihre Schwester eines Tages wieder in die Arme schließen würde. Eines hoffentlich nicht allzu fernen Tages, wenn die Nazis den Krieg verloren hatten und die Juden wieder freie Menschen waren.

Nach den Informationen, die die Neuankömmlinge mitbrachten, gab es keinen Zweifel mehr daran, dass Deutschland drauf und dran war den Krieg zu verlieren. Während die Flugzeuge der Alliierten den Himmel über ihnen kreuzten und nur selten einmal die Luftwaffe zu sehen war, schwelgten die Gefangenen im gefährlichsten aller Gefühle: der Hoffnung.

17

Am nächsten Morgen beim Frühstück beschloss Mindel, alle Neuankömmlinge zu fragen, ob sie ihre Schwester gesehen hatten. In der Regel hörten die Frauen nicht zu oder schauten traurig und sagten: »Es gibt hier so viele Mädchen, die Rachel heißen. Ohne ihren Nachnamen zu kennen, ist es unmöglich sie zu finden.«

Wenn Mindel sich nur erinnern könnte … Aber so sehr sie sich auch bemühte, es fiel ihr einfach nicht ein. Laszlo schlug vor, ihrem Gedächtnis auf die Sprünge zu helfen, indem er alle Nachnamen aufzählte, die ihm und der Bande einfielen, aber auch das half nicht. Ein Name klang so fremd wie der nächste. Es führte kein Weg daran vorbei, sie musste ins Frauenlager gehen, wenn sie Rachel jemals finden wollte.

»Ich gehe ins Frauenlager und frage dort rum«, sagte Mindel, aber die anderen Kinder lachten nur.

»Da kann man nicht rüber, da ist ein Zaun dazwischen«, sagte Laszlo.

»Es sei denn, du hast Geld oder Waren, um die Aufseher zu bestechen«, fügte Ruth hinzu.

Mindel hätte sich am liebsten irgendwo in die Ecke gesetzt und geweint. Sie besaß weder Geld noch irgendetwas anderes als die Kleidung, die sie am Leib trug, und ihre Puppe Paula. Und sie bezweifelte ernsthaft, dass sich einer der Aufseher für ihre Puppe interessieren würde.

»Ich weiß nicht, warum du dir immer noch Gedanken darüber machst. Deine Schwester ist bestimmt schon längst tot«, sagte Ruth.

Mindel sah sie an und brach in Tränen aus.

Laszlo legte ihr einen Arm um die Schulter und herrschte Ruth an: »Warum hast du das gesagt?«

Ruth schmollte, murmelte etwas Unverständliches und ging weg, während Laszlo Mindel fest umarmte und versuchte, sie zu trösten: »Mach dir keine Sorgen. Ruth hat keine Ahnung. Ich bin sicher, deine Schwester lebt noch und wir werden sie finden.«

»Hilfst du mir?«, fragte sie durch ihren Tränenschleier.

»Klar, wir sind doch in der gleichen Bande, schon vergessen?«

Ein warmes Gefühl stieg in ihrer Brust auf und sie lehnte ihren Kopf an seine Schulter. Wenigstens hatte sie ihn und war nicht ganz allein auf dieser Welt. Er mochte manchmal unausstehlich und nervig sein, aber er hielt immer zu ihr, wenn es darauf ankam – genau wie ihre Brüder. Beim Gedanken an die beiden brach sie sofort wieder in Tränen aus.

Fabian hatte mitbekommen, dass sie weinte und kam schnell angelaufen. Jeder im Lager wusste, dass schlimme Dinge passierten, wenn man weinte, also versuchte er sie aufzumuntern: »He, Mindel, wollen wir etwas spielen?«

»Was denn?« Sie schniefte und hoffte, dass er nicht »Juden und SS« vorschlagen würde, denn dafür hatte sie nicht genug Energie.

»Wer stirbt als Nächstes?«, schlug Fabian vor. Das war ein weiteres Lieblingsspiel der Kinder. Wer richtig geraten hatte, bekam einen Löffel Suppe von jedem der anderen als Gewinn. Es war ein Spiel, das kein Herumlaufen erforderte. Stattdessen konnten sie stundenlang herumsitzen und über die Vor- und Nachteile der einzelnen Todeskandidaten reden.

Mindel nickte. »Ja, das ist ein gutes Spiel. Ich fange an: die alte Schreckschraube im untersten Bett neben den Latrinen.«

»Nein, das Mädchen mit dem lauten Husten, das sich das Bett mit seiner Tante teilt«, sagte Clara.

Alle durften einen Vorschlag machen und sie füllten den Nachmittag mit Spekulationen. Als sie fertig waren, blieb ihnen nichts anderes übrig als zu warten, bis jemand starb, um zu sehen, wer von ihnen richtig geraten hatte.

———

Gegen Ende des Sommers ereignete sich ein sehr seltsames Ereignis. Eine lange Reihe glänzender, schwarzer Fahrzeuge fuhr ins Lager, und mehrere SS-Offiziere, die Uniformen mit unzähligen glänzenden Orden geschmückt, stiegen aus. Die Mitglieder der Bande und einige andere Kinder schlichen nahe genug heran, um die Neuankömmlinge zu belauschen, ohne jedoch selbst gesehen zu werden.

Der Anführer trug so viele Medaillen an der Brust, dass Mindel nicht genügend Finger hatte, um sie zu zählen. Damals, nach dem Zählen der Leichen, hatte Laura ihr beigebracht, ohne Finger bis zwanzig zu zählen, aber in aufregenden Situationen wie dieser benutzte sie sicherheitshalber ihre Hände.

»Hast du seine Orden gesehen? Er muss jemand sehr Wichtiges sein«, wisperte sie unfähig ihre Aufregung länger zu zügeln.

»Pst«, schimpfte Laura. »Sei still, sonst bemerken sie uns noch.«

Augenblicke später trat der Lagerkommandant Adolf Haas vor, streckte den rechten Arm in die Luft und bellte: »Heil Hitler, Obersturmbannführer Krumey.«

Mindel fand, dass dieser Gruß lächerlich aussah, aber die Erwachsenen nahmen ihn sehr ernst. Die Offiziere standen sogar ein paar Sekunden regungslos da, bevor sie die Hände wieder senkten.

Die Offiziere gingen in Richtung der Kinder, die sich schnell hinter einem leeren Wassertank versteckten. Mindels Herz schlug so heftig, dass sie befürchtete, die Männer müssten es hören. Zum Glück schob sich Laszlos Hand in ihre und seine Nähe half ihr, keinen Mucks von sich zu geben und flach zu atmen.

Krumey reichte dem Kommandanten eine Liste. »Das sind die Gefangenen, die für den Tausch *Blut gegen Waren* ausgewählt wurden.«

»Dreihundert?«

»Ja, dreihundert dieser erbärmlichen Subjekte wurden freigekauft und werden in die Schweiz geschickt.«

Dreihundert klang nach sehr, sehr vielen Menschen. Auf jeden Fall mehr, als sie zählen konnte, und wahrscheinlich auch als Laszlo, der behauptete, bis hundert zählen zu können. Allerdings hatte er das den Bandenmitgliedern nie bewiesen.

Der Mundfunk im Lager sorgte dafür, dass sich sämtliche Neuigkeiten rasend schnell verbreiteten. Trotzdem war Mindel verblüfft, als sich nur wenige Minuten später Scharen von Erwachsenen diesem Krumey zu Füßen warfen und ihn anflehten, sie mitzunehmen.

»Glückspilze.« Laszlo seufzte. »Sie dürfen das Lager verlassen und fahren in die Schweiz.«

Mindel nickte, obwohl sie keine Ahnung hatte, was genau

die Schweiz war, aber wenn alle dorthin wollten, musste es wohl ein schöner Ort sein. »Woher weißt du, dass es dort besser ist?«

»Die Schweiz ist neutral, das heißt, sie nimmt nicht an diesem Krieg teil. Meine Mutter sagte immer, dort ist das Paradies auf Erden. Genug zu essen, warme Kleidung, ein Dach über dem Kopf und keine Verfolgung. Es scheint, dass Juden dort genauso behandelt werden wie alle anderen auch.«

Das hörte sich in der Tat nach einer guten Sache an. Vielleicht war das Leben in der Schweiz wie daheim auf dem Bauernhof ihrer Eltern, weit weg von all den schrecklichen Dingen, die sie seit dem Tag erlebt hatte, an dem Herr Keller gekommen war und ihre Eltern fortgeschickt hatte.

»Glaubst du, dass Ruth dabei ist?«, fragte Mindel. Ruths Vater besaß ein Visum für Palästina, und sie hatte oft damit geprahlt, dass es nur noch eine Frage der Zeit war, bis ihre Familie freigelassen würde.

Palästina schien ein weiterer Ort der Träume zu sein. Die Erwachsenen nannten es das Heilige Land, das Land, in dem Milch und Honig flossen, ein ganzes Land nur für Juden, wo ihnen niemand all die gemeinen Dinge an den Kopf warf, wie die Aufseher das immer taten, und – was am wichtigsten war – in dem sie nicht aus ihren Häusern gejagt wurden und in grauenvollen Lagern leben mussten.

»Wahrscheinlich.« Laszlo schien nicht allzu sehr an Spekulationen interessiert zu sein. Stattdessen starrte er gebannt auf die tumultartigen Szenen, die sich vor ihnen abspielten. Die Erwachsenen bettelten, flehten, schoben, drängten, schrien und weinten, um in den Transport aufgenommen zu werden. Schließlich wurden die Aufseher gerufen und schlugen mit ihren Knüppeln wild um sich, bis sich ein ausreichend großer Gang öffnete, durch den der Obersturmbannführer seinen Weg zum Büro des Lagerkommandanten fortsetzen konnte.

»Wir sollten schauen, wie wir auf diese Liste kommen«, sagte Laszlo, nahm ihren Arm und versuchte, sie mit sich zu ziehen.

Einen Moment lang überlegte sie, ob sie sich mit ihm auf das Abenteuer Schweiz einlassen sollte, aber dann dachte sie an ihre Schwester. Wie würde Rachel sie dort finden? Nein, es war besser, hier zu bleiben. Wenn all diese Leute weg waren, wäre das Lager so gut wie leer und dann würde sie ihre Schwester ganz einfach finden. Aber kaum hatte sie diesen Gedanken gedacht, lief ihr ein eisiger Schauer über den Rücken. Was, wenn Rachel ohne sie in die Schweiz fuhr? Tränen drohten zu fließen, doch sie wischte sie verstohlen weg und macht sich selbst Mut: *Das würde Rachel niemals tun. Sie sucht nach dir, genauso wie du nach ihr suchst.*

»Was ist los?«, fragte Laszlo, der offenbar ihr Zaudern bemerkt hatte.

»Nichts.« Sie wollte weder ihm noch sonst jemandem gegenüber zugeben, dass sie immer noch wegen ihrer Schwester traurig war.

»Dann komm schon.«

Mindel schüttelte ihn ab. »Nein. Ich will nicht weggehen. Nicht ohne meine Schwester.«

»Du bist dumm!«

Seine Worte taten weh, und Mindel sah ihn böse an. »Und du bist gemein!«

Laszlos Augen verengten sich, doch dann seufzte er und schüttelte den Kopf. »Es ist dumm, hier zu bleiben, nur um deine Schwester zu finden. Stattdessen solltest du versuchen, in die Schweiz zu kommen.«

Vielleicht hatte er recht, aber das änderte nichts an ihrer Meinung. Ohne Rachel würde sie nirgendwo hingehen.

Er sah sie lange an und sagte dann: »Ich tue es trotzdem! Ich finde einen Weg, mich auf den Transport zu schleichen, wenn er abfährt.«

Der Atem stockte in Mindels Lungen, als blanke Angst sie überfiel. »Das kannst du nicht machen! Was, wenn sie dich erwischen?«

»Werden sie nicht. Und wenn ich erst einmal aus diesem gottverdammten Lager raus bin, interessiert es eh keinen mehr. Bitte, komm mit mir! Wenn du hierbleibst, stirbst du bestimmt bald, aber wenn du mit mir kommst, können wir ein neues Leben beginnen. Als Erstes suchen wir uns eine Arbeit.«

»Was denn für Arbeit?« Auf dem elterlichen Bauernhof hatte Mindel immer Aufgaben gehabt, unter anderem das Füttern der Kaninchen und das Gießen des Gemüses, aber sie war sich nicht so sicher, ob jemand sie dafür einstellen und bezahlen würde.

Laszlo sah gar nicht mehr so selbstsicher aus. »Weiß ich doch jetzt noch nicht. Irgendwas. Schuhe putzen vielleicht?«

Einige der älteren Mädchen verdienten sich etwas zu essen oder Zigaretten, indem sie Schuhe für die Kapos oder sogar für die SS polierten, also könnte das tatsächlich eine Möglichkeit sein. Aber Mindel hatte viel zu viel Angst, um auch nur zu erwägen, das Lager zu verlassen. »Das ist verrückt. Das können wir nicht machen. Die Aufseher werden uns erwischen.«

»Nicht, wenn wir schlau sind.«

Mindel schüttelte den Kopf. »Das ist nicht dasselbe wie sich in die Küche zu schleichen. Was ist, wenn uns jemand vermisst? Wenn wir nicht zum Appell auftauchen?« Ein heftiger Schauer lief ihr über den Rücken. Jeden Tag zählten die Aufseher alle Gefangenen Dutzende Male, bis ihre blöden Listen übereinstimmten. Wie damals, als Heidi sie in Gruppen eingeteilt hatte, um Leichen und Lebende zu zählen. »Sie werden uns sicher suchen und dann …« Ihre Stimme stockte. Sie wollte sich gar nicht ausmalen, was dann passieren könnte. *Nicht die Hunde, bitte.*

»Wenn du nicht mitkommst, mache ich es allein«, sagte Laszlo und drehte ihr den Rücken zu, um die Menge zu beobachten.

Mindels Knie waren puddingweich geworden. Sie hatte ein schlechtes Gefühl, was ihrem besten Freund widerfahren könnte, und verspürte den Drang, mit ihm zu gehen, nur um sicherzustellen, dass ihm nichts passierte. Und weil sie ohne ihn ganz allein wäre. Wer wäre dann ihr bester Freund?

Aber andererseits musste sie bleiben und ihre Schwester finden. Rachels letzte Worte hallten in ihrem Kopf wider. »Mindel, ich liebe dich. Ich verspreche, ich werde dich finden.«

18

Rachel lebte in einem solchen Trancezustand, dass sie kaum wusste, welcher Wochentag gerade war. Sie hätte nicht einmal den Monat gewusst, wäre da nicht der Wechsel der Jahreszeiten gewesen, der sich ihr eingeprägt hatten seit sie laufen konnte. Denn das Überleben eines Landwirts hing davon ab, in enger Verbindung mit der Natur zu sein. Der Sommer war vorbei und mit ihm die drückende Hitze. Schon seit Wochen beobachtete sie, wie sich die Blätter an den Bäumen mit dem nahenden Herbst golden, rot und orange färbten.

Doch sie konnte sich nicht an der Schönheit erfreuen, denn morgens, wenn sie zur Arbeit ging, war es noch dämmrig, und abends, wenn sie zum Lager zurückmarschierte war die Sonne schon untergegangen. Abgesehen von den Blicken durch die Milchglasfenster der Fabrik sah sie nie das Sonnenlicht. Die kühleren Tagestemperaturen waren eine willkommene Abwechslung zur brütenden Hitze in der Fabrikhalle, aber sie wurden von unangenehm kalten Nächten begleitet. Steif von einer Nacht zusammengekauert auf ihrem Bett, streckte sie ihre Glieder aus. Sie zitterte im Morgengrauen, bevor sie den dunklen Marsch zur Fabrik antrat, bis endlich die Sonne wieder aufging und am Himmel emporstieg.

An diesem Morgen entdeckte sie unterwegs etwas Außergewöhnliches: Ein reifer Apfel lag am Straßenrand. Niemand wagte es, ihn aufzuheben, denn die Strafe war entweder ein schneller Tod an Ort und Stelle oder ein langer und qualvoller Tod nach einer grausamen Bestrafung.

Stattdessen hob sie den Kopf und erblickte zum ersten Mal den Apfelbaum, der nicht weit von der Straße entfernt stand. Ein Lächeln erschien auf ihren Lippen, als sie sich daran erinnerte, wie sie ihre Geschwister am Tag vor Mindels Geburtstag auf den Ästen eines Apfelbaums gefunden hatte. Und dann traf es sie wie ein Hammer mitten in die Brust: Heute könnte Mindels fünfter Geburtstag sein. Tränen schossen ihr in die Augen, während sie sich mit aller Kraft an die Vorstellung klammerte, ihrem kleinen Liebling Glückwünsche zu schicken, und tief in ihrer Seele hoffte, dass sie Mindel erreichen würden.

Sie marschierte weiter und verfiel wieder in den gefühllosen Zustand der letzten Wochen, in dem sich jeder Gedanke wie zähflüssiger Brei anfühlte. Ihr Denken war stetig langsamer und zusammenhangloser geworden, bis es fast ganz aufgehört hatte und sie nur noch vor sich hinvegetierte. Sie war schlussendlich zu einer der hirnlosen Kreaturen geworden, für die die Nazis ihresgleichen hielten.

Immerhin hatte sich ihr Körper an die anstrengende Arbeit gewöhnt und führte die erforderlichen Bewegungen wie ein Automat aus, ohne dass sie darüber nachdenken musste. Jeden Tag, von früh bis spät, füllte sie Sprengstoff in Hülsen, schaute weder nach links noch rechts, sprach nie – nicht einmal mit Linda -, träumte nicht und dachte auch nicht.

Alle Frauen, die bereits länger als eine Woche in der Fabrik arbeiteten, verhielten sich genauso. Sie waren wandelnde Tote, keine richtigen Menschen mehr, sondern nur noch leere Hüllen, die sich bewegten, arbeiteten und schliefen. Selbst die nicht enden wollenden Appelle störten Rachel nicht mehr, da es ihr inzwischen egal war, ob sie selektiert wurde und wohin auch immer verschwand, zu Tode geprügelt wurde oder einen weiteren Tag leben durfte.

An manchen Tagen lag sie vor dem morgendlichen Weckruf still auf ihrer Pritsche und wartete auf die barmherzige Erlösung durch den Tod, aber er kam nicht. Irgendwie stand ihr Körper auf, zog sich die Schuhe an und verließ die Baracke, um sich für die dünne Frühstückssuppe anzustellen, ohne dass ihr Verstand daran beteiligt war.

Es war lediglich eine Sache der Gewohnheit. Tag für Tag lebte sie Seite an Seite mit ihren treuen Begleitern Hunger, Erschöpfung und Schmerz. Nur durch ihre Anwesenheit wusste sie, dass sie noch am Leben war, denn angeblich hörte all das auf, wenn ein Mensch starb.

In Tannenberg wurden die Haare der Frauen nicht in regelmäßigen Abständen geschoren wie in den vorigen Lagern, und eines Tages fuhr sie sich während des kargen Mittagessens mit einer Hand durch ihr wenige Zentimeter langes Haar. Es war ein seltsames Gefühl, denn sie hatte sich daran gewöhnt, glatzköpfig zu sein.

Sie starrte abwesend auf ihre Hand, bis sie ein loses Haarbüschel zwischen ihren Fingern entdeckte. Früher hatte sie langes, weiches, dunkelbraunes Haar gehabt, aber jetzt waren die kurzen Strähnen drahtig und steif wie Stroh – und orange.

Sie keuchte erschrocken auf und rief: »Um Himmels willen!«

»Was ist denn passiert?«, fragte Linda.

»Mein Haar ist orange!«

Linda schnaubte. »Wirklich? Und das fällt dir erst jetzt auf?«

»Natürlich. Das letzte Mal, dass ich mich in einem Spiegel gesehen habe, muss schon Monate her sein.«

Unerklärlicherweise lachte Linda. Rachels Augen wurden groß, als ihr unterernährtes Gehirn versuchte, sich einen Reim auf das seltsame Verhalten der Freundin zu machen. Aber so sehr sie sich auch bemühte, sie konnte sich nicht erklären, was so lustig war.

»Hast du dich in letzter Zeit mal umgesehen?«, fragte Linda und deutete auf einige der anderen Frauen.

»Die kenne ich alle, aber was hat das damit zu tun, dass meine Haare orange sind?«

Linda kam zu ihr und umarmte sie. »Es ist nur … Sieh sie dir genau an.«

»Oh!« Zum ersten Mal nahm Rachel die Frauen um sie herum wirklich wahr, und zu ihrem großen Schrecken hatte jede einzelne von ihnen – abgesehen von zwei Mädels, die erst vor drei Tagen angekommen waren – orangefarbene Stoppeln auf dem Kopf.

Sie musterte Linda mit schiefem Kopf und was sie sah, ließ sie zischend einatmen. Die Frau, die sie im Zug nach Bergen-Belsen kennengelernt hatte, war verschwunden. Statt ihrer stand dort eine Fremde. Das Gesicht verhärmt und blass, ragten die Wangenknochen unter pergamentartiger, fahler Haut hervor. Unter den eingefallenen Augen hatten sich dunkle Ringe gebildet, die all die Lebenslust übertünchten, die früher von ihnen ausgegangen war. Aber es waren die hellen, grell orangefarbenen Haare, die herausstachen und sie wie einen albtraumartigen Clown aussehen ließen.

In Ermangelung eines Spiegels befürchtete Rachel, dass sie genauso aussah. »Bin ich? Sehe ich so aus? Ich meine, sehe ich aus wie du?«

Trotz der Veränderung ihres Körpers hatte Linda ihren Humor nicht verloren und antwortete: »Ich weiß nicht, wie ich aussehe, aber du unterscheidest dich definitiv nicht von den anderen.«

Rachel starrte sie an, schockiert und gleichgültig zugleich. Fragmente der Erkenntnis durchdrangen die Viskosität ihres Gehirns. Es waren nicht nur die orangefarbenen Haare. Sie hatte bis jetzt nicht besonders darauf geachtet, weil sie immer zu müde war, aber seit Wochen hatte sie einen gelben Farbton auf ihren Fingernägeln und ihrer Kleidung. Eine Färbung, die auch durch kräftiges Reiben nicht wegging. Nach den ersten paar Tagen hatte sie nicht einmal mehr versucht, sie zu entfernen. Sie hatte nicht weiter darüber nachgedacht und es einfach als eine Einbildung ihres erschöpften Geistes akzeptiert.

Aber jetzt wurde ihr klar, dass es keine Einbildung war. Welche Chemikalien die Frauen auch immer in die Hülsen füllten, sie hatten von ihren Leibern Besitz ergriffen und sie in Kreaturen des Grauens verwandelt. Wieder wünschte sie sich, all dies hätte ein baldiges Ende. Sie sehnte sich danach, einzuschlafen und nie wieder aufzuwachen.

Aber wie immer, wenn sie zutiefst verzweifelt war und bereit aufzugeben, spornte die Erinnerung an Mindels Lächeln und der vertrauensvolle Blick in ihren braunen Augen sie an, weiterzukämpfen.

»Was wird aus uns?«, fragte sie und schaute Linda an. Doch selbst ihre beste Freundin hatte diesmal keinen Trost zu bieten.

»Ich fürchte, wir verwandeln uns in eine von *denen*.«

Rachel schüttelte entsetzt den Kopf. »Das werden wir nicht. Denn das bedeutet unser Ende.« Obwohl sie sich oft nach dem Tod sehnte, klammerte sie sich in ihren wenigen klaren Momenten an die Hoffnung, dass sie nicht auf dem

Weg war, ein Muselmann zu werden. Es wäre zu ungeheuerlich, zu schrecklich, diese Vorstellung zu akzeptieren.

Denn wenn ein Mensch einmal zu weit hinüber war, gab es keinen Weg zurück ins Leben. Sie kämpfte sich noch einmal durch die Zähflüssigkeit in ihrem Gehirn und suchte nach dem einen Gedanken, der sie immer wieder ins Reich der Lebenden zurückzog: »Ich muss meine Schwester finden.«

»Und das wirst du auch.« Linda reichte Rachel die Hand und half ihr auf. »Aber jetzt müssen wir erstmal an die Arbeit gehen.«

Während der nicht enden wollenden Schicht wechselten sie keine weiteren Worte, denn Reden kostete nicht nur wertvolle Energie, sondern war auch streng verboten. Die Vorarbeiter waren dafür bekannt, großzügig Schläge mit ihren Knüppeln auszuteilen, und weder Rachel noch Linda wollten das harte Ende auf ihrem Schädel spüren.

Rachel zwang sich das bisschen Lebenswillen, das sie noch hatte, zusammenzukratzen. Sie musste bei klarem Verstand bleiben, wenn sie Mindel jemals wiedersehen wollte. Falls ihre Schwester noch am Leben war.

Tief in Gedanken versunken, musste sie ihr Arbeitstempo gedrosselt haben, denn im nächsten Moment war ein Vorarbeiter an ihrer Seite und schrie sie an: »Nicht trödeln, Jude.«

Als schließlich die Sirene ertönte, die das Ende der Schicht markierte, war sie noch hoffnungsloser als sonst. Selbst wenn dieser Albtraum irgendwann ein Ende nähme, würde sie jemals wieder dieselbe Person werden?

In der Dunkelheit, die nur von den Fackeln der Aufseher erhellt wurde, konnte sie den Weg kaum erkennen. Doch inzwischen kannte sie ihn auswendig und hätte auch mit geschlossenen Augen gehen können, was sie in der Tat schon oft getan hatte. Normalerweise hakten sie, Linda und eine andere Frau sich ein, so dass zwei von ihnen die Augen zumachen und im Gehen schlafen konnten, während diejenige in der Mitte die Richtung vorgab und die kleine Gruppe von den bösartigen Aufsehern fernhielt.

Der Schock darüber, dass sich ihre Haut und Haare orange verfärbt hatten, sowie dass sie so kurz davor gewesen war, aufzugeben, wenn nicht die Erinnerung an Mindels Geburtstag sie wieder zurückgeholt hätte – all das saß tief und hatte ihre Gedanken zum ersten Mal seit Wochen angeheizt. Deshalb hatte sie sich an diesem Abend angeboten, den »Blindenhund« zu spielen und die Führung zu übernehmen. Sowohl Linda als auch Sandra nahmen das dankbar an und saugten jede Minute der Ruhe auf, die Leib und Seele bekommen konnten. Rachel hielt ihre Begleiterinnen fest, während sie auf das Lager zumarschierte. Sie wünschte sich, sie könnte die giftige Hülle, in die sich ihr Körper verwandelt hatte, verlassen und ein neues Zuhause für ihre Seele finden.

Falls sie überhaupt noch eine Seele besaß.

Angekommen im Lager, erwartete die Frauen eine böse Überraschung. Der Kommandant war so übel gelaunt, wie Rachel es noch nie erlebt hatte. Er ließ die Frauen ohne erkennbaren Grund endlos lange strammstehen. Nach über einer Stunde begannen die Ersten zu zappeln und zu schwanken. Rachel beobachtete, wie ein grausames Feixen auf seinen Lippen erschien, als er immer härtere Strafen für die kleinste Unbotmäßigkeit verteilte.

Sandra flüsterte: »Möge der Teufel ihn auf ewig in der Hölle schmoren lassen.«

Rachel wollte gerade etwas erwidern, als sie einen Schlagstock in ihrem Rücken spürte und sich stocksteif aufrichtete. Sie stand so unbeweglich wie möglich, wagte weder zu atmen noch zu blinzeln, als Sandra plötzlich nach vorne stolperte und zu Boden fiel.

»Was hast du gesagt, dreckige Jüdin?«, schrie eine Aufseherin.

»N-n-nichts.« Die arme Sandra zitterte in panischer Angst.

»Lügnerin.« Die Aufseherin wollte gerade mit der Peitsche nach ihr schlagen, als der Kommandant vortrat. »Nein!«

Rachel blickte starr geradeaus, wie zu einer Salzsäule erstarrt. Zu ihrer anderen Seite nahm sie Lindas flachen Atem wahr. Es war totenstill und sie hörte nur das Rauschen ihres eigenen Bluts in den Ohren, während sie Sandra in Gedanken anflehte aufzustehen.

Der Kommandant stellte sich vor Sandra und sah auf sie herab, als wäre sie ein ekelhaftes Insekt, bevor er mit seinem Stiefel auf ihre Hand trat und dann seinen Absatz hin und her drehte. Ein markerschütterndes Knirschen durchbrach die Stille.

Dann trat er zurück und sagte: »Steh auf, du Schlampe!«

Ein kollektiver stummer Aufschrei erfüllte das Lager, als Hunderte von Augenpaaren gleichzeitig auf die gepeinigte Frau starrten, die sich am Boden krümmte und mühsam auf alle Viere kroch. Rachel schaute atemlos zu. Als Sandra es endlich geschafft hatte, sich aufzurichten, war klar zu sehen, dass ihre Hand an mehreren Stellen gebrochen war und sie am nächsten Tag nicht arbeiten konnte.

Eine weitere Frau schwankte und stolperte vor Erschöpfung. Der Kommandant war in Fahrt und verurteilte sie dazu, für den Rest des Abends auf einem Holzklotz zu knien. Es war eine außergewöhnlich grausame Strafe. Nicht viele Frauen überlebten diese Folter, die meisten brachen irgendwann unter den unerträglichen Schmerzen zusammen und wurden dann dem Tod überlassen.

Rachel hatte bereits sämtliche Emotionen für diesen Tag aufgebraucht und verbannte sowohl Sandra als auch die andere Frau aus ihrem Kopf. Wenn sie noch die Kraft gehabt hätte, sich zu bewegen, hätte sie vermutlich mit den Schultern gezuckt und gesagt: »So ist das nun mal.«

Nachdem sie stundenlang draußen gestanden hatten, begann es zu regnen. Innerhalb weniger Minuten war Rachel bis auf die Haut durchnässt, der aufkommende Wind zerrte an ihrer Kleidung und ließ sie frösteln.

Zu allem Überfluss verschwand der Lagerkommandant in seinem trockenen, warmen Büro und schickte die Schwarze hinaus, um das Kommando zu übernehmen. Bekleidet mit einem langen Regenmantel und einem modischen Schiffchen, hatte sie zwei Gefangene im Schlepptau, die einen Regenschirm über sie hielten, während sie durch die Reihen der verängstigten Frauen schritt und nach ihrem nächsten Opfer Ausschau hielt.

Endlich spürte Rachel wie ein Gefühl ihr versteinertes Herz auftaute. Es war abgrundtiefe Angst. Susanne Hilles Vorliebe für grausame Spielchen war beispiellos. Sie hatte eine Fülle von kreativen Bestrafungen in petto, eine furchterregender als die andere. Diese sadistische Kreatur badete im Elend anderer, und je mehr Schmerzen sie ihnen zufügte, desto glücklicher war sie selbst.

Trotz ihrer rasenden Panik gelang es Rachel, die Haltung eines Felsens einzunehmen: unbeweglich, unbeeindruckt, ewiglich. So sehr sie sich auch oft danach sehnte, dem ganzen Elend zu entfliehen, würde sie der Schwarzen nicht die Genugtuung geben, durch ihre Hand zu sterben.

Eine Frau, die in Rachels Nähe stand, begann zu husten, gerade als Susanne Hille an ihr vorbeiging. Die Aufseherin hielt inne, drehte sich um, und einen Moment lang konnte Rachel tief in ihre eiskalten Augen sehen. Sie schreckte fast zurück, als sie einen Blick hinter die Fassade dieses seelenlosen Monsters erhaschte. Wenn Susanne Hille nicht die

Inkarnation des Teufels war, dann hatte Rachel keine Ahnung, was sie sonst sein könnte.

Auf jeden Fall kein Mensch.

Einen Sekundenbruchteil später schlug die Aufseherin mit ihrem Knüppel nach der hustenden Gefangenen und streifte dabei versehentlich Rachels Ellenbogen. Ihre Haut glühte vor Schmerz, aber sie schaffte es irgendwie, die Lippen zusammenzupressen und keinen Ton von sich zu geben.

Zu ihrer Rechten kreischte die arme Frau, die die volle Wucht des Schlags abbekam, vor Schmerz auf, als die bösartige Aufseherin wieder und wieder auf sie einschlug. Rachel zwang sich, geradeaus zu starren, ihr Entsetzen in sich zu verbergen, und wünschte sich nichts mehr, als taub, blind und vor allem wieder gefühllos zu sein.

Einerseits hasste sie sich dafür, dass sie so apathisch war, andererseits hatte sie weder die emotionale noch die körperliche Kraft, um überhaupt einen Funken des Mitgefühls zu empfinden. Sie war wirklich zu einem Tier geworden, genau wie die Nazis das immer behaupteten.

Am nächsten Tag sprach niemand über die Vorfälle. Auch an den nächsten Tagen nicht. Niemals. In der Tat sprachen die Frauen im Laufe der Zeit immer weniger. Unter anderem, weil sie sich so vormachen konnten, als seien die schrecklichen Dinge nie geschehen. Als wäre der Albtraum in dem sie lebten ein kleines bisschen weniger grauenvoll.

19

Laszlo schaffte es nicht auf den Transport. Noch Wochen später trauerte er der verpassten Gelegenheit nach. Vor allem, weil Ruth und ihre Eltern zu den Glücklichen gehört hatten.

Mindel hingegen war froh, ihren Freund weiterhin an ihrer Seite zu haben, auch wenn sie das nicht sagte, sondern so tat, als tue es ihr für ihn leid.

Eines Tages, als sie in der Suppenschlange stand, drehte sich die Frau neben ihr um und sagte: »He, Kleine.«

»Meinst du mich?«

»Ja. Du hast mich doch vor einiger Zeit nach deiner Schwester gefragt. Erinnerst du dich?«

Mindel erinnerte sich nicht, nickte aber trotzdem, denn sie hatte wahrscheinlich jeden Menschen im Sternlager nach Rachel gefragt.

»Ja.« Sie drückte Paula fest an ihre Brust, weil eine Welle der Einsamkeit sie überkam. »Hast du sie gefunden?«

»Nein.« Die Frau kniff die Augen zusammen, aber ihre Stimme war sanft und fürsorglich. »Wer kümmert sich um dich, Kleine?«

Mindel zuckte mit den Schultern. Was war das denn für eine Frage?

»Irgendjemand?«

»Laszlo.«

»Ist er ein Verwandter? Ein Cousin vielleicht oder ein Onkel?« Die Frau runzelte die Stirn.

Mindel schüttelte den Kopf. »Laszlo ist mein Freund.«

Die Frau machte eine misstrauische Miene. Mindel kannte diesen Blick, es war die Art der Erwachsenen, ihr zu sagen, dass sie mal wieder alles falsch machte. »Wie alt ist dieser Laszlo?«

»Er ist sieben und kümmert sich sehr gut um mich.«

Die Frau schüttelte den Kopf. »Da bin ich mir sicher, aber er ist doch selbst noch ein Kind. Ihr beide solltet in die Waisenbaracke gehen.«

»Ich bin kein Waisenkind!« Mindel weigerte sich zu glauben, dass die Frau recht haben könnte.

»Hör zu, am anderen Ende des Lagers gibt es ein Ehepaar, das sich um Kinder wie dich kümmert – die auf sich allein gestellt sind. Die SS weiß davon und hat es erlaubt. Sie heißt Mutter Brinkmann. Du solltest zu ihr gehen und fragen, ob sie dich aufnimmt, und deinen Freund auch.«

»Was wollte die alte Schachtel?«, fragte Laszlo, als er sich zu ihr gesellte.

»Wusstest du, dass es hier eine Waisenbaracke gibt?«

Laszlo zuckte nur mit den Schultern. Mindel sah ihn stirnrunzelnd an. »Du hast es gewusst und mir nichts davon gesagt?«

»Dazu gab es keinen Grund.« Sein Gesicht verzog sich zu dieser sturen Miene, die er immer machte, wenn ein Erwachsener ihm Befehle geben wollte.

»Aber … vielleicht ist es dort besser als bei uns?«

»Das glaube ich nicht. Die Leute sagen, dass Mutter Brinkmann bereits zu viele Kinder unter ihren Fittichen hat. Sie benutzt sie, um ihr schlechtes Gewissen zu beruhigen, weil sie ihre eigene Tochter nicht retten konnte.«

»Wie furchtbar!« Mindel hatte augenblicklich Mitleid mit der armen Frau, die ihre Tochter verloren hatte. Es erinnerte sie daran, wie sehr sie geweint hatte, als man ihr die Eltern weggenommen hatte. Und noch mehr, als sie bei der Ankunft im Lager von Rachel getrennt worden war.

»So ist es halt hier drin.« Laszlo sah sie finster an. »Und es ist ein Grund mehr, sich nicht auf Erwachsene zu verlassen, denn die können uns sowieso nicht helfen.«

»Aber diese Frau hat gesagt, die SS weiß, dass Mutter Brinkmann sich um Kinder wie uns kümmert, deren Eltern nicht hier sind. Das ist doch eine gute Sache, oder?«

»Wir brauchen niemanden. Wir haben doch uns. Die SS lässt sie und ihre Kinder zwar in Ruhe, aber sie haben dort weder mehr Essen noch bessere Bedingungen. Glaub mir, wir sind besser dran, wenn wir bleiben wo wir sind.«

»Ich möchte hingehen und schauen. Bitte! Können wir wenigstens hingehen und sie kennenlernen?«

Er schüttelte den Kopf, aber nachdem Mindel ihn eine weitere Stunde lang bearbeitet hatte, gab er schließlich nach. »Aber wir schauen nur.«

Sie konnte gar nicht schnell genug zur Waisenbaracke laufen, weil sie Angst hatte, er könnte unterwegs seine Meinung ändern. Die Bande wagte sich nur selten in diesen Teil des Lagers, da sie sich lieber in der Nähe der Küche und des Appellplatzes aufhielt.

Laszlo ging furchtbar langsam, und Mindel war es leid, auf ihn warten zu müssen. Sie drehte sich um, stemmte die Hände in die Hüften, wie sie es bei ihrer Mutter gesehen hatte, und fragte mit strenger Stimme: »Warum trödelst du?«

»Ich brauche keinen Erwachsenen, der mir sagt, was ich tun oder lassen soll. Ich komme auch so zurecht.«

Mindel bewunderte ihn für seine Intelligenz, seine Unabhängigkeit und seine Fähigkeit, die SS an der Nase herumzuführen, aber sie wünschte sich oft, dass jemand älteres auf sie aufpasste. »Wünschst du dir nicht, dass wir noch Mütter hätten, die uns beschützen?«

»Haben wir aber nicht. Außerdem beschütze ich dich.«

»Das tust du, aber du bist nicht so groß wie ein Erwachsener. Was ist, wenn es bei Mutter Brinkmann wirklich besser ist?«

»Ich passe schon lange genug auf mich selbst auf. Und ich hab mich um dich gekümmert, oder nicht?«

»Doch, schon …« Sie wusste nicht, was sie sagen sollte, außer ihm von ihrer heimlichen Sehnsucht, wieder so etwas wie eine Mutter oder große Schwester zu haben, zu beichten. Jemanden, der über sie wachte. »Bitte, Laszlo, können wir nicht einfach zu Mutter Brinkmann gehen? Nur um Hallo zu sagen?«

»Ich habe schon gesagt, dass ich mit dir gehe, aber ich verspreche nichts.«

»Aber …« Mindel sah ihn voller Angst an, dass er sie im Stich lassen könnte. »Ich will nicht ohne dich bei denen bleiben.«

Schließlich kam er auf sie zu und legte einen Arm um ihre Schultern. »Ich werde dich niemals verlassen, versprochen. Lass uns zu Mutter Brinkmann gehen, vielleicht ist sie gar nicht so übel.«

Es war, als fiele eine große Last von Mindels Schultern. Jetzt würde sich alles zum Guten wenden. Das wusste sie einfach.

»Weißt du, wo die Baracke ist?«, fragte Mindel, als sie auf die andere Seite des Geländes gingen.

»Dort hinten. Die letzte Hütte«, sagte er und deutete auf die am weitesten entfernte Baracke. Sie stand etwas abseits von den anderen, nahe am elektrischen Stacheldrahtzaun, der das gesamte Lager umgab.

Mindel hasste den Zaun inbrünstig seit dem Tag, an dem sie gesehen hatte, wie sich eine Frau dagegen geworfen hatte. Das wütende Zischen, als sich ihr Leib zwischen den Drähten wand, hallte noch in ihren Ohren nach. Sie war von der schrecklichen Szene so sehr im Bann gehalten worden, dass sie ihren Blick nicht abwenden konnte und zugesehen hatte, wie die Frau zuckte und krampfte, bis ihre Glieder schließlich schlaff wurden. Die verkohlten Überreste wurden als Abschreckung für die übrigen Häftlinge hängen gelassen.

Ängstlich griff sie nach Laszlos Hand und fühlte sich sofort besser, als er sie drückte. Es dauerte eine ganze Weile, bis sie das riesige Gelände durchquert hatten, und ihr wurde warm ums Herz, als sie eine Gruppe von Kindern neben der Hütte spielen sah. Die Kinder ignorierten sie, aber als sie sich näherten, stand eine große, dunkelhaarige Frau auf. Sie war genauso dünn wie alle Gefangenen, doch ihre braunen Augen schimmerten freundlich.

»Guten Morgen, was kann ich für euch tun?«, fragte sie mit einer sanften, einladenden Stimme.

Mindel mochte sie auf Anhieb, denn sie scheuchte sie nicht weg, wie es die Erwachsenen normalerweise taten. »Bist du Mutter Brinkmann?«

»Ja, das bin ich. Und du bist?«

»Mindel.« Trotz Mutter Brinkmanns freundlicher Worte war Mindel nicht mutig genug, ihre Bitte vorzutragen, also schob sie Laszlo vor.

Er sagte mit trotziger Stimme: »Und ich bin Laszlo. Wir sind nur hier um uns das mal anzuschauen.«

Weit davon entfernt, beleidigt zu sein, lächelte Mutter

Brinkmann und machte eine einladende Handbewegung. »Geht nur und seht euch um. Wir haben nicht viel zu bieten, außer dass die SS uns mehr oder weniger in Ruhe lässt.«

Sie hatte etwas an sich, das Mindel an ihre eigene Mutter erinnerte. Es war nicht so sehr ihr Aussehen, sondern eher ihr Auftreten. Die Art und Weise, wie sie die Situation unter Kontrolle zu haben schien, egal wie chaotisch sie war. Mindel erinnerte sich daran, wie Mutter es geschafft hatte, sie mit nicht mehr als einem strengen Blick davon abzuhalten, sich schlecht zu benehmen. Traurigkeit überkam sie, aber auch ein seltsam tröstliches Gefühl.

Laszlo schlenderte umher und zeigte damit deutlich, dass er sich weder für Mutter Brinkmann noch ihre Kinder sonderlich interessierte. Als Mindel seinen mürrischen Gesichtsausdruck sah, befürchtete sie, dass er alles kaputt machen würde. Er konnte manchmal so stur sein!

Mindel bezwang ihre Schüchternheit und trat vor. »Mutter Brinkmann, man hat mir gesagt, ich solle herkommen und fragen, ob ich … ob wir bei dir wohnen können. Ich und Laszlo.« Da, sie hatte es gesagt. Mit angehaltenem Atem beobachtete sie das Gesicht der Frau und machte sich auf eine Abfuhr gefasst.

»Wer hat dich geschickt?«

»Eine Frau in der Suppenschlange.« Mindel runzelte die Stirn und dachte angestrengt nach. »Sie sagte, du nimmst … Kinder wie uns auf.« So sehr sie sich auch bemühte, sie konnte sich nicht überwinden, das Wort Waise auszusprechen. Ihre Eltern mussten einfach am Leben sein. Rachel hatte ihr immer wieder versichert, dass sie zum Arbeiten für das Reich weggeschickt worden waren und bald zurückkehren würden. Doch nachdem sie von Lager zu Lager geschoben worden war, bevor sie schließlich in Bergen-Belsen landete, hatte sie begonnen, an Rachels Worten zu zweifeln. Was wäre, wenn Mutter und Vater an einem Ort gekommen waren, der genauso schrecklich war wie dieser hier? Dann wären sie vielleicht nicht mehr am Leben. Im Lager starben tagtäglich so viele Erwachsene.

»Das tue ich. Was ist mit deinen Eltern?«

Laszlo war zurückgekommen und hatte die Frage gehört. Schmollend sagte er: »Meine Mutter ist vor Monaten gestorben, aber ich brauche niemanden, der sich um mich kümmert.«

Mutter Brinkmann schien überrascht, aber sie behielt die freundliche Miene, als sie ihn ansprach. »Was ist mit deiner kleinen Schwester hier? Braucht sie vielleicht jemanden, der sich um sie kümmert?«

Er schaute einen Moment verwirrt, deutete dann aber auf Mindel. »Sie ist nicht meine Schwester. Und ich kümmere mich um sie.«

»Hast du Familie im Lager?«, fragte Mutter Brinkmann Mindel.

»Nein. Meine Eltern … ich weiß nicht, wo sie sind. Meine ältere Schwester und ich sind zusammen hergekommen … Ich glaube, sie ist im Frauenlager. Aber ich habe sie nicht finden können.«

»Also seid ihr nur zu zweit, richtig? Keine Erwachsenen, die auf euch aufpassen?«

»Wir brauchen niemanden, der auf uns aufpasst, wir kommen sehr gut allein zurecht.« Laszlo starrte die Frau an, aber sie ließ sich nicht im Geringsten beirren. Stattdessen sah sie Mindel an, die verzweifelt wünschte, Laszlo würde seine große Klappe halten. Sah er denn nicht, dass es so viel besser war, hier zu leben, wo diese nette Frau sich um sie kümmerte?

»Wie ist dein voller Name?«, fragte die Frau.

»Mindel, und er ist Laszlo.«

»Nur Mindel?«

Mindel zuckte mit den Schultern. Es war ihr zu peinlich zuzugeben, dass sie sich nicht an ihren Nachnamen erinnerte.

Laszlo sagte: »Ich heiße Laszlo Reisz. Mein Vater war Ungar, meine Mutter Deutsche. Und bevor Sie fragen: Ich bin schon sieben. Alt genug, um auf mich selbst aufzupassen.«

»Daran habe ich nie gezweifelt.« Mutter Brinkmann lächelte ihn an. »Was ist mit dir, Mindel, wie alt bist du?«

»Vier.« Mindel nahm all ihren Mut zusammen, machte einen Knicks und fügte hinzu: »Und ich würde sehr gerne hier bei dir bleiben.«

»Mein Mann und ich haben schon zwanzig Kinder aufgenommen, seit unsere eigene Tochter gestorben ist, aber wir können sicher noch Platz für zwei weitere schaffen.« Das Lächeln von Mutter Brinkmann war so warm und freundlich, dass Mindel beinahe in Tränen ausbrach.

Sie wandte sich an Laszlo und flehte ihn an: »Können wir bleiben? Bitte?«

Er nickte mit mürrischer Miene. Mindel umarmte ihn, bevor er seine Meinung ändern konnte. Dann wandte sie sich Mutter Brinkmann zu, die sie für eine weitere Umarmung an sich zog. Laszlo ging schnell einen Schritt zurück und schaute betont desinteressiert.

»Habt ihr irgendwelche Habseligkeiten? Wenn ja, holt sie. Sobald ihr zurück seid, bringen wir euch unter.«

Mindel nickte. Sie trug ihren wertvollsten Besitz – Paula – immer bei sich, aber sie hatten noch ein paar andere Dinge in ihrem Bett versteckt. Zum Beispiel ihre Suppenschüsseln. Laszlo hatte sich eine raffinierte Methode ausgedacht, wie er sie an die untere Latte des Etagenbettes band, um sie nicht den ganzen Tag herumtragen zu müssen, sie aber auch nicht gestohlen werden konnten. Er hatte versucht, Mindel davon zu überzeugen, auch Paula zurückzulassen, aber sie weigerte sich. Immer, wenn es keine gute Idee war, Paula in der

Öffentlichkeit zu zeigen, steckte Mindel sie einfach unter ihr Kleid.

Sie ergriff Laszlos Hand. Er schmollte immer noch, doch kurz bevor sie ihre Hütte erreichten, hielt sie es nicht mehr aus und sagte: »Ich mag sie.«

»Sie ist eine Erwachsene und wir brauchen sie nicht. Bist du sicher, dass du nicht lieber hierbleiben willst?«

Mindel sah sich in der beengten Baracke um. Ihr Blick fiel auf die Eimer, die sie ständig zum Würgen brachten, und sie nickte. »Ganz sicher. Ihre Hütte ist weniger überfüllt und viel sauberer. Und wir hätten andere Kinder zum Spielen, jetzt da Ruth weg und Fabian zu krank zum Spielen ist.«

»Es ist nur zur Probe. Wenn es mir dort nicht gefällt, verschwinde ich«, sagte Laszlo.

Mindel kletterte auf die Pritsche und sammelte ihre gesamten Habseligkeiten ein: die Decke, einige Wollfäden, die Skizze, die Heidis Freundin von Rachel gemacht hatte, ein Blatt Papier, eine Glasscherbe, ein Stück Kreide, zwei runde Kieselsteine und mehrere kleine Stöckchen. Sie reichte die Wertsachen an Laszlo weiter, der sie in den großen Taschen seiner Hose verstaute.

»Lass uns gehen.«

Clara und Heidi warteten draußen, als sie wenige Augenblicke später die Hütte verließen. »Wo wollt ihr hin?«

»Wir werden für ein paar Tage in der Waisenbaracke auf der anderen Seite des Lagers bleiben. Ihr könnt uns jederzeit dort besuchen«, antwortete Laszlo.

»Wirklich? Das ist so weit weg«, quietschte Clara. »Aber ich komme euch trotzdem auf jeden Fall besuchen.«

Sie verabredeten, sich jeden Tag zu sehen, und versprachen, dass sich nichts ändern würde, aber Mindel bezweifelte, dass das funktionieren würde. Nachdem sie den langen Weg an diesem Tag zweimal gelaufen war, war sie am Ende ihrer

Kräfte, und nur die Aussicht auf bessere Zustände hielt sie auf den Beinen. Sie würde sicher nicht jeden Tag den weiten Weg zu ihrer alten Hütte zurücklegen.

Sie winkte ihren Freundinnen zum Abschied und beeilte sich, Laszlo einzuholen, der bereits vorausgegangen war.

»Laszlo, warte auf mich.«

Er blieb kurz stehen und wartete auf sie, sprach aber die ganze Zeit über nicht mit ihr. Als sie bei der Waisenbaracke ankamen, zeigte Mutter Brinkmann ihnen das einzige freie Stockbett. »Es tut mir leid, aber ich habe nicht für jeden von euch ein eigenes Bett.«

»Sie sollten mal sehen, wie voll unsere alte Hütte ist. Das hier ist schwer in Ordnung«, sagte Laszlo.

»Lasst mich euch den anderen Kindern vorstellen.« Mutter Brinkman gab ihnen ein Zeichen, ihr zu folgen, und dann nannte jedes Kind seinen Namen. Mindel verlor nach dem dritten oder vierten den Überblick, aber sie schienen alle freundlich und neugierig darauf, sie und Laszlo kennenzulernen.

Am Abend versammelte Mutter Brinkmann alle Kinder und holte ein altes Buch mit zerrissenen Seiten und verblassten Bildern hervor. »Das ist das einzige Buch, das wir haben«, sagte Mutter Brinkmann. »Meine Kinder kennen die Geschichte auswendig, aber ich lese sie trotzdem jeden Abend vor.«

Ein warmes Gefühl durchströmte Mindel und sie drückte sich näher an Laszlo heran. Sie hatte fast vergessen wie es war, wenn ihre Mutter oder Rachel ihr abends Gute-Nacht-Geschichten vorgelesen hatten. Es fühlte sich so wunderbar an, dass sie ihre Tränen zurückhalten musste. Laszlos konzentrierten Gesichtsausdruck nach zu urteilen, schien er mit ähnlichen Empfindungen zu kämpfen. Sie nahm seine Hand und flüsterte: »Wir schaffen das schon.«

Mutter Brinkmann schlug das Buch über einen Vogel namens Cin-cin auf und las. »Cin-cin lebte mit zwei anderen Vögeln in einem wunderschönen Schloss. Ihre Aufgabe bestand darin, die Prinzessin zu unterhalten und zum Lachen zu bringen. Ihr Käfig war aus goldenen Stäben und es fehlte ihnen nie an Essen oder Trinken.

»Die Prinzessin ließ die Vögel einmal am Tag heraus, um mit ihnen zu spielen, und belohnte sie großzügig für jedes Lied. Die anderen waren glücklich, aber Cin-cin nicht.«

Mindel saugte jedes Wort auf, und auch die anderen Kinder, die die Geschichte schon unzählige Male gehört hatten, lauschten gebannt Mutter Brinkmanns Worten, als sie davon erzählte, dass eines Tages das Fenster offenstand und die drei Vögel hinausflogen. Oh, was für Abenteuer sie erlebten!

Aber die anderen Vögel hatten Angst und wollten zurück in ihren Käfig. Nur Cin-cin nicht. Am Ende jubelte Mindel mit den anderen Kindern, als Cin-cin sich in einen Waldvogel verliebte und bei ihm blieb, nachdem sie ihren beiden Freunden geholfen hatte, in die Gefangenschaft zurückzukehren.

Mindel war von der mutigen Cin-cin zu Tränen gerührt, aber sie konnte auch die anderen Vögel verstehen, die lieber in Sicherheit leben wollten.

Als Mutter Brinkmann das Buch beendet hatte, baten die Kinder sie, ihnen eine Geschichte über Fluff zu erzählen.

»Wer ist Fluff?«, fragte Mindel verwirrt. Sie konnte sich nicht erinnern, dass eines der Kinder einen so seltsamen Namen hatte.

Mutter Brinkmann lächelte und antwortete: »Fluff ist ein kleiner Hund, über den wir Geschichten erzählen. Er liebt alle Kinder und erlebt viele Abenteuer. Da du und Laszlo neu seid, dürft ihr euch heute Abend das Abenteuer aussuchen, auf das sich Fluff einlässt.«

Mindel biss sich auf die Lippe, während sie versuchte etwas Spannendes und Lustiges auszuwählen, das Fluff erleben sollte. Laszlo beugte sich vor und flüsterte ihr etwas ins Ohr. Das war eine gute Idee. Sie sagte laut: »Ich möchte, dass Fluff und meine Puppe Paula auf einen richtig hohen Baum klettern.«

Mutter Brinkmann nickte und begann zu erzählen. »Fluff und seine neue Freundin Paula gehen durch den Wald. Sie sind schon eine ganze Weile unterwegs, und es wird spät.

»Fluff schaut nach oben und versucht, den Himmel und die Sonne zu sehen, aber es gibt zu viele Bäume. Er merkt, dass sie im Kreis gelaufen sind, aber er kann sich nicht entsinnen, welchen Weg sie gekommen sind oder wohin sie gehen müssen. Sie haben sich verlaufen.

»Paula hat große Angst. Sie setzt sich hin und beginnt zu weinen. Fluff geht zu ihr, leckt ihr die Hand und sagt ihr, dass er einen Ausweg für sie finden wird.«

»Wie macht er das?«, fragte einer der Knaben.

Mutter Brinkmann lächelte. »Fluff ist ein kluger Hund und er weiß, dass er den Weg aus dem Wald sehen kann, wenn er es bis zur Spitze eines Baumes schafft. Aber es gibt ein Problem: Fluff hat Höhenangst. Er ist bisher nur auf kleine Bäume geklettert, und diese hier sind sehr, sehr hoch.«

»Das ist schon in Ordnung, Fluff. Du schaffst das«, murmelte ein kleines Mädchen.

»Ja, das schafft er. Paula verspricht, ihn zu begleiten und klettert auf seinen Rücken. Fluff klettert auf den Baum und springt von einem Ast zum anderen, während Paula ihre Arme fest um seinen Hals legt. Es ist sehr anstrengend, aber bald können er und Paula den blauen Himmel über sich sehen.

Als sie die Spitze des Baumes erreichen, können sie beide sehen, in welche Richtung es nach Hause geht.

»Paula ist so erleichtert, und Fluff auch. Sie klettern hinunter und Paula reitet auf seinem Rücken, während er sie aus dem Wald führt. Als sie auf der Wiese sind, umarmt Paula ihn und dankt Fluff, dass er sie beschützt hat.«

Die Kinder jubelten alle und Mutter Brinkmann sagte viel zu früh: »Zeit zum Schlafengehen, Kinder.«

Dann stellten sie sich alle in einer Reihe auf, um eine herzliche Umarmung und einen Gute-Nacht-Kuss von der Frau zu bekommen, die für sie die Rolle der Pflegemutter übernommen hatte. Mindel schlang ihre kleinen Arme fest um sie. Sie konnte sich nicht mehr daran erinnern, wann jemand sie zuletzt so sanft geküsst hatte, und sah dann zu, wie auch Laszlo eine Umarmung akzeptierte.

Sie kletterte auf das Bett, und zum ersten Mal seit ihrer Ankunft im Lager schlief Mindel mit der Zuversicht ein, dass der morgige Tag besser werden würde als der heutige.

Rachels Hals tat schlimmer weh als sonst. Ihr Haar war etwas nachgewachsen, und – wenn man von den Büscheln, die ausfielen, ausgehen konnte – der orangene Farbton wurde intensiver. Sie hustete ständig, und ihre Augen brannten höllisch. Sie konnte nichts anderes tun, als ein paar Mal flach zu atmen, und war erleichtert, als das Kratzen in ihrem Hals etwas nachließ.

»Geht es dir gut?«, flüsterte Linda, die neben ihr arbeitete.

»Geht es irgendjemandem hier gut?«, fragte Rachel. Auf den Satz folgte ein weiterer Hustenanfall. Sie wünschte sich etwas Wasser, um den Hustenreiz hinunterzuschlucken, aber Essen und Trinken waren während der Arbeit verboten.

Sprechen war zwar auch verboten, aber Rachel wusste, dass Linda sich wegen ihres hartnäckigen Hustens Sorgen machte, denn sie warf ihr immer wieder prüfende Seitenblicke zu. Sobald der Vorarbeiter außer Hörweite war, wisperte Linda: »Du solltest auf die Krankenstation gehen.«

»Als ob das was helfen würde.« Die Krankenstation war kein Ort, an dem man gesund gepflegt wurde, sondern das

Vorzimmer des Todes. Die einzige Medizin, die dort verabreicht wurde, war Ruhe: Die Frauen, die als arbeitsunfähig eingestuft wurden, durften den ganzen Tag liegen bleiben – allerdings bei reduzierten Rationen. Rachel hatte nicht vor, auch nur in die Nähe der Krankenstation zu gehen, denn die meisten, die dort hineingingen, kamen nicht wieder heraus.

»Dein Husten wird immer schlimmer«, protestierte Linda.

»Es ist nur eine Erkältung.« Trotz der stechenden Schmerzen, die bei jedem heftigen Hustenanfall von ihrer Lunge in den gesamten Körper ausstrahlten, leugnete Rachel die Möglichkeit, dass es sich um etwas Ernsteres handeln könnte.

Nach einer weiteren Stunde schmerzhafter Anfälle, die es ihr immer schwerer machten, die Hände ruhig zu halten und sich auf das Befüllen der Patronenhülsen mit Sprengstoff zu konzentrieren, war sie drauf und dran, den Vorarbeiter zu fragen, ob sie zur Latrine gehen durfte, nur um einmal frische Luft zu schnappen. In der Fabrik wurde die Luft von Minute zu Minute dicker und staubiger, sodass sie kaum noch atmen konnte.

»Noch ein paar Minuten, dann ist Mittagspause«, flüsterte Linda, als hätte sie Rachels Gedanken gelesen. Die Pause dauerte genau zwanzig Minuten, und die Mahlzeit bestand aus einer Tasse Ersatzkaffee. An manchen Tagen bekamen die Frauen zusätzlich eine Scheibe Brot. Es war nichts, worauf man sich freuen konnte, aber heute erschien der Gedanke, sich einfach auf den Boden zu setzen und nichts zu tun, paradiesisch.

Entschlossen, bis zur Pause durchzuhalten, versuchte Rachel, einen weiteren Hustenanfall zu unterdrücken, aber er überwältigte sie mit solcher Wucht, dass ihr ganzer Körper durchgeschüttelt wurde. Gerade als sie sich wieder beruhigt hatte und von Neuem begann, Sprengstoff in eine Hülse zu stopfen, blitzte in einigen Metern Entfernung ein grelles Licht auf, gefolgt von einem Geräusch, das wie tosender Wind in einem engen Durchgang klang. Die Helligkeit verstärkte sich und schien sich wie ein riesiger, feuerspeiender Drache mit offenem Maul auf sie zu zubewegen. Bevor Rachel begriff was geschah, wurde sie von einer Welle aus Schmerz und Hitze überrollt. Gierige Flammen tanzten durch die Halle und leckten mit feurigen Zungen an ihr. Aber den schlimmsten Schmerz spürte sie in ihren Händen und Armen, die mit einer Heftigkeit brannten, wie sie es noch nie erlebt hatte. Die Qualen wurden mit jeder Sekunde intensiver, und auch die Hitze nahm zu.

Obwohl sie die flirrend heiße Luft nicht einatmen wollte, holte sie tief Luft und schrie aus Leibeskräften. Ihr eigener spitzer Schrei vermischte sich mit vielen anderen und hallte von den Wänden wider. Rachel war sich der Lächerlichkeit ihrer Gedanken bewusst, noch während sie befürchtete, das Geschrei könnte die Fenster nahe der Decke zerschmettern.

Wenn sie genügend Sauerstoff gehabt hätte, hätte sie über ihre eigene Dummheit gelacht. Denn sie hatte definitiv schlimmere Probleme als zerbrochene Fensterscheiben. Das Feuer versengte nicht nur ihre Haut und ihr Fleisch, sondern verschlang auch den Sauerstoff in der Luft, und ihre Lungen rangen nach Atem. Sie fiel nach hinten und keuchte, als Hitze ihren Rachen verbrannte.

Von irgendwoher erklangen laute Stimmen und sie spürte, wie sie gepackt und geschlagen wurde. Sie wehrte sich und wollte schreien, *Hört auf, mich zu schlagen*, aber es kamen keine Worte aus ihrem Mund. Der Schmerz war so unerträglich, so allumfassend, dass sie dachte, so müsse es sich anfühlen, als Hexe auf einem Scheiterhaufen verbrannt zu werden.

Schließlich öffnete sie die Augen, aber der Lichtblitz hatte sie geblendet, und alles, was sie sehen konnte, waren helle Sterne auf weißem Hintergrund. Gleichzeitig würgte sie von dem intensiven Geruch nach beißendem Rauch und verbranntem Fleisch. Es war der gleiche schaurige Gestank, der aus dem Krematorium in Bergen-Belsen kam und sich wie eine undurchdringliche Decke über das Lager legte, nur tausendmal intensiver.

Sie fragte sich, was da wohl brannte, und blinzelte noch ein paar Mal, bis ihre Sicht langsam zurückkehrte und sie erkannte, dass es die Frauen aus der Arbeitsgruppe neben der ihrigen waren. Vermutlich war dort der Sprengstoff explodiert. Unzählige erbärmliche Schmerzensschreie zerrissen die Luft und gellten in ihren Ohren. Eingehüllt in eine gelb-orangefarbene Rauchwolke rang sie nach Atem, doch der Schwefelgestank, vermischt mit einer kupfernen, metallischen Komponente, ließ sie erneut würgen.

Zwei Frauen schlugen verzweifelt mit Lumpen auf sie ein. Rachels Gehirn hatte kaum noch Sauerstoff, trotzdem realisierte sie, dass die beiden versuchten, ihre brennende Kleidung zu löschen, und hörte auf, sich zu wehren.

»Umdrehen!«, schrie jemand. Rachel gehorchte und rollte sich mit einiger Mühe auf den Bauch, wobei sie ein deutliches Knacken ihrer Rippen hörte, während die beiden weiter auf sie einschlugen. Nach einer gefühlten Ewigkeit hörten sie endlich auf.

Jemand hob Rachel auf die Beine, halb trug und halb zog sie weg vom Feuer. Ihr Blick schweifte über den Arbeitsplatz, an dem vor wenigen Minuten noch acht Frauen gearbeitet hatten. Die Schießpulverexplosion hatte eine ungeheuerliche Verwüstung angerichtet: Der gesamte Arbeitsplatz lag in Schutt und Asche, dunkler, grau-oranger Rauch hing in der Luft und mehrere verkohlte Leichen lagen, noch immer vor sich hin schwelend, auf dem Boden.

Die Aufseher schrien und brüllten, aber Rachels stand zu sehr unter Schock, um die Bedeutung ihrer Worte zu entschlüsseln. Ihre linke Hand pulsierte mit unerträglichen Schmerzen. Diese Qualen waren hundertmal schlimmer als alles, was sie je zuvor erlebt hatte, sogar als sie sich als Kind die Hand mit heißem Wasser verbrannt hatte.

Wie ein Häufchen Elend kauerte sie an der Wand neben der geöffneten Tür und sehnte sich nach jeder kalten Windböe, die ab und zu hereinwehte und ihr eine kurze Linderung des teuflischen Brennens auf ihrer Haut verschaffte. Sie wimmerte, stöhnte und verlor immer wieder das Bewusstsein. Jedes Mal, wenn sie aufwachte, war der Schmerz so stark, dass sie sofort wieder in die beruhigende Dunkelheit glitt und sich dankbar von ihr verschlingen ließ.

Als sie mal wieder zu Bewusstsein kam, sah sie Linda mit einer Schüssel neben sich hocken. Linda schien unversehrt zu sein, abgesehen von einer hässlichen roten Verbrennung auf der Stirn und Rußflecken im Gesicht. Sie tauchte Rachels Hand vorsichtig in kühles Wasser und sagte: »Lass die Hand drin. Das wird den schlimmsten Schmerz lindern.«

Erleichterung überkam Rachel, als das Wasser die Verbrennungen kühlte, und sie murmelte einige unzusammenhängende Worte.

»Hast du verstanden? Die Hand im Wasser lassen«, beharrte Linda.

»Es tut mir so leid …« Rachel schloss wieder die Augen und kämpfte gegen die Dunkelheit, die sie zu übermannen drohte.

»Es gibt nichts, was dir leid tun müsste.« Linda streichelte ihr Haar.

» … Alles meine Schuld … Habe nicht aufgepasst …«

»Es war nicht deine Schuld. Die Explosion kam von der Nachbarstation. Aber du bist nicht schnell genug beiseite gesprungen.«

»Die Frauen dort?«

Linda machte ein trauriges Gesicht. »Alle tot. Und viele andere verletzt, so wie du.«

»Ich will sterben.« Rachel war es so leid, am Leben zu sein und diese Schrecken zu ertragen, dass sie am liebsten die Augen schließen und nie wieder aufmachen wollte.

»Wage es ja nicht, aufzugeben!« Linda sagte es mit einer solchen Empörung, dass Rachel die Augen wieder öffnete und sah wie ihre Freundin sie anfunkelte. »Du musst für deine Schwester am Leben bleiben, schon vergessen?«

Die Erwähnung von Mindel weckte die letzte verborgene Reserve ihrer Lebensgeister und sie nickte kaum merklich. »Ich sterbe nicht. Nicht heute.« Obwohl es Rachel inzwischen egal war, was mit ihr selbst geschah, wusste sie auch, dass sie Mindel nicht allein auf der Welt zurücklassen konnte. Ihre kleine Schwester war ihre Verbindung zur Welt der Lebenden und solange es noch einen Schimmer Hoffnung gab, würde sie ihretwegen alles tun, um auch das heutige Unglück zu überstehen.

»Lasst die Verletzten liegen und geht wieder an die Arbeit. Wir haben einen Krieg zu gewinnen, ihr lausigen Schwachköpfe!«, schrie der Aufseher die Frauen an.

»Wir können die Kriegsmaschine nicht warten lassen, schon gar nicht für ein paar verletzte Jüdinnen, nicht wahr?«, flüsterte Linda, als sie Rachels Wange streichelte und dann aufstand, um sich wieder an die Arbeit zu machen.

Eine sardonische Genugtuung erfüllte Rachel, als sie dachte: *Diese Explosion wird eine ziemliche Delle in unserer Tagesproduktion hinterlassen.*

Sie lehnte an der Wand und wimmerte leise, bis irgendwann der Werksarzt kam, um sich die Verletzten anzusehen. Als er ihre Hand für seine Untersuchung aus dem Wasser fischte, schrie sie vor Schmerzen auf.

»Halts Maul, Judensau«, sagte er, ließ ihre Hand zurück in

die Schüssel fallen und verspritzte dabei kostbares, kühlendes Wasser. »Es ist nur eine Verbrennung. Stell dich nicht so an, elende Heulsuse.«

Sie hätte ihm gerne ein Messer ins Herz gestoßen, wenn sie eins gehabt hätte, doch so begnügte sie sich damit, ihn böse anzufunkeln. Als Nächstes riss er ihr die Fetzen ihres angekohlten Kleides vom Körper, so dass ihre Brüste für alle sichtbar frei lagen. Er drückte ihr auf dem Brustkorb herum und wieder hörte sie das hässliche Knirschen.

»Die hier kann nicht mehr arbeiten«, sagte der Arzt zu dem hinter ihm stehenden Aufseher.

»Gut, wir werden einen Ersatz anfordern und die zurückschicken.«

Rachel war zu sehr mit ihrem Schmerz beschäftigt, um die tiefere Bedeutung seiner Worte zu begreifen, deshalb überkam sie Erleichterung und Dankbarkeit ob der Tatsache, dass sie ihre Schicht nicht beenden musste.

Als der Arzt gegangen war, wagte sie endlich einen Blick auf ihre Hand zu werfen, und wünschte, sie hätte es nicht getan. Dort waren nur hässliche, verbrannte, schwarze Haut und rohes Fleisch. An den weniger stark versengten Stellen bildeten sich bereits Blasen.

Es sah wirklich furchterregend aus, aber dank der Schüssel mit Wasser, die Linda ihr gebracht hatte, tat es kaum noch weh, zumindest solange sie die Hand untergetaucht hielt. In der Sekunde jedoch, in der sie versuchte die Hand aus der Schüssel zu nehmen, kehrte der unerträgliche Schmerz mit solcher Wucht zurück, dass ihr schwarz vor Augen wurde und sie die Hand eiligst wieder eintauchte.

Trotz der Qualen war die Erschöpfung stärker, und sie verschlief den Rest der Schicht, bis ein Aufseher sie mit seinem Stiefel in die Seite trat.

»Aufstehen, Faulpelz, es ist Zeit, nach Hause zu gehen!«

Nach Hause? Für den Bruchteil einer Sekunde glaubte Rachel, er wolle sie auf den Bauernhof schicken, bevor ihr klar wurde, dass mit *nach Hause* das Lager Tannenberg gemeint war.

Sie heulte in wütendem Schmerz auf, als er ihr die Wasserschüssel wegnahm, was ihr einen Tritt in die Magengrube bescherte. Um ihn nicht noch mehr zu verärgern, riss sie sich zusammen und unterdrückte ein Wimmern, als sie sich mit übermenschlicher Anstrengung aufrichtete. Der lindernden Wirkung des kühlen Wassers beraubt, strahlte der Schmerz in ihrer verletzten Hand mit solcher Heftigkeit in den Rest ihres Körpers, dass sie schwankte. Schon glaubte sie sich erneut in den wütenden Flammen gefangen.

Das Bild der mittelalterlichen Hexen, die auf dem Scheiterhaufen verbrannt wurden, kam ihr wieder in den Sinn, und sie erbrach sich beinahe auf die Stiefel des Aufsehers. Sie zwang die Galle hinunter, taumelte und stolperte mit schmerzenden Rippen, nichts als versengte Reste ihres Kleids am Leib, um mit den wartenden Frauen gemeinsam den Heimweg anzutreten.

Als sie das Fabrikgebäude verließ, erhaschte sie einen Blick auf mehrere verkohlte Leichen und verspürte einen Anflug von Neid. Diese Frauen hatten es geschafft, sie mussten nicht mehr leiden. Draußen traf die kalte Novemberluft auf ihre nackte Haut. Die Kälte ließ ihre Zähne klappern, aber wenigstens hatte sie den positiven Nebeneffekt, ihre verbrannte Haut zu kühlen und den Schmerz zu lindern.

»Hier, ich habe deinen Mantel für dich geholt.« Linda stand plötzlich neben ihr und reichte ihr den leichten Mantel, den die Frauen während des Marsches trugen, und im Vorraum aufhängten, bevor sie ihre Arbeitsplätze besetzten. Sie durfte auf keinen Fall stehen bleiben, um ihn anzuziehen, deshalb hängte Linda ihr den Mantel über die

Schultern und knöpfte ihn zu, während sie rückwärts vor Rachel herging.

»Danke.«

Im Lager Tannenberg wurde Rachel in die Krankenstation gebracht, wo die jüdische Krankenschwester nichts weiter für sie tun konnte, als ihr die gebrochenen Rippen zu verbinden und die Hand wieder in eine Schüssel mit Wasser zu legen. Bereits am nächsten Morgen kam die SS und steckte sie in den nächsten Transport zurück ins Stammlager Bergen-Belsen. In ihrem jetzigen Zustand war ihr alles egal.

Sie lebte. Sie hatte Schmerzen. Und sie war hungrig.

Ihre Hand pochte im Rhythmus ihres Herzschlags, und die holprige Fahrt im Lastwagen verstärkte die Qualen noch. Als der Lastwagen vor den Toren von Bergen-Belsen anhielt, begrüßte und fürchtete sie gleichzeitig das Aussteigen.

Bei der Ankunft wurden sie nach einer kurzen Inspektion in zwei Gruppen aufgeteilt: Die meisten Frauen wurden den Baracken zugewiesen, Rachel und zwei andere hingegen kamen auf die Krankenstation des Sternlagers. Es war eine grausame Ironie des Schicksals, dass sie erst dann ihr Ziel erreicht hatte, auf die andere Seite des Zauns zu kommen, als sie nicht in der Lage war, herumzulaufen und nach ihrer Schwester zu suchen.

»Das sollte helfen«, sagte ein freundlicher jüdischer Arzt, nachdem er die abgestorbene Haut entfernt und Rachels Hand verbunden hatte. »Ich kann Sie für drei Tage hierbehalten, aber ich fürchte, dann müssen Sie zurück ins Frauenlager. Machen Sie das Beste aus Ihrem Aufenthalt und versuchen Sie, wieder zu Kräften zu kommen.«

Dann war er weg, und Rachel fiel in ihren Dämmerzustand zurück, worin sie nicht unterscheiden konnte, ob das Wimmern und Stöhnen aus ihrem eigenen Mund oder aus dem einer anderen Person kam.

Zu normalen Zeiten hätte sie diese Krankenstation als grässlich empfunden: unhygienisch, schmutzig und überfüllt. Aber im Vergleich zu den Bedingungen im Hauptlager und sogar in Tannenberg, war es das reinste Paradies. Das Beste jedoch war, dass keine Aufseher hereinkamen, um die Häftlinge zu schikanieren. Bekanntermaßen hatten die tyrannischen, brutalen Mitglieder der so genannten Herrenrasse Todesangst davor, sich bei den Häftlingen mit einer Infektionskrankheit anzustecken, weshalb sie einen großen Bogen um die Krankenstation machten.

Am nächsten Tag fühlte Rachel sich ein wenig besser. Sie war immer noch schwach, hungrig und erschöpft, aber wenigstens hatte das unaufhörliche Pochen in ihrer Hand aufgehört und sie konnte endlich wieder einen klaren Gedanken fassen. Da sie sich wegen ihrer gebrochenen Rippen nur vorsichtig bewegen konnte, begnügte sie sich damit jeden, der die Krankenstation betrat, nach Mindel zu befragen, aber niemand hatte ihre kleine Schwester gesehen oder von ihr gehört.

»Wie alt ist die Kleine denn?«, fragte die Frau im Bett neben ihr.

»Sie ist vier ... nein, inzwischen fünf ...« Rachel brach mitten im Satz ab und erinnerte sich, dass ihre Schwester erst vor kurzem ihren fünften Geburtstag gehabt hatte. Wieder einmal brach ihr das Herz für das arme Ding, das an einem so wichtigen Tag ganz allein gewesen war und niemanden hatte, der mit ihr feiern konnte.

Erinnerungen an Mindels vierten Geburtstag wärmten ihr Herz, und versetzten sie zurück auf den Bauernhof. Statt des Gestanks von Krankheit und Tod wehte ihr der Geruch von frisch gebackenem Apfelkuchen in die Nase und sie lächelte glückselig. Gleich würde Mindel die Treppe hinunterkommen und die ganze Familie vorfinden, die gespannt auf das Geburtstagskind wartete.

Auf dem Tisch standen den Umständen geschuldet nur bescheidene Geschenke. Der Apfelkuchen, für den Mutter wochenlang Zuckerrationen aufgespart hatte, ein abgetragenes Kleid, das sie für Mindel abgeändert hatte, die Stoffpuppe, an der Rachel seit Tagen jede Nacht genäht hatte, und neun Holzmurmeln mit einem gekritzelten Zettel von Aron und Israel, auf dem sie versprachen, ihr das Spiel »Glücksstein in der Mitte« beizubringen, bei dem derjenige gewinnt, der mit seiner Murmel dem Stein in der Mitte am nächsten kommt.

Wenige Minuten später stürmte Mindel die Treppe hinunter in die Küche. Ihr glückliches Gesicht beim Anblick des Gabentisches brannte sich tief in Rachels Seele. Sie blieb stehen, schnappte sich die Stoffpuppe, drückte sie an ihre Brust und quietschte: »Eine Puppe! Ich habe eine Puppe!«

»Jetzt hast du eine beste Freundin, die immer für dich da sein wird«, hatte Rachel gesagt, und Mindel hatte sie umarmt und ihr gesagt, sie sei die beste große Schwester der Welt.

»Wie sollen wir deine neue Freundin nennen?«, fragte Rachel.

»Paula«, erwiderte Mindel so selbstverständlich, als ob sie die Puppe schon ihr ganzes Leben lang gekannt hatte, und stellte sie dann einem Familienmitglied nach dem anderen vor: »Paula, das ist mein Vater. Hier neben ihm sitzen meine beiden Brüder, Aron und Israel. Da drüben ist Rachel, und meine liebe Mutti.«

Vater schenkte seinem Nesthäkchen ein nachsichtiges Lächeln, bevor er sagte: »Ich muss zur Arbeit aufs Feld. Können wir bitte den Kuchen anschneiden?«

Mutter nickte und sagte: »Lasst uns die Kerzen anzünden und ein Geburtstagslied für Mindel singen.« Als sie fertig waren und Mindel die vier Kerzen ausgeblasen hatte, schnitt Mutter die Hälfte des Kuchens in sechs Stücke, eines für jeden, und bewahrte den Rest für den nächsten Tag auf.

Die Süße des Kuchens zerging Rachel auf der Zunge und sie war entschlossen, den Geschmack so lange wie möglich im Mund zu behalten. Es war der erste Kuchen, den sie seit Monaten gegessen hatten, genauer gesagt seit Arons Geburtstag im Mai. Dieser Tage waren die Zuckerrationen so knapp und kostbar, dass die einzigen Süßspeisen, die Mutter zubereitete, Geburtstagskuchen waren.

Die Stoffpuppe wurde bald zu Mindels wertvollstem Besitz. Anfangs hatte Rachel ihre Schwester dafür gescholten, dass sie Paula überall hinschleppte, aber später war sie dankbar, dass Mindel nun eine beste Freundin hatte, und nie mehr allein war.

Ein tiefer Seufzer entrang sich Rachels Kehle und brachte sie zurück in die Wirklichkeit. Mindels Geburtstag war ihr letztes gemeinsames Familienfest gewesen, bevor der Tod des alten Hans' ihr Leben in eine verheerende Abwärtsspirale geführt hatte.

Am Nachmittag hielt sie Ausschau nach der Krankenschwester, mit der sie Monate zuvor gesprochen hatte, aber konnte sie nicht entdecken, und sie wagte es nicht, jemanden nach ihr zu fragen, vor lauter Angst Verdacht zu erregen.

Statt ihrer drehte eine sehr junge Krankenschwester namens Christa ihre Runden, hatte allerdings kaum mehr als freundliche Worte und ein aufmunterndes Lächeln zu bieten. Medizin wurde nicht an Häftlinge verschwendet, und der eigentliche Zweck der Krankenstation bestand darin, die Kranken von den übrigen Gefangenen abzusondern. Das einzige verabreichte Heilmittel war Ruhe.

Rachel bat Christa: »Bitte, ich suche meine Schwester, Mindel Epstein. Ich glaube, sie ist hier im Sternlager.«

Die Krankenschwester runzelte die Stirn und sagte dann langsam: »Ich glaube … Hier war mal ein kleines Mädchen namens Mindel. Braunes Haar, immer mit einer zerlumpten Puppe in der Hand und mit einem etwas älteren Jungen im Schlepptau, wahrscheinlich ihrem Bruder.«

Rachels Herz schlug schnell vor Aufregung. »Das könnte sie sein. Wo kann ich sie finden?«

Christas Gesichtsausdruck wurde traurig. »Ich habe sie schon eine ganze Weile nicht mehr gesehen. Weißt du, hier sterben so viele Menschen, und vor allem Kinder halten nicht lange durch.«

»Ich muss sie finden.« Rachel sprang vom Bett auf und stöhnte wegen der starken Schmerzen in ihren gebrochenen Rippen.

Die Krankenschwester drückte sie zurück auf die Pritsche. »In deinem Zustand gehst du nirgendwo hin.« Doch als sie Rachels verzweifelt flehende Augen bemerkte, lenkte sie mit einem Seufzer ein. »Ich werde mich umhören, aber du musst im Bett bleiben. Du wirst deiner Schwester nichts nützen, wenn du tot bist.«

Rachel entspannte sich und nickte. Es war ein Fünkchen Hoffnung, nicht mehr.

Sie befolgte Christas Rat und schlief so viel wie möglich, um ihrem geschundenen und erschöpften Körper Zeit zur Regeneration zu geben. Der Schlaf war auch eine Erholung von den Schmerzen in ihrer Hand, denn Schmerzmittel waren ein Luxus, den sich die Insassen nicht leisten konnten.

Am dritten Tag brachte Christa eine ermutigende Nachricht. »Es scheint, dass es jemanden gibt, der ein Mädchen namens Mindel kennt, die herumgeht und alle nach ihrer Schwester Rachel fragt.«

»Das muss sie sein!«, rief Rachel aufgeregt.

»Pst.« Christa legte einen Finger an die Lippen und beugte

sich dann hinunter, als wolle sie einen Blick auf Rachels Verbrennungen werfen. »Wenn du deine Schwester sehen willst, lässt sich das arrangieren. Es kostet aber.«

»Ich kann bezahlen«, flüsterte Rachel, denn sie hatte eisern an den Zigaretten festgehalten, obwohl sie in den dunklen Monaten in Tannenberg unzählige Male in Versuchung geraten war, sie auszugeben.

»Gut, dann werde ich mich erkundigen und dir Bescheid geben.« Christa verließ die Krankenstation.

Rachel tastete nach den Zigaretten in ihrer Tasche, und heulte vor Verzweiflung auf. Das Kleid mit den Zigaretten darin war von der Explosion versengt worden, und der Arzt in Tannenberg hatte ihr die Fetzen vom Leib gerissen.

Später am Tag inspizierte der SS-Arzt die Krankenstation und erklärte die meisten Patienten, inklusive Rachel, für gesund genug, um wieder an die Arbeit zu gehen.

Keine fünf Minuten später wurde sie durch den Stacheldrahtzaun, der die beiden Komplexe trennte, zum Frauenlager eskortiert. Rachel war am Boden zerstört. Sie hatte nicht einmal Zeit gehabt, der freundlichen Krankenschwester Bescheid zu geben, und konnte nur hoffen, dass jemand Mindel die Nachricht übermitteln würde, dass sie noch am Leben war und nach ihr suchte.

21

Einer der Vorteile der Waisenbaracke war, dass sie nicht beim Zählappell dabei sein mussten. Weil die Aufseher die Unruhe hassten, welche die ständig zappelnden Kinder bei den Appellen verursachten, hatten sie Mutter Brinkmann von der täglichen Zählung befreit. Es war ihnen vermutlich egal, ob die Kinder lebten oder nicht. Sie konnten nicht zur Arbeit herangezogen werden, außerdem war die Wahrscheinlichkeit, dass eines von ihnen zu fliehen versuchte, gering.

Jeden Morgen, wenn Mindel beobachtete, wie sich die anderen Häftlinge auf dem Appellplatz aufstellten, während Mutter Brinkmanns Schützlinge bei ihrer Hütte bleiben durften, fühlte sie Erleichterung durch ihre Adern strömen. Schon allein die Tatsache, dass sie nicht mehr jeden Tag stundenlang stillstehen musste, war es wert, unter die Fittiche von Mutter Brinkmann geschlüpft zu sein. Zu ihrer Freude hatte Laszlo widerwillig zugestimmt, dass es gar nicht so schlecht gewesen war, hierher zu kommen.

Eines Tages saßen die Kinder draußen, um den seltenen Sonnenschein in diesem ansonsten dunklen und kalten

November zu genießen, als Hunderte von Menschen außen am Stacheldrahtzaun in Richtung Haupteingang vorbeimarschierten.

Mindel erinnerte sich entfernt daran, wie sie vor Ewigkeiten selbst hier angekommen war, zu Fuß, beziehungsweise meistens auf Rachels Arm, vom Bahnhof zum Haupttor. Neugierig näherten sich die Kinder dem Zaun, um die Neuankömmlinge genauer unter die Lupe zu nehmen. Aber in dem Moment, als Mindel einen Blick in das Gesicht der elendesten Gestalt erhaschte, die sie je gesehen hatte, schrie sie auf und sprang rückwärts, direkt in ein anderes Kind, das zu schimpfen begann: »He, pass doch auf, wo du hintrittst, du Idiot!«

Mindel antwortete nicht, so stark war der Schock über das, was sie gesehen hatte. Niemand im Lager hatte Fett auf den Knochen oder sah auch nur annähernd gesund aus, aber diese … Kreaturen konnten keine Menschen sein. Sie wagte einen zweiten Blick auf die immer größer werdende Masse der vorbeimarschierenden Leiber.

»Sind das Männer oder Frauen?«, fragte sie Laszlo, der für gewöhnlich auf alles eine Antwort wusste.

»Keine Ahnung. Sieht für mich nach Außerirdischen aus.«

»Was sind Außerirdische?«

»Lebewesen von einem anderen Planeten. Das sind keine Menschen wie wir.«

»Was ist ein Planet?«

»Hör endlich auf, so viele dumme Fragen zu stellen«, schimpfte Laszlo.

Sie beschloss, besser nicht weiter zu bohren. Sie liebte ihn immer noch, aber er wurde mit jedem Tag launischer und er schrie, schubste oder schlug nach ihr, wenn er wütend wurde. Natürlich nicht, wenn Mutter Brinkmann in der Nähe war, denn sie duldete ein solches Verhalten bei ihren Kindern nicht. Aber sobald sie außer Sichtweite war, fingen die älteren Kinder an, sich untereinander zu streiten und ihre Wut an den Kleineren auszulassen.

Mindel lenkte ihre Aufmerksamkeit auf die Menge, die am Zaun vorbeizog. Sie hatten schon öfters Neuankömmlinge gesehen, in letzter Zeit sogar fast jeden Tag –wenn auch noch nie so bedauernswerte Kreaturen wie diese.

»Kinder, kommt rein, es wird kalt«, rief Mutter Brinkmann und trieb sie zurück in die Baracke, wo ihr Mann wartete, um den täglichen Unterricht zu beginnen.

Am Anfang hatte Mindel der Unterricht Spaß gemacht, weil sie gelernt hatte, ihren Namen mit dem Finger in den Staub zu schreiben. Aber die Stunden waren so furchtbar langweilig und sie war immer so müde, dass sie den Erläuterungen von Herrn Brinkmann nicht folgen konnte, und dann wurde sie gescholten, weil sie den Unterricht störte.

Heute aber nutzte sie die Gelegenheit und stellte ihm die Frage, die Laszlo nicht beantworten wollte. »Was ist ein Planet?«

Herr Brinkmann lächelte und begann zu erklären, dass die Erde zusammen mit anderen Himmelskörpern wie Mars oder Venus um die Sonne kreiste.

Das Ganze ergab für Mindel keinen Sinn, und sie fragte nach: »Warum kommen die Leute von anderen Planeten in unser Lager? Wissen sie nicht, wie schrecklich es hier ist?«

»Wer hat dir das denn erzählt?«, fragte Herr Brinkmann.

»Niemand.« Mindel biss sich auf die Unterlippe und starrte auf den Boden, aus Angst, sich lächerlich zu machen, wenn sie noch mehr sagte. Aber das Thema nagte an ihr, und am nächsten Morgen schlich sie sich davon, um Heidi zu besuchen. Das ältere Mädchen war klug. Sie wusste sogar noch mehr als Laszlo.

»Mindel, was für eine Überraschung! Wie geht es dir? Wir wollten gerade zu dir kommen«, begrüßte Heidi sie.

Mindel zuckte mit den Schultern, denn sie musste ihre Frage stellen, bevor sie den Mut dazu verlor. »Darf ich dich etwas fragen?«

»Sicher.«

Während sie die Geschehnisse vom Vortag wiederholte, ließ sich Laura neben den beiden nieder. Als Mindel ihre Erzählung beendete, lachten die beiden älteren Mädchen.

»Das sind keine Außerirdischen. Diese Leute kommen aus einem Lager, das viel schlimmer ist als unseres«, sagte Heidi.

»Schlimmer als hier?« Mindel hielt das nicht für möglich, aber warum sollte Heidi sie anlügen?

»Ja, es heißt Auschwitz, und dort schicken sie die Leute durch den Schornstein«, sagte Laura und erntete dafür einen strengen Blick von Heidi.

Mindel zog die Brauen zusammen. »Was soll das heißen?«

»Nichts. Laura ist einfach nur dumm«, sagte Heidi in einem Ton, der keinen Widerspruch duldete. Mindel kannte diesen Tonfall nur zu gut. Die Erwachsenen benutzten ihn immer dann, wenn sie entschieden hatten, dass sie zu jung für etwas war. Aus Erfahrung wusste sie, dass es unmöglich war, die beiden älteren Mädchen dazu zu überreden, es ihr trotzdem zu sagen, also zuckte sie wieder mit den Schultern und beschloss, später jemand anderen zu fragen.

»Übrigens, gestern kam eine Frau und hat nach dir gefragt«, sagte Heidi.

»Nach mir?« Mindel hatte keine Ahnung, wer etwas von ihr wollen könnte.

»Ja, offenbar war eine Patientin auf der Krankenstation, die deine Schwester sein könnte.«

»Rachel? Warum hast du mir das nicht gleich gesagt? Wo ist sie?« Mindel hüpfte vor Aufregung auf und ab.

»Es war gestern zu spät, um zu deiner Baracke zu laufen und vor der Nachtruhe wieder zurück zu sein«, sagte Heidi.

»Du darfst dir nicht zu viele Hoffnungen machen. Wir wissen nicht, ob die Person, die nach dir gefragt hat, wirklich deine Schwester war. Da wir nicht zu dir konnten, haben wir die Krankenstation aufgesucht, um uns die Frau mal anzuschauen. Aber sie war bereits ins Frauenlager zurückverlegt worden«, fügte Laura hinzu, woraufhin Mindel in Tränen der Enttäuschung ausbrach. Sie war so nah dran gewesen, Rachel zu finden, und wie ein Gespenst war sie schon wieder weg.

»He, nicht weinen.« Heidi legte einen Arm um sie. »Das ist eine gute Nachricht. Jetzt wissen wir, dass deine Schwester am Leben ist.«

»Aber … Laura … hat gesagt … sie ist es vielleicht nicht«, schniefte Mindel.

Heidi blickte Laura wütend an und schaukelte Mindel auf ihrem Schoß. »Doch, wir sind sicher. Wie viele Rachels gibt es wohl, die nach einer kleinen Schwester mit deinem Namen suchen? Sie lebt, und sie sucht nach dir. Das ist ein gutes Zeichen. Sobald sie kann, wird sie wieder herkommen.«

»Können wir ihr eine Nachricht schicken?«, fragte Mindel voller Hoffnung.

»Das ist eine gute Idee. Die nette Krankenschwester kann deinen Zettel an eine Patientin aus dem Frauenlager weitergeben.«

Auch wenn Heidi es nach einer leichten Aufgabe klingen ließ, spürte Mindel das Zögern in ihrer Stimme. Aber sie würde sich davon nicht von ihrem Plan abbringen lassen. »Wir brauchen Stift und Papier. Und dann schreibst du eine Nachricht für mich?«

Heidi nickte und gemeinsam gingen sie in die Baracke, um nach einem Stück Papier zu kramen. Die Lagerkinder sammelten alles, dessen sie habhaft wurden, und bald fanden sie jemanden, der bereit war, ein Stück Papier gegen zwei rostige Nägel einzutauschen, die Mindel in ihrer Tasche trug.

»Das hätte ich fast vergessen«, sagte Heidi. »Diese Rachel sagte, dein Nachname sei Epstein. Ist das richtig?«

Mindel runzelte nachdenklich die Stirn, aber so sehr sie sich auch bemühte, sie erkannte den Namen nicht, also zuckte sie mit den Schultern. »Ich weiß es wirklich nicht.«

Heidi nickte. »Macht nichts.« Dann schrieb sie auf den Zettel:

Rachel Epstein. Deine Schwester Mindel lebt in der Waisenbaracke bei Mutter Brinkmann. Heidi Wenzel.

Auf dem Rückweg spähte Mindel durch den Stacheldrahtzaun ins Frauenlager, in der Hoffnung, Rachel irgendwo zu sehen, aber das Einzige, was sie sah, waren eilig errichtete Zelte für die Tausende und Abertausende von Frauen, die aus diesem anderen Lager namens Auschwitz kamen.

Von da an ging sie jeden Tag zum Zaun, in der Hoffnung, einen Blick auf ihre Schwester zu erhaschen. Sie blieb so lange, bis ein Aufseher sie wegjagte oder bis die Sirene zum Abendessen schrillte und sie in ihre Baracke zurückkehren musste.

Zwar sah sie Rachel kein einziges Mal, aber jeden Tag wurden es mehr Zelte und mehr Menschen auf dem ehemals leeren Platz. Es würde unmöglich sein, ihre Schwester dort zu finden. Mit hängenden Schultern beschloss sie, nicht wieder herzukommen, zumindest nicht, bis sie von Heidi hörte, dass jemand ihre Notiz abgeliefert hatte.

An diesem Abend zogen dunkelgraue Gewitterwolken auf und bedeckten den gesamten Himmel. Eine der wenigen noch nicht verblassten Erinnerungen an das Leben auf dem Bauernhof war, wie sie und Aron lachend von Pfütze zu

Pfütze gesprungen waren, während der Regen auf sie niederprasselte.

Hier jedoch hasste sie den Regen. Er durchnässte ihr Kleid und da sie keine Wechselwäsche hatte, musste sie den Rest des Tages nass und frierend verbringen. Nein, im Lager war schlechtes Wetter kein Vergnügen. Nicht einmal das Pfützenspringen war ein Spiel, das die Kinder mochten, denn mit den Löchern in ihren Schuhen ließ die kalte Feuchtigkeit bald ihre Füße taub werden, bevor sie die Beine hochkroch.

Sie beschleunigte ihr Tempo, denn sie wollte vor dem Regenguss in der Baracke sein. Spät in der Nacht erschütterten Blitze und Donner die Hütte, als ein Wolkenbruch mit starken Windböen niederging. Mindel kauerte sich enger an Laszlo und zitterte jedes Mal, wenn eine Böe durch die Ritzen der dünnen Holzwand blies. Zu allem Überfluss heulte der Wind, als würden Geister oder Monster kommen, um sie alle zu vernichten.

»Das ist nur der Wind, Mindel«, tröstete Laszlo sie.

»Aber er ist so laut und unheimlich.«

Sie schwiegen eine Weile, bis er flüsterte: »Kannst du ein Geheimnis für dich behalten?«

»Klar doch.«

»Es gibt wieder einen Transport in die Schweiz und ich werde mich hineinschleichen.«

Sie schnappte nach Luft. »Das kannst du nicht tun. Die SS bringt dich um, wenn sie es herausfindet.«

»Sie werden mich nicht erwischen. Ich habe mit einem Mann von der Reparaturmannschaft gesprochen. Er kennt die Leute im Speziallager und sagt, dass es eine narrensichere Methode gibt, um auf den Transport zu kommen.«

»Bitte geh nicht«, flehte Mindel ihn an. Sie hatte Angst um ihn, aber auch um sich selbst. Wie sollte sie ohne Laszlo zurechtkommen? Selbst unter Mutter Brinkmanns Obhut brauchte sie doch ihren besten Freund. »Paula und ich werden dich schrecklich vermissen.«

»Dann komm mit.«

»Das kann ich nicht. Heidi hat gesagt, meine Schwester lebt und sucht mich.«

»Da kannst du dir nicht sicher sein! Was weiß Heidi schon?«

Mindel hasste es, dass er immer klüger erscheinen musste als sie, und schmollte. »Wir haben Rachel eine Nachricht geschickt. Ich muss nur noch auf die Antwort warten.«

»Und was dann? Glaubst du, die SS wird ihr erlauben, hierher zu kommen?«

»Dann gehe ich eben zu ihr.«

»Ach, Mindel.« Er legte einen Arm um sie. »Komm besser mit mir. Bitte! Ich verspreche dir, dass alles gut gehen wird. Du kannst deiner Schwester eine Nachricht dalassen und nach dem Krieg kann sie zu uns in die Schweiz kommen.«

Die ganze Idee erschien ihr viel zu beängstigend, um sie überhaupt in Erwägung zu ziehen. So schlimm es im Lager auch war, wer konnte ihr versichern, dass es in der Schweiz nicht noch schlimmer wäre? Vielleicht war es dort genauso grässlich wie in diesem Auschwitz-Lager, aus dem all diese schrecklichen Kreaturen kamen? Unwillkürlich schauderte sie und beschloss, dass sie lieber bei Mutter Brinkmann und den anderen Kindern bleiben wollte. »Ich kann wirklich nicht.«

»Denk doch mal nach, wir hätten so viel Spaß in der Schweiz. Dort gibt es sogar Schokolade im Überfluss.«

Schokolade? Mindel lief das Wasser im Mund zusammen, als sie an das Weihnachtsfest auf dem Bauernhof zurückdachte, als sie zwei Stücke der seltenen Leckerei zusammen mit einem Stück Himbeermarmeladekuchen bekommen hatte. Das schien furchtbar lange her zu sein.

22

In den frühen Morgenstunden ließ der Sturm nach, und die Gefangenen mussten zum Appell nach draußen. Auf dem Weg zu ihrem Stammplatz kam Rachel an dem provisorischen Zeltbereich vorbei.

Sie blinzelte mehrmals, um sicherzugehen, dass sie keine Halluzinationen hatte. Wo in der Nacht zuvor noch Hunderte von Zelten gestanden hatten, gab es nur noch schlammige Erde, zerfetzte Planen und verzweifelte Frauen. Sie hatte mit keinem der Neuankömmlinge persönlich gesprochen, aber der Lagerklatsch besagte, dass sie aus Auschwitz kamen, einem Lager, das zehnmal schlimmer sein sollte als Bergen-Belsen. Den Berichten der Neuen zufolge wurden die Menschen dort direkt an der Zugrampe selektiert – eine Schlange für diejenigen, die arbeiten konnten, und eine andere für diejenigen, die sterben mussten. Selbst nachdem sie die unvorstellbaren Grausamkeiten der Nazis und vor allem der SS am eigenen Leib erfahren hatte, fiel es ihr schwer, diese Informationen zu verarbeiten.

Es schien zu ungeheuerlich, um wahr zu sein. Doch was

war schon unmöglich, wenn es um die Nazis und deren Behandlung der Juden ging? Rachel schüttelte den Kopf, als ob sie damit die schrecklichen Bilder aus ihrem Kopf vertreiben könnte.

Nachdem sie aus der Krankenstation entlassen worden war, hatte man sie nicht nach Tannenberg zurückgeschickt, sondern sie hatte das Glück gehabt, einen Arbeitseinsatz im Frauenlager zu bekommen, was ihr bei ihrer Suche nach Mindel sehr gelegen kam.

An diesem Abend kehrte sie nach der Arbeit in ihre Baracke zurück, nur um festzustellen, dass die Frauen aus den zerstörten Zelten den bereits überfüllten Hütten zugewiesen worden waren. In der vorigen Nacht hatte sie ihr Bett noch mit einer anderen Frau geteilt, jetzt fand sie dort zwei weitere Personen vor.

»Die Kapo hat die beiden in unser Bett gesteckt.« Mit säuerlicher Miene stellte ihre Bettnachbarin die Neuen vor, die etwa in Rachels Alter sein mussten.

Es gab nichts, was sie dagegen tun konnten. Rachel gefiel der Gedanke nicht, das schmale Bett mit drei Frauen statt nur einer teilen zu müssen, aber sie machte gute Miene zum bösen Spiel und sagte: »Hallo. Ich bin Rachel.«

»Margot«, sagte das ältere Mädchen mit einem merkwürdigen Akzent. »Und das ist meine Schwester Anne.«

Rachel nahm sich vor, freundlich zu sein, denn sie erinnerte sich daran, wie einsam sie sich gefühlt hatte, als sie hier ankam, und wie sehr Lindas Freundschaft ihr geholfen hatte, sich an die schrecklichen Bedingungen zu gewöhnen. »Woher kommt ihr?«

»Aus den Niederlanden.«

»Das ist ganz schön weit weg.« Vor ihrer Evakuierung hatte sich Rachel nie weiter von ihrem Zuhause entfernt als bis in die nächste Stadt, die etwa eine Stunde Fußweg entfernt lag.

Anne schnaubte. »Wir sind schon an hundert Orten gewesen.«

Margot, die nicht nur die ältere, sondern auch die ruhigere Schwester zu sein schien, erklärte: »Wir sind in Deutschland geboren, aber in die Niederlande ausgewandert, weil unser Vater dachte, dort wären wir vor den Nazis sicher. Bis Hitlers Wehrmacht einmarschierte und wir untertauchen mussten.«

»Untertauchen?« Rachel dachte an die Zeit in Kleindorf, wo die ganze Familie mehr oder weniger unbehelligt gelebt hatte.

»Ja. Wir versteckten uns zwei Jahre lang in einem *achterhuis*, einem geheimen Anbau an ein Haus in Amsterdam.«

»Die ganze Zeit? Wann seid ihr raus gegangen?«

»Nie«, sagte Margot.

»Was? Das muss schrecklich gewesen sein.« Rachel, war praktisch draußen aufgewachsen und konnte sich nicht vorstellen, wochenlang Tag und Nacht in einem Versteck eingesperrt zu sein, geschweige denn zwei Jahre.

»Das war es. Und du glaubst gar nicht, was wir ständig für einen Streit hatten, weil acht Leute auf so engem Raum zusammengepfercht waren. Es war die reinste Hölle«, sagte Anne.

»Nicht so höllisch wie das, was kam, nachdem die Gestapo uns entdeckte.«

Rachel nickte. Jeder im Lager hatte seine eigenen schrecklichen Erfahrungen gemacht und konnte davon berichten. Beim Austausch ihrer Geschichten wurde klar, dass die Odyssee, die Anne und Margot durchgemacht hatten, besonders in diesem Horrorlager namens Auschwitz, außerordentlich gewesen war. Im Vergleich zu den beiden Schwestern sahen Rachel und ihre Bettnachbarin wie das blühende Leben aus.

Abgesehen davon, dass noch mehr Menschen in die ohnehin schon überfüllten Baracken gepfercht wurden, änderte sich sonst nichts. Es gab weder mehr Essen noch mehr andere Dinge wie Decken. Dasselbe Fass Suppe pro Hütte, das nicht ausgereicht hatte, um den Hunger von hundert Frauen zu stillen, sollte nun dreihundert satt machen. Ein knurrender Magen war Rachels ständiger Begleiter, der sie zusammen mit dem Juckreiz von Läusen, Flöhen und Bettwanzen trotz ihrer völligen Erschöpfung nachts nicht schlafen ließ.

Abgesehen von ihrer verzweifelten Sorge um Mindel waren die Tage im Lager von Hunger, Schmerzen und Langeweile geprägt. Sie war sich nicht sicher, ob sie die Knochenarbeit in Tannenberg oder die abgrundtiefe Langeweile schlimmer fand. Wenigstens hatte sie in der Fabrik keine Zeit zum Grübeln und Nachdenken gehabt.

Gute Nachrichten waren selten, deshalb wurden die Berichte der Frauen aus Auschwitz umso begieriger aufgesaugt. Sie behaupteten, der Krieg sei so gut wie verloren und die Rote Armee habe bereits halb Polen erobert.

Anne und Margot bestätigten die Gerüchte über die furchtbaren Geschehnisse in Auschwitz. Ihre Erzählungen schienen direkt aus Dantes verdrehten Gedanken in seiner Beschreibung des neunten Kreises der Hölle zu stammen.

In den ganzen achtzehn Jahren ihres Lebens hatte Rachel nie geglaubt, dass sie Zeuge eines solchen Übels werden könnte.

Vor einer Ewigkeit hatte sie Dantes Buch aus dem Bücherregal ihres Vaters stibitzt und mit einer Taschenlampe unter der Decke gelesen … Erinnerungen an bessere Zeiten kehrten zurück, woraufhin sie sich den Luxus gönnte, abzudriften und alles um sich herum zu vergessen. Diese Tagträume waren ihre einzige Flucht vor der grausigen Gegenwart, und sie zog sich immer tiefer in diese friedliche und glückliche Welt zurück – wenn auch nur in ihrer Vorstellung.

Für kurze Zeit war sie nicht in Bergen-Belsen, wo der Gestank von menschlichen Exkrementen und verbrannten Leichen allgegenwärtig war, sondern auf dem Bauernhof, wo sie den Duft von frisch gemähtem Gras einatmete, die wärmende Sonne auf ihrer Haut spürte, während sie die Kühe melkte, und süße, reife Erdbeeren auf ihrer Zunge schmeckte.

»He, geh mir aus dem Weg«, grunzte jemand und stieß sie mit dem Ellbogen an.

Rachel blinzelte ein paar Mal, aber die Wirklichkeit hatte sie aus ihrem Traum vertrieben, und so sehr sie sich auch bemühte, sie konnte nicht an diesen wunderbaren Ort zurückkehren, den sie so schrecklich vermisste.

Das Leben auf dem Hof war kein Zuckerschlecken gewesen, denn trotz des Schutzes durch den alten Hans und der Abgeschiedenheit hatten sie die zunehmende Drangsalierung der Juden zu spüren bekommen. Traurigkeit überkam sie, als sie sich an ihren letzten Schultag erinnerte.

Juden verboten! lautete die neue Regel in der nahe gelegenen Stadt Mindelheim. Sie galt nicht nur für die Schule, sondern auch für öffentliche Parks, Bänke, die Bibliothek, die Eisdiele, Gasthäuser ... nahezu alles. Im Rathaus gab es spezielle Stunden – oder besser gesagt Minuten – in denen Juden ihren offiziellen Erledigungen nachgehen durften, und in den Läden wurden sie erst am Ende des Tages bedient, wenn alle anderen schon eingekauft hatten. Selbst mit Lebensmittelkarten gab es dann oft nichts mehr zu kaufen.

Zum Glück war der Hof weitgehend selbstversorgend, und obwohl die Familie nicht im Luxus lebte, hatte sie immer genug zu essen und warme Kleidung gehabt.

Sie blickte auf die festen Stiefel hinunter, die sie seit ihrer Gefangennahme vor über einem Jahr tagein, tagaus getragen hatte. Inzwischen waren die Sohlen dünn geworden, und an regnerischen Tagen drang die Feuchtigkeit ein.

In Erinnerungen versunken, dachte sie an damals, als ihre Mutter unerwartet mit Mindel schwanger geworden war. Im Gegensatz zur Freude ihrer Eltern über Israel und Aron waren sie dieses Mal nicht begeistert.

»Was sollen wir mit einem weiteren Kind machen?«, hatte Mutter gesagt.

»In der Tat ist es kein idealer Zeitpunkt«, hatte Vater geantwortet.

»Jeden Tag haben wir mehr zu kämpfen und weniger zu essen auf dem Tisch. Wie sollen wir einen weiteren Esser satt bekommen?« Mutter schien außer sich zu sein.

»Mach dir nicht so viele Sorgen. Es wird wieder besser werden. Die Deutschen sind ein zivilisiertes und kultiviertes Volk. Sie werden bald zur Vernunft kommen und Hitler den Laufpass geben.«

»Dein Wort in Gottes Ohr.«

»Wir sind hier sicher unter dem Schutz des alten Hans'.«

»Aber was ist, wenn uns, Gott bewahre, etwas passieren sollte?«

»Du machst dir zu viele Sorgen. Rachel ist schon dreizehn, sie wird sich um ihre Brüder und das Baby kümmern. Aber dazu wird es nicht kommen, du wirst schon sehen.«

Mutter seufzte. »Hoffentlich hast recht und ein weiteres Kind ist selbst in einer so verfluchten Zeit ein Segen.«

23

Laszlo griff nach Mindels Hand und zog sie hinter die Küchenbaracke. Seit sie in der Waisenbaracke lebten, waren sie nicht mehr hergekommen. Mutter Brinkmann behielt ihre Kinder stets im Auge und ermahnte sie, sich von den Aufsehern und den Funktionsgebäuden fernzuhalten, damit sie nicht in Schwierigkeiten gerieten. Aber wie immer befolgte Laszlo ihre Anweisungen nur, wenn sie ihm in den Kram passten.

»Wir brauchen mehr zu essen«, flüsterte Laszlo ihr zu.

Mindel war derselben Meinung, denn die Rationen waren mit jeder ankommenden Zugladung Gefangener geringer geworden. Aber sie hatte auch Angst. Es waren zu viele Menschen in der Nähe, sowohl Gefangene als auch Aufseher. »Lass uns ein anderes Mal wiederkommen. Sie werden dich erwischen.«

»Ich bin schnell. Niemand wird merken, dass ich überhaupt da war.« Laszlo schob seine Brust heraus. »Du und Tina, ihr könnt Schmiere stehen.« Er nickte zu einem

Mädchen aus der Waisenbaracke, das die beiden wie ein Hündchen verfolgte.

»Was will er machen?«, fragte Tina.

»Essen besorgen«, flüsterte Mindel zurück und beobachtete, wie Laszlo aufstand und zur Rückseite des Gebäudes ging. Von ihrer Position aus konnten sie die Hintertür nicht sehen, nur die Ecke des Gebäudes. Laszlo drehte sich um und winkte ihr zu, bevor er um die Ecke verschwand.

Die Mädchen warteten und taten dabei so, als säßen sie auf dem Boden und spielten mit Puppe Paula, als mehrere Aufseher an ihnen vorbeigingen. Mindel hatte gelernt, ihnen niemals ins Gesicht zu sehen, denn das schien nur ihr Interesse zu wecken, und das war das Letzte, was sie oder Laszlo jetzt brauchen konnten.

Aber sie ließ einen lauten Pfiff ertönen, so wie Laszlo es ihr beigebracht hatte, sobald die Aufseher den Weg zur Küchenbaracke hinuntergingen, in der Hoffnung, dass ihr Freund schnell genug verschwand, bevor sie die Küche betraten, falls das ihr Ziel war. Meistens marschierten sie einfach vorbei.

Lange Sekunden vergingen, aber Laszlo tauchte nicht auf. Mindel wurde immer unruhiger und wollte nachsehen, was passiert war. Nur Tinas kleine Hand auf ihrem Arm hielt sie davon ab, in die Küche zu stürzen. Dann hörte sie Schreie. Ein Handgemenge folgte, und kurz darauf kamen die Aufseher an der rückwärtigen Seite aus der Küche.

Mindel schrie entsetzt auf, als sah wie die beiden einen blutüberströmten Laszlo hinter sich her schleiften. Die schrecklichen, schwarzgekleideten Männer versetzten ihm noch einige Schläge mit ihren Schlagstöcken, bevor sie ihn blutend am Boden liegen ließen.

»Oh nein«, rief Tina.

»Wir müssen ihn zu Mutter Brinkmann bringen«,

wimmerte Mindel. Sie verstaute Paula unter ihrem viel zu kleinen Kleid und huschte los, bis sie kurz vor der Ecke des Küchengebäudes stehen blieb. Dort angekommen, schluckte sie mehrmals und sah sich dann um, um sich zu vergewissern, dass die SS verschwunden war.

»Laszlo!«, rief sie und eilte zu ihm. Er war so übel zugerichtet, dass sie ihre Hand mitten in der Luft stoppte, bevor sie ihn berührte, um ihm nicht weh zu tun.

»Sie haben mich …«, flüsterte er, kaum in der Lage, seine zuschwellenden Augen offen zu halten.

»Pst. Wir bringen dich zu Mutter Brinkmann. Sie wird wissen, was zu tun ist«, sagte Mindel. Mutter Brinkmann wusste immer, was zu tun war; sie würde Laszlo helfen können. Ganz bestimmt.

»Ich kann nicht aufstehen.«

Das war ein Problem, das Mindel nicht bedacht hatte.

»Wir helfen dir«, sagte Tina, die sie eingeholt hatte. Beide waren viel kleiner als er, aber irgendwie schafften sie es, ihn hochzuziehen, und mit seinen Armen rechts und links über ihre Schultern hängend, humpelte er über den Appellplatz. Trotz aller Anstrengungen wurde es mit jedem Schritt schwieriger, Laszlo aufrecht zu halten, und Mindel musste sich auf die Lippen beißen, um nicht vor Schmerzen laut aufzuschreien. Sie brach fast vor Erleichterung zusammen, als zwei der älteren Jungs sie entdeckten und ihnen Laszlo abnahmen.

Mutter Brinkmann kam aus der Hütte, erkannte die Lage mit einem einzigen Blick und befahl: »Karl und Thaddeus, ihr bringt ihn in mein Bett. Sandra, du holst den Verbandskasten, und Tina und Mindel, mit euch beiden rede ich später.«

Mindel beobachtete schweigend, wie die größeren Jungs Laszlo auf das Bett legten.

Sandra kam mit einem Pappkarton angerannt, der als

Erste-Hilfe-Kasten diente. Er enthielt ein paar Stoffstreifen, Salbe und kleine weiße Pillen, die in Viertel geschnitten und schwer kranken Kindern gegeben wurden. Manchmal halfen sie und das Kind wurde wieder gesund.

Mutter Brinkmann kam mit einer kleinen Schüssel mit sauberem Wasser zurück. Es gehörte zu ihrem wohlgehüteten Vorrat, den die Kinder unter strengster Strafandrohung niemals anrühren durften. Dann begann sie, Laszlos Wunden zu reinigen.

Mindel rang die Hände, als sie zusah, wie ihr Freund sich krümmte und wimmerte, aber sie war zu fasziniert von Mutter Brinkmanns Handeln, um wegzusehen. Als Mutter Brinkmann mit der Reinigung der Wunden fertig war, gab sie Laszlo ein Viertel der weißen Pille und drehte sich dann mit ernster Miene zu Mindel und Tina. »Wer will mir sagen, was passiert ist?«

»Die SS …«, flüsterte Tina.

»Ja? Und warum haben sie ihn so übel zugerichtet?«

Tina stotterte, und Mindel spürte, wie ihre Ohren unter dem prüfenden Blick brannten. »Er war in der Küche …«

»Was in aller Welt hat er dort gemacht?« Mutter Brinkmanns Stimme wurde lauter.

»Was zu essen besorgen.«

»Er wurde beim Stehlen erwischt?« Mutter Brinkmann sah so wütend aus, dass Mindel sich fast wünschte, statt ihrer einem Aufseher gegenüberzustehen. Wortlos nickte sie.

Es folgte eine lange Predigt über gutes Benehmen, die mit den Worten endete: »Solange ihr bei mir wohnt, wird nicht mehr gestohlen. Lasst euch die Verletzungen von Laszlo eine Lehre sein. Jeder, der in Zukunft beim Stehlen erwischt wird, muss sich eine andere Unterkunft suchen.«

Alle Kinder schauten beschämt drein, außer Laszlo, der stöhnend eingeschlafen war. Mindel hatte keine Ahnung, wie er in einer so ernsten Situation schlafen konnte, denn jetzt würde Mutter Brinkmann noch wütender auf ihn werden.

Erstaunlicherweise wurde sie das nicht. Stattdessen deckte sie ihn zu, scheuchte die anderen Kinder aus der Baracke und sagte: »Laszlo braucht Ruhe. Geht nach draußen spielen.«

Drei Tage später konnte Laszlo das Bett verlassen und kam humpelnd, aber mit siegessicherer Miene, auf Mindel zu. Doch bevor er bei ihr war, rief Mutter Brinkmann mit eiskalter Stimme: »Laszlo, ich muss mit dir reden.«

Mindel überlegte, ob sie bleiben und lauschen sollte oder besser nach draußen verschwand, aber schließlich siegte die Neugierde.

»Mit deinem Verhalten bringst du uns alle in Gefahr«, schimpfte Mutter Brinkmann. »Wir haben hier etwas bessere Bedingungen als in den anderen Baracken, weil die SS uns geflissentlich ignoriert. Doch wenn sie herausfinden, dass meine Kinder Essen aus der Küche stehlen, erlauben sie uns ganz sicher nicht so weiterzumachen. Willst du wirklich wieder jeden Tag zum Appell antreten und dich selbst versorgen?« Ihr durchdringender Blick ließ Mindel erschaudern. »Was du getan hast, Laszlo, war dumm und gefährlich.«

»Nein, was diese Ungeheuer tun, ist gemein! Sie haben kein Recht, uns verhungern zu lassen, und ich werde es nicht zulassen! Ich sorge für mich selbst und für Mindel!«

»Laszlo!«

»Nein!«, brüllte er wütend. »Du hast kein Recht mir vorzuschreiben, was ich tun soll. Du bist auch nur ein hilfloser Jude. Die Einzigen, die mich zu irgendetwas zwingen können, sind die verdammten SS-Leute, und selbst denen widersetze ich mich! Denn ich bin kein Feigling wie der Rest von euch.«

»Ich verstehe, dass du wütend bist, aber du musst auf mich hören. Kein Stehlen mehr.« Mutter Brinkmann blieb angesichts seines Wutausbruchs erstaunlich ruhig.

»Ich bin gut darin.«

»Und wirst dich damit noch umbringen«, warnte ihn Mutter Brinkmann.

Laszlo starrte sie trotzig an. »Das passiert sowieso. Was kümmert es mich, ob ich heute oder in einem Monat sterbe? Niemand wird um mich weinen und die anderen Kinder können dann meinen Anteil essen.«

Mindels Ohren klingelten vor Schreck. Es konnte nicht sein Ernst sein, dass ihm das Sterben egal war. Sie wischte sich heimlich die Tränen aus den Augen und schlich aus der Baracke, wobei sie ein paar Kieselsteine mit den Füßen kickte.

»Was sollen wir nur ohne Laszlo machen?«, fragte sie ihre Puppe, aber nicht einmal Paula hatte tröstende Worte für sie.

Als sie in dieser Nacht ins Stockbett neben Laszlo kroch, nahm sie allen Mut zusammen, um ihn zu fragen: »Willst du wirklich sterben?«

»Warum nicht? Seien wir doch mal ehrlich, keiner von uns wird dieses Lager überleben.«

»Ich will nicht, dass du stirbst. Ich liebe dich und muss furchtbar weinen, wenn du nicht mehr da bist.«

Mit einem schmerzhaften Stöhnen rollte er sich herum und umarmte sie. »Ich werde einen Weg finden, wie wir beide von hier wegkommen. Versprochen.«

»Ich will nicht wieder zurück in unsere alte Hütte. Hier versucht niemand mein Essen oder unsere Decken zu stehlen, und es stinkt nicht so furchtbar.«

»Wenn wir in der Schweiz sind, haben wir mehr Lebensmittel, als wir essen können. Und flauschige Daunendecken!«

Sie seufzte, als sie sich an die schwere, aber weiche Decke erinnerte, in die ihre Mutter sie im Winter immer gehüllt hatte. Er hatte also seinen Plan, in die Schweiz zu gehen, nicht aufgegeben. Mindel fand das eine beängstigende Vorstellung. Es war bestimmt besser, hier zu bleiben, als an einen unbekannten Ort zu fliehen, von dem keiner von ihnen wusste, wo er überhaupt lag. Sie mochte Mutter Brinkmann und die anderen Kinder. Vor allem aber mochte sie die Gute-Nacht-Geschichten mit Fluff.

Fluff war ein lieber Freund geworden, genau wie Paula, und jeden Tag freute sie sich auf ein weiteres seiner waghalsigen Abenteuer. In der Geschichte am heutigen Abend war es darum gegangen, dass er mit einer Ente schwimmen lernte. Mindel freute sich immer noch darüber, wie er anfangs Angst vor dem Wasser gehabt hatte, aber mit der Ermutigung der Ente schließlich stundenlang im See herumtollte. Etwas, von dem sie sich wünschte, sie könnte es auch.

24

»Anne? Rachel, wo seid ihr?«, rief Margot, als sie die Baracke betrat.

Die beiden Mädchen saßen auf der Pritsche, die fadenscheinige Decke um die Schultern geschlungen, und strickten Handschuhe mit Fäden die sie aus eben dieser Decke gezogen hatten.

»Was ist denn los?«, fragte Rachel.

Margot reichte ihr einen schmutzigen Zettel. »Schau mal!«

Rachel Epstein. Deine Schwester Mindel ist bei Mutter Brinkmann in der Waisenbaracke. Heidi Wenzel.

Rachel las die schnörkelige Handschrift und schnappte nach Luft. »Oh mein Gott! Mindel ist am Leben!«

»Wer ist diese Mutter Brinkmann?«, fragte Margot.

Karin, die in der Küche arbeitete und stets eine ergiebige Quelle sowohl für Klatsch als auch für wahre Informationen war, blickte auf. »Du kennst Mutter Brinkmann nicht? Wie der Rattenfänger von Hameln liest sie Waisenkinder auf. Sie ist schon seit Jahren im Sternlager. Kam mit ihrem Mann und einer Tochter hier an. Als das Mädchen starb, nahm sie ein

Kind auf, das seine Eltern verloren hatte. Und dann noch eins. Und noch eins.«

Rachel bewunderte die Anstrengungen, die diese Fremde unternahm, um verwaisten Kinder zu helfen, darunter vielleicht auch ihrer eigenen Schwester.

Karin erzählte weiter: »Soviel ich weiß, haben sich die anderen Frauen in ihrer Hütte bei der SS über den ständigen Lärm beschwert, als sie fünf oder sechs kleine Kinder in ihrer Obhut hatte. Niemand konnte nachts schlafen, weil die immer so laut weinten und stöhnten. Die Jüngeren machten ins Bett und die Leute wachten auf, weil ihnen die Pisse ins Gesicht tropfte.« Sie machte ein angewidertes Gesicht. »Die SS hat sie und die Kinder weggeschafft. Aber zur Überraschung aller bekam sie eine eigene Baracke ganz am Ende des Lagers, die früher als Quarantänestation diente. Jetzt lebt sie mit ihrem Mann in der so genannten Waisenbaracke und wird von der SS und dem Lagerkommandanten in Ruhe gelassen, solange sie die Kinder im Zaum hält und niemanden stört.«

»Sie scheint eine wunderbare Frau zu sein«, sagte Rachel.

»Wenn du mich fragst, ist sie verrückt. Sie hat eine gute Arbeit in der Küche aufgegeben, um sich um diese Gören zu kümmern, die sowieso bald sterben. Niemand wird es ihr danken, und vielleicht verreckt sie sogar selbst daran.« Nachdem sie alle Informationen preisgegeben hatte, verlor Karin das Interesse an dem Gespräch und drehte sich weg.

»Du musst zu ihr gehen«, sagte Anne. Da sie noch nicht lange genug hier war, wusste sie nicht, dass eine Kommunikation zwischen den Komplexen streng verboten war.

»Das habe ich schon versucht. Es gibt keine Möglichkeit hinüberzugehen. Das Sternlager befindet sich auf der anderen Seite des Stacheldrahtzauns am südlichen Rand unseres Geländes.«

Anne schüttelte den Kopf und ein stures Leuchten trat in

ihre Augen. »Der Zettel ist doch auch hergekommen, oder? Das Mindeste, was wir tun können, ist auf die Nachricht zu antworten. Zeig mal her!«

Widerstrebend reichte Rachel Anne das Papier. Es war ihre einzige Verbindung zu Mindel, und sie wollte es festhalten, es an ihr Herz drücken, Mindels Gegenwart spüren und sich vorstellen, dass sie an ihrer Seite war.

Anne las den Zettel und wurde noch blasser als sonst. »Das … das kann doch nicht wahr sein.«

»Was denn?«, fragte Margot.

Anne schüttelte den Kopf. »Er ist mit Heidi Wenzel unterschrieben. Heidi! Erinnerst du dich etwa nicht an meine Freundin Heidi?«

Margot griff nach dem Zettel in der Hand ihrer Schwester. »Ich bin sicher, es gibt tausend Mädchen mit diesem Namen.«

Rachel schaute von einem Mädchen zum anderen und wusste nicht, was sie fühlen sollte. Freude über Annes mögliches Wiedersehen mit einer lang vermissten Freundin oder Traurigkeit darüber, dass die Freundin auch an diesem höllischen Ort war.

»Sieh dir doch mal die Handschrift an. Ich bin mir sicher, dass sie es ist«, beharrte Anne. »Ich muss sie sehen!«

»Das kannst du nicht. Hast du nicht gehört, was Rachel gerade gesagt hat? Es gibt keinen Weg hinüber.«

Anne schüttelte hartnäckig den Kopf. »Ich werde Heidi sehen, egal wie ich das anstelle. Aber zuerst müssen wir ihr eine Nachricht schicken. Wie machen wir das?«

»Es gibt eine Krankenschwester, die drüben in der Krankenstation arbeitet, aber hier wohnt. Sie heißt Christa und kann uns vielleicht helfen. Obwohl …« Rachel zuckte mit den Schultern.

»Was?«, sagten Margot und Anne wie aus einem Mund.

»Sie verlangt eine Bezahlung.«

Anne runzelte die Stirn, hielt dann aber den Handschuh hoch, an dem sie strickte. »Ein halbfertiger Handschuh vielleicht?«

Rachel erinnerte sich an die zehn Zigaretten, die sie vor so vielen Monaten gesammelt hatte, um die andere Krankenschwester zu bestechen, sie auf die andere Seite zu schmuggeln. Wenn nur die Zigaretten nicht verbrannt wären. Dennoch, einen Zettel in das andere Lager zu schmuggeln, musste viel billiger sein. »Das scheint mir etwas viel, aber vielleicht können wir sie mit einem Bündel Fäden bestechen.«

Anne machte sich sofort daran, weitere Fäden aus der Decke zu ziehen, bis sie etwa ein Dutzend in der Hand hielt. »Lasst uns gehen!«

»Nein, wir müssen bis nach dem Essen warten. Sie wird jetzt gerade arbeiten«, sagte Rachel.

Anne schmollte, stimmte dann aber zu. »Du hast vermutlich recht. Außerdem brauchen wir einen Plan.«

In den nächsten Stunden warfen sie sich gegenseitig Ideen zu, wie sie Heidi am besten kontaktieren konnten. Rachel spürte, wie ihre Hoffnung mit jeder Minute wuchs. Wenn diese Heidi so scharfsinnig und schlagfertig war wie die beiden Schwestern, war sie die perfekte Person, um Rachel wieder mit Mindel zu vereinen.

Schließlich einigten sie sich auf einen Zettel, auf dem stand, dass sie jeden Tag nach dem Abendessen bis zur Sperrstunde am Zaun, der die beiden Komplexe trennte, auf sie warten würden. Es gab genau eine Stelle, an der Wartende verweilen konnten, ohne von den Wachposten auf dem Turm gesehen zu werden.

»Ich bleibe hier und decke euch, wenn ihr eure Freundin nach Mindel fragt«, sagte Rachel am Tag nachdem sie den Zettel abgegeben hatten.

»Danke, und wir werden sie ganz sicher nach deiner Schwester fragen«, sagte Anne und umarmte sie.

Rachel wartete gut gelaunt auf ihre Rückkehr, während sie für die beiden fegte und schrubbte. Sie konnte sich kaum auf die Arbeit konzentrieren und erhielt mehr als einmal einen warnenden Klaps auf den Arm von der Kapo.

Sekunden vor der Ausgangssperre schlüpften Anne und Margot schließlich mit hängenden Schultern in die Hütte. Nachdem sie in das gemeinsame Stockbett geklettert waren, sagte Margot: »Heidi war nicht da.«

»Wir werden es morgen Abend noch einmal versuchen. Ich bin sicher, dass sie auftauchen wird. Ich weiß einfach, dass sie kommt.« Anne würde sich nicht von einem einzigen gescheiterten Versuch unterkriegen lassen.

Rachel bewunderte das jüngere Mädchen für ihren Mumm und ihre Entschlossenheit. Während Margot sanftmütig, freundlich und gehorsam war, war Anne das genaue Gegenteil: extrovertiert, freimütig und entschlossen.

Die folgenden Tage vergingen quälend langsam. Rachel machte es nicht einmal etwas aus, beim Appell stundenlang zu stehen, solange die Sekunden verstrichen und sie einem Wiedersehen mit ihrer kleinen Schwester näherbrachten. Sie stellte sich bereits vor, ihr süßes kleines Gesicht zu streicheln und ihre weiche Wange zu küssen.

Jeden Abend machten sich Margot und Anne auf den Weg zu dem vereinbarten Ort und gingen zielstrebig im Schatten bis zum Zaun, wo sie auf Heidi warteten. In der vierten Nacht kam Anne freudestrahlend zurück. »Das war meine Heidi! Kannst du dir das vorstellen? Ich bin so froh, dass sie lebt.«

Rachel biss sich auf die Lippe, obwohl sie unbedingt mehr hören wollte.

»Sie hat versprochen, morgen Abend Mindel mitzubringen«, sagte Margot.

»Glaubst ihr, dass sie es wirklich ist?«, fragte Rachel.

»Wahrscheinlich, ja. Das kleine Mädchen kennt seinen Nachnamen nicht, aber sie weiß, dass sie vier Jahre alt ist und früher auf einem Bauernhof gelebt hat.«

»Das hört sich so an, als könnte es meine Schwester sein.« Rachel wollte sich keine allzu großen Hoffnungen machen, aber sie konnte nicht anders, als zu beten, dass es wirklich Mindel war. Dann fiel ihr ein, dass Mindel bereits fünf Jahre alt war, und ihr Herz sank.

»Ich bin sicher, dass sie es ist. Sie muss es einfach sein«, sagte Anne.

Zu Tränen gerührt, konnte Rachel kein Wort sagen. Die beiden umarmten sie und Margot sagte: »Morgen übernehme ich unsere Aufgaben und du gehst mit Anne. Ich hoffe, du kannst mit deiner Schwester reden.«

»Reden?« Rachel spitzte die Ohren. »Warum kann ich sie nicht sehen?«

»Die SS hat erst gestern den Zwischenraum zwischen den Stacheldrähten mit Stroh gefüllt, weil zu viele Leute am Zaun standen und hofften, einen Blick auf ihre Verwandten auf der anderen Seite erhaschen zu können.«

»Verdammt!« Rachel fühlte sich betrogen, tröstete sich aber mit der Tatsache, dass ein Gespräch mit ihrer Schwester besser war als nichts. *Wenigstens ist Mindel am Leben*, dachte sie, und obwohl sie es nicht wollte, blühte in ihrer Brust ein neuer Hoffnungsschimmer auf.

25

Der Winter war gekommen, und mit ihm Schnee sowie bittere Kälte. Mindel hatte den Schnee immer geliebt. Zu Hause hatten sie und ihre Brüder stundenlang draußen gespielt, Schneemänner und Iglus gebaut und waren, von Kopf bis Fuß in warme Kleidung gehüllt, Schlitten gefahren. Wenn sie nach vielen Stunden erschöpft und frierend ins Haus zurückkehrten, hatte ihre Mutter ihnen heiße Milch mit Honig gemacht und sie in ihren Frottee-Schlafanzügen vor den Kachelofen gesetzt. Wie sehr sie das vermisste.

Im Lager hingegen war ihr immer kalt. Sie konnte sich nicht erinnern, wann ihr das letzte Mal warm gewesen war, nicht einmal nachts in die dünne Decke eingewickelt und an Laszlo und Tina gekuschelt, hörte sie auf zu frösteln. Seitdem immer mehr Kinder gekommen waren, hatte Mutter Brinkmann drei oder vier von ihnen auf jedes Bett verteilt, was eigentlich gut war, weil es dann wärmer war, aber es bedeutete auch, dass sie zusammengepresst schlafen mussten, ohne sich zu bewegen.

Mindel wartete in der Essensschlange, bis sie an der Reihe

war, und pustete dabei auf ihre Hände, um etwas Wärme in die Fingerspitzen zu bekommen, die allmählich taub wurden.

Sie dachte an ihren ersten Winter fern der Heimat in einem anderen Lager mit Rachel an ihrer Seite. In ihrer Erinnerung war es damals viel wärmer gewesen. Sie konnte sich jedenfalls nicht daran erinnern, dass ihre Hände so kalt gewesen waren. Sie versuchte, die Ärmel ihres Kleides über die Hände zu ziehen, um sie warm zu halten, musste aber feststellen, dass das nicht möglich war.

Ohne dass sie bemerkt hatte, wann und wie das geschehen war, endeten die Ärmel plötzlich in der Mitte des Unterarms, genau wie der Rest ihres Kleides geschrumpft zu sein schien und kaum noch ihre Knie bedeckte. Außerdem bekam sie kaum noch die Knöpfe zu.

Seit dem Vorfall als die SS Laszlo verprügelt hatte, fürchtete sie sich vor der Küchenbaracke und hatte sich geweigert, auch nur einen Fuß in die Nähe zu setzen. Doch an diesem Tag hatte Mutter Brinkmann sie dort hingeschickt, um die tägliche Ration Brot zu holen. Eine Aufgabe, die normalerweise einem älteren Mädchen zufiel, das aber am Tag zuvor gestorben war. Die meisten anderen Kinder waren zu krank, um nach draußen zu gehen, also hatte Mindel widerwillig gehorcht. Seit der Winter begonnen hatte, starben viel mehr Kinder als sonst. Es war eine ziemlich schreckliche Situation, und Mindel konnte sich nie sicher sein, nicht neben einer Leiche aufzuwachen.

Als sie nun dastand und darauf wartete, dass sie an der Reihe war, kam ihr die schreckliche Szene von einem blutig geprügelten Laszlo wieder in den Sinn. Unwillkürlich zappelte sie mit den Füßen und wäre am liebsten weggelaufen. Aber dann bekäme sie kein Brot. Und Mutter Brinkmann würde böse auf sie sein. Sehr böse.

Die Schlange bewegte sich langsam vorwärts. Bei jedem

Schritt stießen ihre Zehen schmerzhaft gegen das Vorderteil ihrer Schuhe. Sie krümmte ihre Zehen, so gut sie konnte, aber das machte es nicht angenehmer. Das Gehen in ihren Schuhen war in den letzten Wochen unerträglich schmerzhaft geworden, allerdings war es immer noch besser, als barfuß zu gehen.

Als sie an der Reihe war, streckte sie die Hand aus, um die beiden Brote in Empfang zu nehmen, und erkannte die russische Frau, die einst so freundlich gewesen war, als sie sie vor langer Zeit beim Stehlen von Kartoffelschalen erwischt hatte.

»Arme Kleine«, sagte die Frau mit trauriger Miene. »Warte dort drüben, bis ich fertig bin, ja?«

Mindel erschrak zu Tode, traute sich aber nicht wegzulaufen. Wer konnte schon wissen, ob die Frau sonst die Aufseher auf sie hetzen würde. Als das Brot verteilt war und alle gegangen waren, kam die Küchenhilfe mit zwei hässlichen, grauen Dingern in der Hand auf sie zu und sagte: »Hier. Nimm das.«

Mindel schaute die Frau an und dann wieder die Dinge, die sie ihr entgegenstreckte. Als sie erkannte, dass es sich um gestrickte Handschuhe handelte, schrie sie fast vor Freude auf. »Ich danke Ihnen vielmals!«

»Gerne. Jetzt werden deine Finger nicht mehr so blau«, antwortete die Frau in gebrochenem Deutsch.

Mindel zog die kratzigen Handschuhe an und fühlte sich dabei, als hätte sie das kostbarste Geschenk seit Menschengedenken bekommen. Sie bedankte sich noch einmal und trat dann mit ihren neuen Handschuhen und den zwei Broten den Rückweg an. Das Brot hatte die Form eines Ziegelsteins und schmeckte auch nicht viel besser, trotzdem war sie versucht, ein winziges Stück zu stibitzen. Das Einzige, was sie davon abhielt, war die Angst vor der Bestrafung durch Mutter Brinkmann.

Stehlen war eines der schlimmsten Vergehen, das ein Kind

begehen konnte, und die Strafe dafür war hart. Seit dem Vorfall mit Laszlo sogar noch härter. Ersttäter durften bei der Gute-Nacht-Geschichte mit Fluff nicht zuhören. Mindel schauderte, denn um nichts in der Welt wollte sie die abendliche Erzählstunde verpassen, aber es konnte noch schlimmer werden. Karl, einer der älteren Jungen, hatte auf dem Heimweg von der Küche das halbe Brot gegessen, und da es nicht das erste Mal gewesen war, hatte Herr Brinkmann ihn weggeschickt. Sie hatte ihn nie wieder gesehen und vermutete, dass er inzwischen tot war.

»He, Mindel.« Heidi stellte sich ihr in den Weg.

»Oh, Heidi, hallo! Hast du was von meiner Schwester gehört?«

»Kannst du ein Geheimnis für dich behalten?«

»Natürlich kann ich das.« Mindel stellte sich so aufrecht wie möglich hin, um Heidi zu zeigen, wie groß sie schon war.

»Du darfst es niemandem erzählen und du darfst auch nicht schreien.«

»Tue ich nicht.« Die Sache wurde langsam seltsam.

»Ich glaube, ich habe deine Schwester gefunden. Im Frauenlager.«

Mindels Herz fühlte sich an, als würde es für einen Moment stillstehen, während Tränen ihre Augen füllten und ihre Unterlippe zu zittern begann. Auf einmal war ihre Stimme weg und sie konnte nur stumm nicken.

»Kannst du dich heute Abend wegschleichen? Wir können durch den Zaun mit ihr sprechen. Aber wir müssen sehr vorsichtig sein, weil jede Unterhaltung mit Leuten aus den anderen Lagerteilen streng verboten ist. Niemand darf uns sehen. Kannst du mich nach dem Abendessen am Zaun zum Frauenlager treffen?«

Mindel nickte, überwältigt von den Gefühlen, die auf sie einstürmten. Sie würde auf jeden Fall dort auftauchen, egal was passierte. Für Rachel ließ sie sogar die Gute-Nacht-Geschichte mit Fluff sausen. »Ich sage niemandem was.«

»Gut. Dann bis heute Abend.« Heidi schien mit Mindels Antwort zufrieden zu sein und winkte ihr nach, als sie wegging. Doch auf dem Weg in die Waisenbaracke, begann Mindel sich Sorgen zu machen. Was, wenn Mutter Brinkmann es herausfand? Diese Frau hatte die unheimliche Fähigkeit, alles zu bemerken. Genau wie ihre eigene Mutter schien Mutter Brinkmann durch Wände, Decken und direkt in die Köpfe ihrer Schützlinge sehen zu können. Jemand musste ihre Abwesenheit während der Erzählstunde decken, nur für den Notfall.

Laszlo. Er würde ihr helfen. Ein winziger Stich durchzuckte sie, denn sie hatte Heidi versprochen, es niemandem zu sagen. Aber Laszlo zählte nicht. Er würde sie niemals verraten, und sie brauchte ihn, damit er ihre Abwesenheit erklärte. Heidi würde das verstehen. Aber um auf Nummer sicher zu gehen, war es das Beste, ihr nichts davon zu erzählen.

Mit dieser großartigen Nachricht im Gepäck kehrte sie in die Waisenbaracke zurück. Sie war so beschwingt, dass sie ihre schmerzenden Zehen kaum bemerkte.

»Seht mal, was ich habe!«, rief sie, sobald sie die Hütte betrat, und hielt ihre behandschuhten Hände mit dem Brot darin hoch.

»Woher hast du die Handschuhe?« Mutter Brinkmann warf ihr einen misstrauischen Blick zu.

»Ich habe sie nicht gestohlen. Ehrlich! Die Russin aus der Küche hat sie mir geschenkt. Ist sie nicht nett?«

»Ja, es gibt Menschen, die haben noch Güte im Herzen. Auch wenn du das vielleicht nicht glaubst, am Ende wird das Gute über das Böse siegen.« Mutter Brinkmann lächelte, nahm ihr das Brot aus der Hand, schnitt es in dünne Scheiben und gab Mindel die Hälfte einer Scheibe. Sie verteilte nie das gesamte Brot, sondern bewahrte den zweiten Laib für das Abendessen auf, denn sie meinte, es sei besser, nicht alles auf einmal zu essen. Allerdings sahen die Kinder das anders. Mindel verstand nicht, warum Mutter Brinkmann ihr nicht erlaubte, die gesamte Ration zu essen, wenn ihr Bauch immer so schmerzte? Aber sie hatte gelernt, nicht zu widersprechen und ging weg.

»Was ist denn mit deinem Bein?«, fragte Herr Brinkmann, als sie an ihm vorbeihumpelte. Wie immer drehte er Zigaretten aus den Stummeln, die die Kinder vom Boden aufsammelten und ihm brachten.

Mindel hatte ihn noch nie rauchen gesehen, also vermutete sie, dass er die Zigaretten benutzte, um einige der dringend benötigten Sachen zu kaufen. Laszlo hatte schließlich behauptet, Zigaretten seien mehr wert als Gold.

»Nichts. Aber meine Schuhe tun mir weh.«

»Lass mich mal sehen«, sagte er, und sie schlüpfte aus dem Schuh. Als er ihren Fuß daneben stellte, überragten ihre Zehen die Schuhspitze um einen guten Zentimeter.

»Ach, ihr Kinder wachst einfach zu schnell. Mal sehen, was ich da machen kann.«

Mindel nickte und kletterte aufs Bett, um ihr Frühstück – scheußliche, lauwarme Suppe und die halbe Scheibe Brot – zu essen und sich unter der dünnen Decke aufzuwärmen. Jetzt musste sie nur noch bis zum Abend warten, dann sah sie Rachel endlich wieder.

26

Als die Sirene zum Appell ertönte, kam es Rachel vor, als sei sie gerade erst eingeschlafen. Doch trotz ihrer Müdigkeit sprang sie von ihrem Bett wie das gesunde, energiegeladene Mädchen, das sie noch vor einem Jahr gewesen war.

Anne schenkte ihr ein aufmunterndes Lächeln. »Du siehst heute so glücklich aus.«

»Bin ich auch. Ich kann es kaum erwarten, meine Schwester zu sprechen. Vielleicht gibt es sogar eine Möglichkeit, sie zu sehen. Wenn ich mit dem Lagerkommandanten rede, erlaubt er vielleicht, dass wir zusammenbleiben dürfen.«

Margot schüttelte den Kopf, aber Anne berührte Rachels Arm und sagte: »Ich bin sicher, dass sich etwas machen lässt.«

Rachel war dankbar für die freundlichen Worte. Anne war nicht wie die meisten der Mädchen und Frauen hier. Sie war zielstrebig und hatte immer ein offenes Ohr für die Nöte und Sorgen der anderen, obwohl sie erst fünfzehn war. Für ihr Alter war Anne sehr reif, aber wer war inmitten des Krieges nicht viel zu schnell erwachsen geworden?

Auf dem Weg zum Appellplatz betrachtete Rachel ihre

orangefarbenen Fingernägel, die allmählich herauswuchsen. Es sah recht kunstvoll aus, als hätte sie orangefarbenen Nagellack benutzt und vergessen, einen Streifen zu lackieren. Die hässliche rote Narbe auf ihrer Hand erinnerte sie an die schreckliche Verbrennung, die sie in Tannenberg erlitten hatte. Als sie den ihr zugewiesenen Platz für den Appell einnahm, schweiften ihre Gedanken zurück in die Munitionsfabrik.

Seit sie wieder im Hauptlager war, fühlte sie sich trotz der geringeren Rationen stärker und der ständige Husten hatte nachgelassen. Aber das Beste war, dass nach einigen Tagen der ätzende Geschmack im Mund nachließ. Sie dachte an Linda, ihre Freundin, die immer so viel Lebensfreude versprühte. Was mochte aus ihr geworden sein? War sie noch am Leben? Was war mit den anderen ehemaligen Arbeitskolleginnen? Wie viele von ihnen mochten noch leben? Sie zuckte mit den Schultern und beschloss, nicht darüber nachzudenken. Es war einfach zu deprimierend.

Das Leben im Hier und Jetzt war schrecklich genug, da musste sie sich nicht auch noch mit Dingen belasten, die sie nicht ändern konnte. Stattdessen wollte sie ihre ganze Energie darauf konzentrieren, Mindel zu finden, die allen Widrigkeiten zum Trotz höchstwahrscheinlich noch lebte.

Sie straffte die Schultern, stand aufrecht mit neu gewonnener Hoffnung und konnte nicht verhindern, dass die kleinste Spur eines Lächelns auf ihrem Gesicht erschien, als die Erinnerungen an ihre zähe kleine Wildkatze von einer Schwester sie überfluteten. Damals, am Tag vor ihrem Geburtstag, als sie wie ein Äffchen am Apfelbaum hing—

»Du, da rüber«, bellte der Aufseher sie an.

Rachel blinzelte mehrmals, bis ihr klar wurde, dass sie geträumt hatte und nicht wusste was er von ihr wollte. Als er seinen Schlagstock hob, eilte sie in die Richtung, in die er zeigte. Ihre Schritte waren schwer, denn sie hatte nicht die leiseste Ahnung, warum oder wofür sie selektiert worden war.

»Was machen wir hier?«, fragte sie eine der anderen Frauen, bestürzt darüber, dass sie über ihre Tagträume vergessen hatte, sich kränklich zu geben.

»Arbeitskommando. Salzmine.«

»Die Salzminen?« Rachels Knie wackelten und waren kurz davor nachzugeben. Nur der Gedanke an einen Knüppel, der auf sie niederprasselte, bewahrte sie vor dem Sturz, während ihr Verstand schrie: *Nein! Nicht jetzt! Nicht, ausgerechnet wenn ich so kurz davor bin, Mindel wiederzusehen!*

Sie wollte sich auf den Aufseher stürzen, ihm die Augen auskratzen, ihn erwürgen … oder um Gnade betteln … aber sie tat nichts von alledem. Stattdessen blieb sie wie erstarrt stehen, denn sie wusste, dass nichts, was sie tat oder sagte, ihn umstimmen würde. Eine einzige falsche Bewegung jedoch könnte ihren Tod bedeuten. Und dann würde sie ihre Schwester nie wieder sehen.

Es gab noch Hoffnung: Vielleicht war dies einer der Arbeitseinsätze, bei denen die Frauen jede Nacht ins Lager zurückkehrten, um in den Baracken zu schlafen, und mit etwas Glück war sie rechtzeitig zum Abendessen zurück und konnte Mindel am Zaun treffen.

»Vorwärts! Aber dalli!«, bellte der Aufseher.

Rachel zwang ihre Beine in einer Reihe mit den anderen Frauen zu marschieren, und widerstand dem Drang, stehenzubleiben und sich umzudrehen. Doch mit jedem Schritt, den sie sich vom Lager entfernte, schwand ihre Hoffnung ein wenig mehr, bis sie sich eine Stunde später der gleichen Rampe näherte, an der sie und Mindel vor so vielen Monaten angekommen waren.

Nein! Bitte nicht in die Viehwaggons! Doch es gab keinen Zweifel an den Absichten der Aufseher und schon bald waren alle Frauen in die wartenden Waggons getrieben worden. Nachdem die Türen verriegelt und verrammelt waren, blieb nur noch die Hoffnung, dass die Reise sie tatsächlich in ein Salzbergwerk führen würde und nicht in die unvorstellbaren Schrecken der Vernichtungslager, von denen ihnen die Frauen aus Auschwitz erzählt hatten.

27

Endlich ging der Tag zu Ende und es war Zeit, sich für das Abendessen anzustellen. Mindel war die Erste in der Schlange und verschlang ihre lauwarme Suppe noch schneller als sonst. Sie nahm Laszlo noch einmal eindringlich das Versprechen ab, ihre Abwesenheit zu decken, und machte sich auf den Weg, um Heidi am Zaun zu treffen.

Sie war so aufgeregt, dass ihre Wangen glühten und sie zum ersten Mal seit Wochen nicht fror. Sobald sie Rachel gefunden hatte, würde sich alles zum Guten wenden. Vielleicht konnte ihre Schwester sogar in die Waisenbaracke ziehen. Mutter Brinkmann hätte sicher nichts dagegen, ein großes Mädchen zu haben, das ihr mit den kleineren Kindern half.

»Heidi!«, keuchte sie atemlos, sobald sie ihre Freundin entdeckte.

»Pst!«, schimpfte Heidi. »Die Aufseher dürfen uns nicht entdecken. Wir bleiben hier versteckt und warten. Kein Wort bis wir Schritte hören, verstanden?«

Mindel nickte und schämte sich für ihren Überschwang.

Wie alle anderen wusste sie, dass es nie eine gute Idee war, die Aufmerksamkeit der SS zu erregen. Solange die Kinder sich unauffällig verhielten, ließen die Aufseher sie meist in Ruhe, denn sie hatten Wichtigeres zu tun.

Heidi hielt ihre Hand, während sie am Zaun standen und warteten. Einmal hörten sie Schritte, und Mindels Herz schlug so heftig, dass sie nur noch das Rauschen des Blutes in ihren Ohren hörte. Heidi hielt sich einen Finger vor die Lippen. Mindel verstand. Sie würde keinen Mucks von sich geben.

Die Schritte waren laut und schwer. Eindeutig SS. Als sie weg waren, flüsterte Mindel: »Warum haben sie dieses Stroh in den Zaun gesteckt? Wie sollen wir meine Schwester sehen?«

»Das haben sie gemacht, weil zu viele Leute auf der Suche nach Freunden und Verwandten an den Zaun gekommen sind. Deshalb kannst du mit Rachel nur reden, sie aber nicht sehen.«

Die Erklärung fühlte sich wie ein Schlag in die Magengrube an und Mindel musste ihre Tränen zurückhalten. Warum wollten die blöden Aufseher nicht, dass Menschen ihre Familie sahen?

Es gab so viele Dinge, die sie nicht verstand. Nichts in diesem Lager machte Sinn, aber da Erwachsene sich oft seltsam verhielten, hatte sie es bisher immer mit einem Achselzucken abgetan. Aber dieses Mal? Jemand musste diesen Männern in schwarzen Uniformen endlich mal sagen, wie blödsinnig ihr Verhalten war. Sie schwor sich, wenn sie erwachsen war, würde sie sich von niemandem herumschubsen lassen.

Mindels Füße wurden allmählich taub, weil sie regungslos in den viel zu kleinen Schuhen stand. Mutter Brinkmann hatte ihr gezeigt, wie man alte Zeitungen um die Beine wickelte und sie dann mit Fäden aus einer Decke zusammenband. Mindel hatte viele Stunden geübt, bis sie endlich eine Schleife binden konnte, die weder zu locker noch zu fest war. Das Zeitungspapier half ein wenig, vor allem gegen Windböen, konnte aber nicht verhindern, dass die Kälte langsam von ihren Füßen die Beine entlang hochkroch.

Sie warf einen kurzen Blick auf Heidi in der Hoffnung, das ältere Mädchen würde ihr erlauben, von einem Bein auf das andere zu springen, damit das Blut wieder in Schwung kam. Aber Heidi schüttelte den Kopf und legte den Finger wieder auf die Lippen. Leise Schritte näherten sich und blieben dann stehen.

»Heidi, bist du da?«, flüsterte eine weibliche Stimme von der anderen Seite des Zauns.

Mindel konnte ihre Aufregung nicht mehr unterdrücken und rief: »Ja, ja. Ist Rachel bei dir?«

Auf der anderen Seite herrschte Stille, bis Heidi sie mit leiser Stimme schimpfte: »Nicht so laut, Mindel.«

Sie presste ihre Hand auf den Mund und wollte unbedingt gehorchen. Aber die Worte, die als nächstes gesprochen wurden, brachten ihre gesamte Welt ins Wanken.

»Ich bin es. Anne. Aber Rachel konnte nicht kommen. Sie wurde auf einen Arbeitseinsatz geschickt.«

Mindel hatte keine Ahnung, was das bedeutete, und wollte tausend Fragen stellen, aber Heidi ermahnte sie: »Schweig. Wir reden später.«

Dann unterhielten sich Heidi und dieses andere Mädchen namens Anne unendlich lang. Die Enttäuschung war so groß, dass Mindel sich ganz darauf konzentrieren musste, die Tränen herunterzuschlucken, und deshalb nichts von dem mitbekam, worüber die beiden sprachen.

»Wir müssen gehen«, sagte Heidi und stupste Mindel mit dem Ellbogen an.

Fast automatisch setzte sie ihre Füße in Bewegung, als Anne noch über den Zaun rief: »He, Mindel. Rachel hat immer von deiner besten Freundin Paula gesprochen. Ist sie bei dir?«

Mit einem traurigen Lächeln zog Mindel ihre Puppe aus ihrem Kleid und hielt sie hoch, auch wenn Anne sie nicht sehen konnte. »Meine Puppe Paula. Rachel hat sie für mich gemacht, damit ich eine beste Freundin habe und nie allein bin.«

Heidi legte ihr einen Arm um die Schulter. »Jetzt wissen wir wenigstens, dass Rachel wirklich deine Schwester ist.«

»Aber …« Mindel hielt tapfer ihre Tränen zurück und wollte Anne Grüße für Rachel auftragen, doch in diesem Moment bellte eine bösartige Stimme auf der anderen Seite des Zaunes: »Du! Geh weg vom Zaun. Aber dalli!«

Sie hörten schlurfende Füße, stampfende Schritte und dann nichts mehr. Anne war verschwunden.

»Sei nicht traurig«, versuchte Heidi sie zu trösten. »Wir wissen, dass deine Schwester lebt, und das ist mehr, als manch andere über ihre Familie sagen können.«

»Aber … warum haben sie sie weggeschickt?« Mindel verlor den Kampf gegen die Tränen und schon kullerten sie über ihre Wangen.

»Ich weiß nicht, warum das alles passiert, aber sie kommt bestimmt bald zurück. Ich werde an den Zaun gehen und mit Anne sprechen, wann immer ich kann. Sobald deine Schwester wieder im Lager ist, wird sie einen Weg finden, uns Bescheid zu geben.«

Mindel war so traurig. Am Boden zerstört.

Trotz Heidis beruhigender Worte konnte sie nichts Gutes in dem sehen, was gerade passiert war. Sie hatte sich so darauf gefreut, mit Rachel zu sprechen, und jetzt das!

Sie scharrte mit den Füßen und wischte sich die Tränen

aus dem Gesicht. Dann trottete sie zu ihrer Baracke zurück und schlich gerade hinein, als Mutter Brinkmann das Buch über Cin-cin zuklappte und fragte, worum es bei Fluffs neuestem Abenteuer gehen sollte. Aber nicht einmal Fluff konnte ihre Stimmung aufhellen.

Erst viel später, als sie das schwere Atmen der schlafenden Kinder hörte, ließ sie schließlich ihren Tränen freien Lauf und weinte sich in den Schlaf.

Am nächsten Tag kam Mutter Brinkmann mitten am Tag von einer Besorgung zurück und hielt ein Paar Schuhe in den Händen.

»Mindel, die sind für dich.«

Mindel betrachtete die braunen, abgenutzten Schuhe, die mindestens doppelt so groß aussahen wie ihre eigenen.

»Probier sie an«, forderte Mutter Brinkmann sie auf.

Die Schuhe waren viel zu groß, und ihre Fersen rutschten bei jedem Schritt heraus. Mindel kicherte. »Das fühlt sich an, als würde ich in Vaters Gummistiefeln laufen.«

»Das waren die Einzigen, die wir bekommen konnten. Warte einen Moment.« Mutter Brinkmann ging zu ihrem Geheimversteck für nützliche Dinge und kam mit zwei Blatt Zeitungspapier zurück. Sie zerknüllte sie und stopfte jedes einzelne tief in die Schuhe. »Probier noch einmal.«

»Viel besser.« Mindel strahlte bei der Aussicht, dass ihre Zehen nicht mehr so wehtun würden. Noch unsicher in ihren zu großen Schuhen ging sie in der Hütte umher. Mutter Brinkmann hielt die alten Schuhe in der Hand und zog die Stirn in Falten.

»Timmy, komm mal her«, rief sie, und ein kleiner, dünner Junge von vier Jahren gehorchte. Mindel schaute ihn an. Timmy war so viel kleiner als sie selbst. Wie konnte es sein, dass er genauso alt war?

Mutter Brinkmann gab Timmy Mindels Schuhe, und dann

gab sie Timmys Schuhe einem Mädchen von zwei Jahren, das gerade gelernt hatte zu laufen, und das mangels Schuhe die Hütte nicht mehr verlassen durfte, seit der Winter hereingebrochen war.

»Kann ich auch neue Schuhe haben? Meine Zehen sind immer so eingequetscht«, fragte Laszlo.

Mutter Brinkmann bat ihn, seine Schuhe und Socken auszuziehen und runzelte die Stirn, als sie seine geschwollenen Zehen sah. »Laszlo, warum hast du nicht schon früher etwas gesagt? Die werden sich noch entzünden, wenn du nicht aufpasst. In diesen Schuhen darfst du auf keinen Fall mehr herumlaufen, und ich weiß nicht, wann Herr Brinkmann neue besorgen kann, die groß genug für dich sind. Je größer, desto schwieriger ist es.« Sie schüttelte den Kopf. »Ich muss ein Loch in die Spitze schneiden. Dann hätten deine Zehen etwas Spielraum.«

Laszlo grinste. »Dann machen wir das.«

»Aber du musst darauf achten, dass du immer mit den Zehen wackelst, wenn du in der Essensschlange stehst. Wenn du das nicht tust, erfrieren sie und fallen ab.«

»Nein, das werden sie nicht«, sagte er mit einem frechen Grinsen.

»Doch, das werden sie. Und jetzt versprich mir, dass du deine Zehen ordentlich bewegst, sonst mache ich kein Loch in deine Schuhe.«

»Ich verspreche es. Heiliges Ehrenwort.«

Mutter Brinkmann machte sich an die Arbeit, und als sie fertig war, lief er in der Hütte herum und führte allen seine offenen Schuhe vor. Die anderen Kinder kicherten vor Vergnügen.

Eines der Mädchen, das immer so tat, als wäre es erwachsen, schaute Laszlo an und verdrehte die Augen. »Er wird jetzt die ganze Zeit frieren und seine Schuhe werden voller Schnee und Matsch sein.«

»Wenigstens muss er nicht befürchten, eine Infektion zu bekommen, durch die er seinen ganzen Fuß verliert«, sagte Mutter Brinkmann und beendete damit diese Diskussion.

Mehrere Kinder baten Mutter Brinkmann, auch die Kappen von ihren Schuhen abzuschneiden. Sie weigerte sich mit der Begründung, dass sie keine guten Schuhe verunstaltete. Die Kinder akzeptierten ihre Entscheidung und machten sich stattdessen daran, einen Reim über Laszlos erfrorene Zehen zu erfinden. Einige von ihnen, darunter auch Mindel, begannen, auf den Fersen herumzulaufen und taten so, als hätten sie keine Zehen mehr. Kichernd stießen sie einander an und beschwerten sich dann über die ungeschickten Zehenlosen, die überall herumtaumelten.

28

Völlige Verzweiflung hatte über Rachel gesiegt. Zwei unendlich lange Wochen zuvor hatte sie ihre Schwester gefunden und das Treffen mit ihr knapp verpasst, weil die Nazis sie zur Arbeit in die Salzminen gezwungen hatten.

Die Erschöpfung zerrte an jeder Faser ihres Wesens. Tag für Tag schlurfte sie den kurzen Marsch von ihrem neuen Lager zum Bergwerk. Alles hier war erbärmlich: die Lebensbedingungen, das Essen, die Arbeit … und vor allem das Salz.

Es war überall, legte sich wie Staub auf die Haut der Frauen und verwandelte sie in weißliche, geisterhafte Wesen. Drang in jede Ritze ihres Körpers, rieb sie wund, zerstörte die Haut und verhinderte, dass Wunden heilten. Der salzige Geruch verfolgte Rachel jede Minute des Tages, und der Geschmack macht sie unaufhörlich durstig. Bald wurden ihre Lippen rissig und ihre Kehle rau. Sie schwor sich, nie wieder auch nur ein Salzkorn zu essen, sollte sie es bei lebendigem Leibe aus diesem vermaledeiten Lager schaffen.

Von morgens bis abends mussten die Frauen in den unterirdischen Stollen schuften, ohne je das Tageslicht zu sehen.

Die Verpflegung war so dürftig, dass Rachel keinen Unterschied zwischen vor und nach einer Mahlzeit bemerkte und regelmäßig vergaß, ob sie schon gegessen hatte oder nicht. Nach einer Weile war es ihr egal. Nichts war wichtig. Nichts spielte mehr eine Rolle. Nicht der Hunger, nicht der Schmerz und schon gar nicht die Welt außerhalb der verdammten Mine.

Mit einer Spitzhacke bewaffnet, hackte sie auf den Felsen ein und brach das Salz heraus. War die Arbeit in der Munitionsfabrik mühsam und gefährlich gewesen, so war das hier eine mörderische Knochenarbeit, die selbst einen starken, gesunden Mann zermürben konnte.

Da es keine starken Männer gab, waren die ausgemergelten Frauen diejenigen, die das salzige Gestein herausbrechen und dann zu winzigen Stücken mahlen mussten, aus denen später das reine Salz raffiniert wurde. Jeden Tag stieg Rachel mit ihrem Arbeitstrupp hinunter in den Schacht, in dem das Salz zwischen den Gesteinsschichten tief in der Erde lagerte.

Es gab keine Rettung vor dem Salz, und es dauerte nur wenige Tage, bis Rachels Haut wund war. Schon das geringste Schwitzen oder Reiben reizte ihre Haut so sehr, dass sie glaubte, sie würde Feuer fangen. Am schlimmsten aber waren ihre Hände. Sie waren mit Blasen von der Spitzhacke übersät, und es schien kein Stück intakter Haut mehr auf dem rohen Fleisch zu geben. Sobald sie mit dem Salz in Berührung kam, – was ständig der Fall war – rieb es sich buchstäblich in ihre Wunden.

Rachel erlitt so große Qualen, dass sie vergaß, wie es sich anfühlte, schmerzfrei zu sein. Das einzig Gute an der Arbeit im Schacht war, dass die SS sie dort unten nicht belästigte.

Die vergleichsweise milden Temperaturen im Bergwerk erwiesen sich eher als Fluch denn als Segen, denn jedes Mal, wenn sie wieder an die Oberfläche zurückkehrte, biss die klirrende Kälte in ihre Knochen und betäubte ihre Glieder. Aber wenigstens spürte sie dann den Schmerz nicht mehr.

Sie verfiel täglich tiefer in eine Depression, bis sie keinen Grund mehr fand, weiterhin ums Überleben zu kämpfen. *Sollen die Nazis doch gewinnen*, dachte sie sich. Sie war bereit, ihnen die Genugtuung zu geben, auf der Stelle zu sterben. Sie war nicht die Einzige, die kurz davor war den Verstand zu verlieren, denn die meisten Frauen hatten ihren Überlebenswillen verloren und vegetierten in einem Zustand völliger Apathie dahin.

In ihren wenigen lichten Momenten erinnerte sie sich an ihren Schock beim ersten Anblick dieser Wesen, die im Lagerjargon Muselmänner genannt wurden, kurz nach ihrer Ankunft in Bergen-Belsen. Damals hatte sie sich geschworen, niemals einer von denen zu werden, egal wie sehr sie unter der tödlichen Hungerkrankheit litt – einer Kombination aus Hunger und Erschöpfung.

Aber jetzt erkannte sie mit noch größerem Schrecken, dass sie schon weit fortgeschritten auf dem Weg war, eine von ihnen zu werden, vielleicht sogar schon geworden war – ein Untoter, der gegenüber allem, auch seinem eigenen Schicksal, apathisch geworden war und selbst auf die barbarischste Behandlung nicht mehr reagierte.

Und sie stellte fest, dass sie auch das nicht mehr interessierte. Sie war an einem Punkt angelangt, an dem sie wirklich und ehrlich nicht mehr die Kraft aufbringen konnte, um sich überhaupt noch Gedanken darüber zu machen, was mit ihr geschah. Es war, als hätte sie bereits aufgehört zu existieren, und durch einen göttlichen Irrtum wandelte ihre vertrocknete Hülle weiter auf der Erde, während ihre Seele schon längst von dannen gezogen war.

In klaren Momenten versuchten viele Frauen, ihr elendes

Dasein aktiv zu beenden. An diesem Morgen war eine auf dem Marsch zum Salzbergwerk aus der Reihe ausgeschert. Die Aufseher hatten keine Sekunde gezögert und ihr in den Rücken geschossen, was einen dunklen Fleck auf dem unberührten, weißen Schnee hinterlassen hatte.

Rachel hob ihre Schaufel noch einmal, obwohl ihre Muskeln vor Protest schrien und sie Neid auf die Frau empfand, die dieser Hölle entkommen war. Den Schmerz ignorierend, entleerte sie die Schaufel in den Grubenwagen und nahm eine weitere Ladung auf.

Ihre Qualen spielten keine Rolle. Nichts spielte eine Rolle. Ihr Kopf fühlte sich an als sei er mit Watte gefüllt, und die Zähflüssigkeit ihrer Gedanken erlaubte es ihr nicht, sich etwas anderes vorzustellen als ihre aktuelle Umgebung. Schaufel füllen. Abladen. Runter. Auffüllen. Hoch. Entladen. Runter. Auffüllen. Hoch …

Sie arbeitete stundenlang Rücken an Rücken mit ihrer Nachbarin ohne Pause. Ihre Kehle war rauer als eine Reibe, und was hätte sie nicht für ein Glas Wasser gegeben? Aber es würde bis zum Abendessen nichts zu trinken geben. Selbst der verlockende Schnee, der dazu verleitete, sich auf dem Marsch zum Lager zu bücken und eine Handvoll davon aufzusammeln, war tabu. *Verboten.*

Bück dich und stirb. Hör auf zu arbeiten und stirb. Arbeite weiter und stirb an einem anderen Tag.

Nachts legte sich Rachel auf die Pritsche und schloss die Augen mit dem Wunsch, der Tod würde sie im Schlaf holen und ihr einen weiteren elenden Tag im Bergwerk ersparen. Die physischen Qualen ihrer schmerzenden Muskeln und Knochen mischten sich mit einem anderen Schmerz, der tief aus dem Inneren ihres Körpers kam. Es war mehr als nur der allgegenwärtige Hunger. Es fühlte sich an, als würden ihre eigenen Organe den Dienst aufkündigen. Zusammengenommen erzeugte es eine Explosion, die jede einzelne Zelle ihres Körpers erreichte, ihr Herz zum Stottern brachte, rote Sterne vor ihren Augen erscheinen ließ und ihren Verstand betäubte.

Ein paar Tage später war es soweit. Als die Lore über die Gleise rollte, streckte Rachel plötzlich ihren Rücken durch, warf ihre Schaufel weg und stürzte sich vor den schweren Wagen.

»Was machst du da?«, rief ihre Nachbarin und riss Rachel von den Gleisen.

»Ich kann nicht mehr.«

»Ach ja? Du willst du dich von der Lore überfahren lassen? Das ist doch völlig idiotisch.«

»Warum? Nur weil ich selbst entscheiden will, wann und wie ich sterbe?«

»Nein, das verstehe ich ja, aber die Dinge ändern sich. Der Krieg ist in seinen letzten Zügen. Ich kann es spüren.«

»Ich nicht«, sagte Rachel und versuchte, den Arm der anderen abzuschütteln und wieder einen Schritt nach vorne zu machen. Aber die Gelegenheit war vorbei; die Lore war bereits direkt vor ihr.

Rachel war zum Weinen zumute, aber es wollten keine Tränen kommen. Die Nazis wollten sie nicht leben lassen, und diese Frau hatte sie nicht sterben lassen. Sie wollte nicht länger in diesem Dämmerzustand zwischen Leben und Tod gefangen sein. Aber als die Lore vorbeifuhr und sich ein Aufseher näherte, blieb ihr nichts anderes übrig, als ihre Schaufel zu nehmen und wieder an die Arbeit zu gehen.

»Halte durch, Schätzchen, es dauert nicht mehr lange«, sagte die andere Frau. »Wir müssen überleben. Wir müssen es einfach.«

29

Mindel und Laszlo standen in der Schlange für Brot, als Heidis Freundin Laura auftauchte.

»Hallo Mindel, hallo Laszlo. Habt ihr gehört, dass bald wieder ein Transport in die Schweiz geht?«, sagte sie und kam zu ihnen herüber. Als ihr Blick auf Mindels übergroße Schuhe fiel, starrte sie sie wütend an. »Woher hast du die?«

»Warum? Herr Brinkmann hat sie mir gegeben, weil meine eigenen zu klein waren.«

»Du ... kleine Diebin ... du ... Aasgeier ... Leichenfledderin ... du ...!« Lauras Stimme überschlug sich, doch Mindel konnte sich keinen Reim auf ihre Worte machen. »Gib mir die Schuhe, sofort! Sie gehören Augusta!«, schrie Laura und erregte damit die Aufmerksamkeit der Erwachsenen und leider auch der Aufseher, die mit ihren Knüppeln auf sie zustürmten.

Laszlo brauchte nur eine Sekunde, um eine Entscheidung zu treffen, und rief: »Lauft. Schnell.«

Ihren Platz in der Schlange zu verlieren, war eine schreckliche Sache, denn es barg die Gefahr, dass alle Rationen verteilt wurden, bevor sie an der Reihe waren, und dann würden sie von Mutter Brinkmann ausgeschimpft werden. Andererseits war die Aussicht, von den Aufsehern verprügelt zu werden, noch schlimmer.

Die drei Kinder liefen los und kamen atemlos bei den Latrinen an, wo sie sich versteckten. Wegen des furchtbaren Gestanks würde die SS ihnen nicht dorthin folgen.

Als Laura wieder zu Atem gekommen war, giftete sie Mindel an: »Zieh sofort die Schuhe aus.«

»Jetzt warte doch mal. Ich bin sicher, Herr Brinkmann hat dafür bezahlt. Vielleicht sollten wir Augusta fragen?«, nahm Laszlo sie in Schutz.

»Das könnt ihr nicht! Sie ist tot!«

»Tot?«, quiekte Mindel auf und blickte entsetzt auf die Schuhe, die sich plötzlich wie Mühlsteine anfühlten. Sie stellte sich vor wie diese Dinger sie in das Massengrab zogen, in dem Augusta bereits auf ihre Habe wartete. In ihrer Verzweiflung, die verfluchten Schuhe loszuwerden, bückte sie sich, um die Schnürsenkel zu öffnen.

»Was tust du da?«, fragte Laszlo.

»Ich will sie nicht. Nicht, wenn Lauras Freundin gestorben ist …«

»Sei nicht dumm«, fuhr er sie an. »So funktioniert das im Lager. Augusta kann sie nicht mehr gebrauchen, aber wenn du sie nicht anziehst, musst du barfuß durch den Schnee laufen.«

Mindel hielt inne und überlegte, welche Auswirkungen die Rückgabe der Schuhe haben würde. Die Warnung von Mutter Brinkmann hallte in ihrem Kopf nach und sie flüsterte: »Ich will nicht, dass meine Füße erfrieren und abfallen.«

Die Aussicht, dass Mindels Füße abfrieren könnten, verdrängte Lauras Empörung und sie sagte großzügig: »Du kannst sie haben. Augusta würde es so wollen.«

Mindel hatte schon seit einiger Zeit bemerkt, dass selbst

ihre besten Freundinnen zunehmend gereizter wurden und ohne jeden Grund andere anpöbelten. Sie tat es als eine Sache ab, die passierte, wenn Kinder erwachsen wurden. Gnädig reichte sie Laura die Hand. »Wieder Freunde?«

»Wieder Freunde.« Laura schüttelte ihre Hand und trollte sich.

Mindel und Laszlo kehrten zur Essensausgabe zurück, wo sie das Glück hatten, die letzten beiden Brote zu bekommen. Auf dem Weg zurück zu ihrer Baracke versuchte Laszlo, Mindel zu überreden, sich mit ihm auf den Transport in die Schweiz zu schleichen, aber sie ließ sich nicht umstimmen. Stattdessen flehte sie ihn an, zu bleiben, aber ohne Erfolg.

In dieser Nacht stahl er sich davon und versprach Mindel, dass sie sich nach dem Krieg wiedersehen würden. »Ich warte in der Schweiz auf dich.«

Kaum war er weg, plagten sie Schuldgefühle, bis sie endlich irgendwann verzweifelt einschlief. Am nächsten Morgen weigerte sie sich, aufzustehen oder auch nur zu frühstücken. Bei so vielen Kindern in der Baracke rechnete sie nicht damit, dass es jemand bemerken würde, aber irgendwann am Vormittag schickte Mutter Brinkmann Sandra, um nach ihr zu fragen.

»Mindel, bist du krank?«

»Nein. Nur müde.« Sie drückte ihr Gesicht in Paulas schmutziges Kleid.

»Wo ist Laszlo?«

Mindel sah zu dem älteren Mädchen auf, und obwohl Laszlo ihr eingeschärft hatte, es niemandem zu sagen, konnte sie dem prüfenden Blick nicht lange standhalten. »Das darf ich nicht sagen.«

Sandras Blick wurde strenger. »Was genau darfst du nicht sagen?«

Mindel studierte ihre abgebissenen Fingernägel und flüsterte: »Er hat sich gestern Nacht rausgeschlichen, um in die Schweiz zu fahren.«

»Er hat was getan?«

»Er wollte unbedingt auf diesen Transport in die Schweiz.« Mindel spürte, wie ihr die Scham in den Ohren brannte.

»Oh mein Gott, warum seid ihr Kleinen immer so dumm?«

Mindel protestierte nicht einmal dagegen, dass man sie klein und dumm im selben Satz genannt hatte, so verzweifelt war sie.

»Wir müssen ihn sofort zurückholen«, sagte Sandra.

Erleichterung durchflutete Mindel und sie nickte. Alles würde gut werden und Laszlo käme zu ihr zurück. Dann kam ihr ein erschreckender Gedanke. »Wir können es Mutter Brinkmann nicht sagen, sie wird wütend sein.«

»Wütend ist noch untertrieben.« Sandra seufzte. »Wir sagen ihr erstmal nichts davon. Falls sie fragt, können wir sagen, dass Laszlo ganz früh zu den Latrinen gegangen ist, weil er so schrecklichen Durchfall hatte.«

Mindel nickte, dankbar, dass das ältere Mädchen die Situation in die Hand nahm. Sobald sie die Baracke verlassen hatten, fragte Sandra: »Wo genau startet dieser Transport in die Schweiz?«

»Im Speziallager.«

Sandras Augen wurden groß wie Untertassen. »Da können wir doch nicht einfach reinspazieren. Wie hat Laszlo geplant, den Zaun zu überwinden?«

»Weiß ich nicht …« Mindel bemerkte die Dringlichkeit in Sandras Stimme und kniff ihre Augen zusammen, um angestrengt nachzudenken. »Er sagte etwas von einer Reparaturmannschaft. Und einen todsicheren Weg, auf den Lastwagen zu kommen.« Sie brach fast in Tränen aus, weil sie sich an keine weiteren Details erinnern konnte.

Sandra nahm ihre Hand. »Wir gehen mal zum Zaun und schauen, ob wir ihn dort irgendwo finden.«

Sie stapften quer durchs Sternlager zum Zaun, der es von den anderen Komplexen trennte. Normalerweise ging Mindel nie so früh nach draußen, und der Anblick der vielen Häftlinge, die zum Appell aufgereiht waren, verursachte ihr eine Gänsehaut am ganzen Körper.

»Wir müssen uns hinter den Baracken entlangschleichen«, sagte Sandra, denn während des Appells durfte niemand herumlaufen. Sie setzten ihren Weg im Schutz der Hütten fort und hatten gerade diejenige erreicht, die dem Zaun am nächsten lag, als am Tor zum Speziallager ein Tumult ausbrach.

Mindels Herz setzte einige Schläge aus, als sie Laszlo erkannte, der wie ein Kätzchen am Arm eines Aufsehers baumelte, der ihn am Schlafittchen gepackt hatte. Ohne nachzudenken, stürzte sie nach vorne, um ihrem Freund zu helfen, aber ein paar Schritte später hatte Sandra sie eingeholt und zerrte sie zurück in den Schatten der Baracke.

»Was zum Teufel machst du da?«

»Ich muss Laszlo helfen«, jammerte Mindel.

»Wir können gegen die SS nichts ausrichten, das solltest du doch wissen!«, schimpfte Sandra.

»Aber ... aber ... sie tun ihm weh!« Jetzt, wo sie an der Wand kauerte und nach Luft schnappte, wurde ihr klar, wie unüberlegt ihr Losstürmen gewesen war.

Sandra warf ihr einen traurigen Blick zu, aber was auch immer sie sagen wollte, wurde durch Laszlos markerschütterndes Heulen unterbrochen, als der Aufseher ihn gerade lange genug absetzte, um seine Peitsche zu schwingen und damit begann zornig auf ihn einzuprügeln.

»Sandra! Wir müssen etwas tun!«, schrie Mindel, bis sie spürte, wie ihr eine Hand fest auf den Mund gelegt wurde.

»Pst. Oder willst du, dass sie uns auch auspeitschen?«

Am ganzen Körper zitternd, konnte Mindel nicht einmal zustimmend nicken und registrierte kaum, als Sandra sagte: »Wir müssen Mutter Brinkmann holen.« Im nächsten Moment hatte Sandra sie um die Ecke gezerrt, und Hand in Hand eilten sie den Weg neben den Latrinen entlang. Mindel stolperte hinter dem älteren Mädchen her, bis sie die Waisenbaracke erreichten.

»Was um alles in der Welt ist mit euch passiert?« Mutter Brinkman stellte mit einem einzigen Blick auf die beiden Mädchen fest, dass etwas wirklich Schreckliches geschehen sein musste.

Mindel selbst war zu erschüttert, um zu sprechen, also überließ sie Sandra das Erklären. »Laszlo wurde dabei erwischt, wie er sich in das Speziallager geschlichen hat.«

»Was will der törichte Junge denn da?«

»Er wollte auf den Transport in die Schweiz«, sagte Sandra.

»Oh je.« Mutter Brinkmann erblasste. »Wie schlimm ist es?«

»Sehr.«

Mutter Brinkmann gab einen entsetzten Japser von sich, drehte sich auf der Stelle um und ging zur Tür. »Ihr Kinder bleibt drinnen, bis ich zurückkomme. Ich meine es ernst. Keiner von euch darf die Hütte verlassen. Habt ihr das verstanden? Sandra und Michael, ihr habt das Sagen.« Dann eilte sie davon, die Sorge ins ausgemergelte Gesicht geschrieben.

»Was ist los?«

»Wo will sie denn hin?«

»Was habt ihr angestellt?«

Die Fragen nahmen kein Ende, bis Mindel beschloss, dass sie genauso gut die Wahrheit sagen konnte. »Laszlo hat versucht, auf den Transport in die Schweiz zu kommen … und ein Aufseher hat ihn dabei erwischt.«

Ihre Aussage wurde mit schockiertem Schweigen quittiert. Doch einige Sekunden später begannen alle Kinder auf einmal zu reden. Sie saßen noch immer in der Hütte und spekulierten über Laszlos Schicksal, als von draußen Mutter Brinkmanns Stimme erklang: »Schnell, macht die Tür auf.«

Einer der älteren Jungen öffnete. Die anderen standen auf und schauten neugierig zu, wie Mutter Brinkmann mit Laszlo auf dem Arm hereinkam. Mindel konnte kaum glauben, dass es derselbe Junge war, den sie vor einer halben Stunde am Arm des Aufsehers hatte baumeln sehen, denn sein Gesicht und sein Körper waren blutverschmiert, seine Augen zugeschwollen, eine offene Wunde zog sich quer über sein Gesicht und ein Arm hing in einem seltsamen Winkel von der Schulter herab.

Mindel stöhnte unwillkürlich auf. Die Peitschenhiebe, deren Zeuge sie geworden war, hatten aus der Ferne schlimm ausgesehen, aber Laszlos zerschundenen Körper aus der Nähe zu betrachten, war fast nicht zu ertragen. Kalte Panik griff nach ihrem Herzen.

»Beeilt euch, Kinder, wir müssen sehen, ob wir ihm helfen können. Wäre ich nur eine Minute später gekommen, hätten sie ihn zu Tode geprügelt.«

Mindel starrte ihren Freund entsetzt an, während Mutter Brinkmann begann, seine Verletzungen zu begutachten. Laszlos entstelltes Gesicht war kaum noch zu erkennen, und die neuen Schulzähne, auf die er so stolz gewesen war, fehlten, so dass er schlimmer aussah als eine Vogelscheuche. Er hatte nur noch einen seiner Schuhe an, bei dem ein Zeh komisch aus dem Loch ragte, das Mutter Brinkmann hineingeschnitten hatte. Mindel schaute weg, weil sie kurz davor war sich zu übergeben. Nach dem ersten Schock wurde sie wütend. Warum musste die SS sowas tun? Warum war er überhaupt dorthin gegangen? Hatte sie ihn nicht gewarnt, dass es zu gefährlich war?

Doch dann blickte sie zu Mutter Brinkmann und schöpfte Zuversicht, dass alles gut werden würde. Unter ihrer Obhut wäre Laszlo bald wieder gesund und konnte mit Mindel und den anderen Kindern spielen.

»Wir müssen ihn auf die Krankenstation bringen«, sagte Herr Brinkmann und half seiner Frau, Laszlo auszuziehen und seine Wunden zu reinigen. Laszlo rührte sich nicht einmal, als der nasse Lappen seine zerschundene Haut berührte.

Mindel robbte näher heran. »Bitte nicht. Von dort kommen die Leute nicht mehr zurück.«

Mutter Brinkmann warf ihr einen kurzen Blick zu, bevor sie sich wieder ihrer Arbeit widmete. »Mindel, Laszlo ist sehr schwer verletzt. Er wird das vielleicht nicht überleben.«

»Bitte, lass ihn nicht sterben.«

»Ich tue mein Bestes, mein Kind. Und jetzt verschwindet alle, ich muss mich konzentrieren.«

Mindel schlüpfte in ihr Bett und sah von oben zu, wie Mutter Brinkmann sich um Laszlo kümmerte. Sie wartete darauf, dass er aufwachte, aber seine Augenlider flatterten nicht einmal. Da er in seinem Zustand nicht in das obere Stockbett klettern konnte, legte Mutter Brinkmann ihn in die unterste Etage direkt neben ihrem eigenen Bett.

Mindel drückte Paula an ihr Herz und sammelte die Schätze ein, die sie und Laszlo besaßen: ein paar runde Kieselsteine, eine Glasscherbe und eine lange Schnur, die einmal ein Schnürsenkel gewesen sein musste. Hier in der Waisenbaracke mussten sie nicht ständig um ihre Becher fürchten, denn Mutter Brinkmann lagerte sie alle neben dem Eingang und kein Kind hätte es gewagt, einen davon zu stehlen.

Mit ihren Habseligkeiten in der Hand ging sie zu Laszlo und sagte: »Ich bleibe bei ihm.«

»Er wird die meiste Zeit schlafen«, antwortete Mutter Brinkmann und streichelte Mindel über den Kopf. »Geh du nur und spiele mit den anderen.«

»Nein. Ich kümmere mich um ihn.«

Mutter Brinkmann musste ihre Entschlossenheit bemerkt haben, denn sie sagte nur: »Gut. Pass auf, dass er immer gut zugedeckt ist und nicht friert.«

Mindel nickte ernst. Sie würde dafür sorgen, dass Laszlo wieder gesund wurde.

In den nächsten Tagen wachte sie Tag und Nacht bei ihm und wich nur von seiner Seite, wenn sie unbedingt musste. Sie sprach mit ihm, wie sie mit ihrer Puppe sprach, ohne sich darum zu kümmern, dass er nicht antwortete. Tief in ihrer Seele wusste sie, dass er zuhörte und verstand. Das war alles, was sie brauchte.

Aber als er seine Augen einfach nicht öffnete, bekam sie Angst. *Was wäre, wenn …* Nein, sie wollte diesen Gedanken nicht zu Ende denken. Er war zu schrecklich. Sie legte sich neben Laszlo, starrte an die Wand und ließ all die lustigen, beängstigenden oder wundervollen Dinge, die sie zusammen erlebt hatten, Revue passieren. Ohne seine Unterstützung fühlte sie sich so einsam, und das war ihre eigene Schuld.

»Ich hätte dir nie erlauben dürfen zu gehen. Ich hätte dafür sorgen sollen, dass du in dieser Nacht in unserer Hütte bleibst«, flüsterte sie.

»Du wusstest, was er vorhatte?« Mutter Brinkmann war

mit der heißen, stinkenden Suppe, die sie zum Abendessen bekamen, am Bett erschienen.

Die Tränen kullerten, weil Mindel sie nicht mehr zurückhalten konnte. Mutter Brinkmann gab den Becher einem anderen Kind, dann zog sie Mindel auf ihren Schoß und schaukelte sie hin und her, ganz so wie es Rachel immer getan hatte, nachdem Mutter … Ihre Traurigkeit überwältigte sie und eine neue Flut von Tränen lief ihr über die Wangen.

Irgendwann später, als sie endlich aufgehört hatte zu schluchzen, erzählte sie Mutter Brinkmann, was ihr so schwer auf dem Gewissen lastete. »Er wollte, dass ich mit ihm gehe, aber ich habe gesagt, es ist zu gefährlich. Es ist alles meine Schuld.«

Ein erneutes Schluchzen, diesmal ohne Tränen, schüttelte ihren Körper in den Armen von Mutter Brinkmann, während sie versuchte, mit ihren Schuldgefühlen fertig zu werden. Sie hatte nicht auf ihren besten Freund aufgepasst. Laszlo hatte sich so lange um sie gekümmert, und das eine Mal, als er sie gebraucht hatte, hatte sie ihn im Stich gelassen.

»Es war nicht deine Schuld. Laszlo ist so ein beharrlicher Junge. Als er sich für den Plan entschieden hatte, gab es nichts, was du hättest tun können, um ihn daran zu hindern.«

Mindel schmiegte sich an die Frau, die ihre Ersatzmutter geworden war, und wollte ihr so gern glauben, doch sie wusste es besser. Sie hätte das alles verhindern können, wenn sie nur … »Ich hätte dir von seinen Plänen erzählen sollen.«

Mutter Brinkmann widersprach nicht. Sie nahm Mindel nur fester in die Arme und küsste sie sanft auf den Kopf.

30

Eine weitere Zugladung Frauen traf im Salzbergwerk ein und brachte Neuigkeiten über das Geschehen in der Außenwelt mit. Diesen Frauen zufolge, die aus anderen Lagern im besetzten Polen hierher verlegt worden waren, stürmte die Rote Armee durch Polen und die Nazis wollten mit aller Macht verhindern, dass die Gefangenen befreit wurden.

Gerüchte besagten außerdem, dass die Westalliierten bereits über den Rhein auf deutsches Gebiet vorgedrungen waren. Niemand wusste es mit Gewissheit, aber wenn die Nervosität der Aufseher etwas zu bedeuten hatte, dann war Deutschland wirklich dabei, den Krieg zu verlieren. Und zwar bald.

In Rachel regte sich wieder ein winziger Funken Hoffnung. Sie hatte die unmenschliche Behandlung so lange ertragen, dass sie entschlossen war, ihr Leben noch ein wenig länger durch schiere Willenskraft zu erhalten und die Tage zu zählen, bis die Alliierten – ob aus dem Osten oder dem Westen, war ihr egal – sie befreiten.

Eines der ermutigenden Zeichen waren die unaufhörlichen Bombenangriffe auf nahegelegene Städte. Unter der Erde im Salzbergwerk bekamen die Frauen nichts davon mit, aber während des Marsches zum und vom Lager sowie nachts in ihren eiskalten Betten hörten sie die Flugzeuge über ihren Köpfen.

Es waren ausnahmslos amerikanische oder britische Flugzeuge. Das letzte Mal, dass Rachel ein Kampfflugzeug der Luftwaffe gesehen hatte, musste schon Wochen her sein. Trotz der Aussicht auf eine baldige Befreiung, mochte sie die Bombenangriffe nicht.

Bisher waren alle Flugzeuge an ihrem Dorf vorbeigezogen, und sie vermutete, dass sie zu stärker bevölkerten Orten unterwegs waren. Manchmal sah sie nachts am Horizont das Flackern dessen, was eine brennende Stadt sein musste.

Als Rachel zu einer weiteren zermürbenden Schicht in die Mine trottete, hörte sie die Fliegeralarm-Sirene über die Landschaft heulen. Wie Kaninchen auf der Flucht gingen die Aufseher in Deckung und ließen die Gefangenen mitten auf der Straße alleine zurück.

Rachel war versucht wegzulaufen, verwarf den Gedanken aber wieder. Stattdessen ging sie im Straßengraben in Deckung. Es war sowieso unmöglich zu entkommen. In ihrem geschwächten Zustand konnte sie nicht rennen, sondern sich nur langsam bewegen, und selbst wenn sie in der flachen Umgebung Schutz fände, würde sie im Handumdrehen entdeckt werden. Die Dorfbewohner waren den jüdischen Gefangenen gegenüber feindselig eingestellt, und ein Blick auf ihre abgemagerte Gestalt würde sie sofort entlarven. Dann könnten sich ihre Entdecker im Ruhm sonnen, eine entflohene Gefangene ins Lager zurückgebracht zu haben.

Sie hatte sich oft gefragt, wie und wann die Menschen zu Antisemiten geworden waren. Die Gegend um die Salzminen erinnerte sie an ihre bayerische Heimat, mal abgesehen von den fehlenden Hügeln. Aber die schneebedeckten Felder, die Viehzäune, die einsamen Bauernhäuser im Schutz eines Wäldchens und das kleine Dorf in der Nähe, all das hatte eine unheimliche Ähnlichkeit mit dem Ort, an dem sie aufgewachsen war und viele glückliche Tage verbracht hatte, bevor die Nazis an die Macht gekommen waren.

1926 geboren, hatte sie trotz ihrer jungen Jahre bewusst miterlebt, wie das jüdische Volk täglich schlechter behandelt wurde, wie es ausgegrenzt wurde, wie man ihnen Dinge wegnahm, die sie als selbstverständlich angesehen hatten, bis schließlich die Juden selbst verschwanden. Auch wenn sie noch zu jung war, um die Gründe dafür zu verstehen, hatte sie die Folgen zu spüren bekommen. Sie musste die Schule verlassen, durfte nicht mehr mit ihren ehemaligen Klassenkameraden zum Tanz gehen und ihre Eltern mussten den Hof an den alten Hans verkaufen, damit sie überhaupt bleiben durften. Es war ein skandalöses Vorgehen, aber niemand hatte protestiert und seine Stimme dagegen erhoben.

Niemand hatte sich für die Juden eingesetzt. Nicht einmal die Juden selbst. Ihre Eltern hatten immer gehofft, dass es nicht noch schlimmer käme, dass die Menschen eines Tages zur Vernunft kommen und sehen würden, dass die Juden nicht der Grund für die Probleme des Landes waren. Dass sie Deutsche waren wie alle anderen auch.

Während sie zusammen mit einigen anderen Frauen im Graben kauerte und einmal mehr über die Ungerechtigkeit in dieser Welt grübelte, hörte sie ein rasselndes Geräusch und blickte auf. In der Ferne sah sie einen Zug, der sich seinen Weg durch die Landschaft bahnte.

Wenige Sekunden später stürzten zwei Bomber, die hoch am Himmel ihre Bahnen gezogen hatten, herab und beschossen ihn mit ihrer tödlichen Ladung. Eine Bombe explodierte, der Zug hielt abrupt an und schleuderte seine flüchtenden Passagiere ins Freie. Rachel schloss ihre Augen gegen das gleißende Licht der Stichflammen. Eine ohrenbetäubende Explosion nach der anderen zerrte an ihrem Trommelfell. Sie hielt sich die Ohren zu und kauerte sich tiefer in den Graben, bis der Lärm endlich aufhörte.

Als sie die Augen wieder öffnete, sah sie Scharen von Menschen, klein wie Ameisen, flüchten und verzweifelt Deckung suchen, aber die flache Landschaft bot keine. Mit zusammengekniffenen Augen folgte sie einigen der fliehenden Passagiere und seufzte erleichtert auf, als sie erkannte, dass keiner von ihnen die gestreifte Häftlingsuniform trug, sondern es sich um Wehrmachtsoldaten handelte. Ein ohrenbetäubendes Brausen kündigte die Rückkehr der Bomber an, und sie schrie auf, als diese im Sturzflug zu Boden stürzten und erst kurz davor in die Horizontale abdrehten. Eine Zeitlang flogen sie auf gleicher Höhe mit den Baumwipfeln und verfolgten die fliehenden Passagiere.

Der Beschuss war brutal. Die verzweifelten Schreie der Menschen, die niedergemäht wurden, übertönten sogar das Dröhnen der Motoren. Rachel konnte nicht anders, als die Piloten anzufeuern, so viele der verhassten Nazis wie möglich zu töten.

Nach zwei weiteren Runden gab es keine flüchtenden Menschen mehr. Die Bomber hatten ihr Ziel erreicht, wackelten anmutig mit den Flügeln, und schwangen sich hoch in den Himmel, um in die Richtung zurückzufliegen, aus der sie gekommen waren.

Nicht lange, nachdem die Flugzeuge außer Sichtweite waren, tauchten die Aufseher aus ihren Verstecken auf und ließen ihren Zorn über die Zerstörung des Zuges an den Gefangenen aus. Jede, die verdächtigt wurde, zu trödeln oder sich über den Erfolg der Alliierten zu freuen, erhielt großzügig Hiebe mit der Peitsche oder dem Knüppel.

Der Luftangriff hatte Rachel und den anderen erschöpften Frauen eine kleine Atempause verschafft. Dafür wurde das Marschtempo nun verdoppelt, so dass mehr als eine zurückfiel. Diejenigen, die nicht sofort starben, wurden mit Schlagstöcken geprügelt, bis sie wieder aufstanden. Wer das nicht schaffte, bekam eine Kugel in den Kopf.

Der Vorfall hatte Rachel jedoch Hoffnung gemacht. Die Frau, die Rachels Selbstmordversuch vereitelt hatte, musste die Wahrheit gesagt haben, und das Ende war nah. Das Ende des Tausendjährigen Reichs nach nur einem Jahrzehnt. Und damit auch die Befreiung aller Gefangenen durch die Alliierten? Mit diesem Gedanken im Hinterkopf schöpfte Rachel die Kraft, mit der Kolonne Schritt zu halten, indem sie sich an die Hoffnung klammerte, die der Anblick der feindlichen Flugzeuge am Himmel ihr gegeben hatte.

Sie betete nur, dass die Gerüchte, die sie hörten, wahr waren und das Ende des Krieges wirklich bevorstand, dass es nicht nur die fieberhaften Wahnvorstellungen der Gefangenen war, die sich an alles klammerten, was versprach ihrem Leid ein Ende zu bereiten. Für die deutschen Soldaten und Zivilisten, die heute gestorben waren, konnte sie kein Mitleid aufbringen, denn es waren dieselben Leute, die keinen Finger rührten, um den verfolgten Juden zu helfen, selbst wenn sie sich nicht aktiv an den Gräueltaten beteiligten.

Ich wünschte, die Alliierten würden sie alle töten! Jeden einzelnen! Die Heftigkeit ihrer Gedanken schockierte sie zutiefst. Vor ihrer Deportation hatte sie nie einem anderen Menschen etwas Böses gewünscht, vielleicht mit Ausnahme von Herrn Keller. Doch es schien, als sei der letzte Rest ihrer Menschlichkeit durch das penetrante Salz weggerieben worden und die Bosheit der Nazis habe auf ihre eigene Seele abgefärbt.

Sie war zu erschöpft, um weitere zusammenhängende Gedanken zu fassen, ihr Verstand schaltete sich ab und sie wurde wieder zu einer kaum noch funktionierenden Hülle reduziert. Unten im Schacht angekommen, griffen ihre Hände wie von selbst nach der Spitzhacke und sie hörte lediglich mit halbem Ohr auf das Geflüster der anderen Frauen.

»Die Alliierten müssen in der Nähe sein.«

»Gott, ich kann es kaum erwarten, dass sie uns befreien.«

»Und alle Nazis umbringen.«

»Wenn die Soldaten ihn nicht töten, schwöre ich bei Gott, dass ich *die Maus* mit meinen eigenen Händen erwürgen werde.«

Rachel ertappte sich dabei, wie sie zustimmend nickte. Die Frauen gaben den meisten Aufsehern Spitznamen, und die Maus hatte ihren wegen seines mausähnlichen Gesichts erhalten. Sein Verhalten war jedoch das einer Katze, die mit den Gefangenen grausame Spiele spielte, bevor sie sie aus Spaß an der Freude tötete.

31

Mindel verharrte an Laszlos Seite, wachte über ihn, wischte ihm die Stirn, wenn er schwitzte, und kuschelte sich an ihn, wenn er fror. Sie gab ihm seine Suppe mit einer Schnabeltasse, die normalerweise für die Babys reserviert war. Und schließlich, eines Tages, öffnete er die Augen, sah sie an und flüsterte: »Mindel? Was machst du denn hier?«

Doch bevor sie antworten konnte, flatterten seine Augenlider und schlossen sich wieder.

»Bitte, Laszlo«, flehte sie ihn an. »Wenn du wieder aufwachst, verspreche ich dir, dass ich alles tue, was du willst. Ich werde den ganzen Tag lang mit dir Juden und SS spielen und ich bin sogar der Jude.«

Seine Augen flatterten auf und er krächzte: »Mindel.«

»Mutter Brinkmann, er ist wach!«, schrie Mindel.

Mutter Brinkmann und ihr Mann eilten sofort an Laszlos Bett, aber ihren ernsten Gesichtern nach zu urteilen, schienen sie nicht sehr glücklich zu sein, als sie ihn ansahen.

Mindel verstand nicht, warum. Laszlo hatte endlich mit

ihr gesprochen, und sein blasses Gesicht hatte eine rötliche Färbung angenommen.

»Laszlo, weißt du, wo du bist?«, fragte Herr Brinkmann.

Der blickte sich um und starrte wortlos die beiden Erwachsenen an, bevor er wieder in den Schlaf glitt.

»Er war wach. Er hat mit mir gesprochen. Wirklich.«

»Da bin ich mir sicher.« Mutter Brinkmann streichelte Mindels Schulter. »Es muss ihn erschöpft haben. Aber es ist ein gutes Zeichen.«

Am nächsten Tag bekam Laszlo allerdings Fieber, und Mutter Brinkmann machte ihm Wadenwickel aus zwei mit Schnee getränkten Tüchern. Mindel zog es jedes Mal das Herz zusammen, wenn sie ihren Freund ansah, der so klein und schwach in seinem Bett lag.

Zum Abendessen scheuchte Mutter Brinkmann Mindel aus dem Bett, um ihre Suppe zu essen, und als sie zurückkam, saß Laszlo zum ersten Mal seit dem schrecklichen Vorfall wieder aufrecht. Er schien fieberfrei zu sein und brach bei ihrem Anblick in ein breites Grinsen aus.

»Du bist wach«, sagte sie und stürzte auf ihn zu, um ihn zu umarmen, aber er zuckte bei der Berührung zusammen. »Autsch.«

»Oh, das tut mir leid. Tut es noch weh?«

Er setzte ein tapferes Gesicht auf. »Nur ein bisschen.«

»Jetzt wird er wieder gesund, oder?« Sie drehte sich zu Mutter Brinkmann um, die Laszlo gerade ein paar Kekse aus ihrem Geheimversteck brachte.

»Wir können nur hoffen. Er ist noch nicht über den Berg.«

Mindel glaubte ihr kein einziges Wort. Laszlo ging es gut. Die Kinder versammelten sich zu ihrer Gute-Nacht-Geschichte mit Fluff und ihm wurde die Ehre zuteil, das Thema des Abends zu wählen.

»Fluff will im Schnee spielen.«

Mutter Brinkmann lächelte und begann die Geschichte zu erzählen, während Mindel sich dicht an Laszlo drückte und seine Hand hielt. Trotz des spannenden Abenteuers, das Fluff erlebte, schlief Laszlo nach der Hälfte der Geschichte ein. Als alle Kinder in ihren Betten lagen und es allmählich still wurde in der Baracke, fühlte Mindel eine Leichtigkeit wie schon lange nicht mehr. Alles würde sich zum Guten wenden.

In der Nacht wachte sie auf, weil ihr jemand einen Schlag ins Gesicht verpasst hatte. Sie blinzelte ein paar Mal, bis sie erkannte, dass es Laszlo war, der wie ein Wahnsinniger neben ihr herumstrampelte und unverständliche Worte krächzte. Wieder überkam sie nackte Angst, während sie versuchte, ihn zu beruhigen.

»Pst. Laszlo, sei still. Bist du verletzt? Oder ist dir kalt? Irgendetwas?« Mit jeder unbeantworteten Frage wuchs ihre Panik, bis sie es nicht mehr aushielt und aus dem Bett sprang, um Mutter Brinkmann zu wecken. Aber die war schon aufgestanden und beugte sich mit einem besorgten Gesichtsausdruck über Laszlo.

»Das Fieber ist zurück«, sagte sie, nachdem sie ihm die Hand auf die Stirn gelegt hatte.

»Kannst du seine Beine wieder mit den kalten Tüchern umwickeln?«, fragte Mindel.

Mutter Brinkmann schüttelte den Kopf. »Leider nicht. Nachts ist die Hütte abgeschlossen. Wir können nur hoffen, dass er bis zum Morgen durchhält.«

Trotz Mutter Brinkmanns Versuchen, sie vom Gegenteil zu überzeugen, weigerte sich Mindel, von Laszlos Seite zu weichen. »Er braucht mich jetzt. Ich werde mich um ihn kümmern.« Sie legte seinen Kopf auf ihren Schoß und streichelte sein Haar, wie Rachel es so oft mit ihr gemacht hatte. »Keine Angst. Du wirst wieder gesund. Paula und ich passen auf dich auf«, flüsterte sie und erinnerte sich dann daran, was er ihr in den ersten Tagen im Lager gesagt hatte.

Sie wiederholte seine eigenen Worte und streichelte seine Wange dabei. »Du musst nur noch ein bisschen länger am Leben bleiben. Es wird nicht mehr lange dauern, bis die Alliierten kommen und uns befreien.«

Die ganze Nacht hindurch atmete er stoßweise. Hin und wieder strampelte er herum und murmelte unverständliche Worte, aber jedes Mal, wenn sie seinen Kopf streichelte, entspannte er sich und schlief wieder ein.

Als am Morgen der Weckruf ertönte und die Baracke von außen aufgeschlossen wurde, wollte Mindel vor Erleichterung weinen. Jetzt konnte Mutter Brinkmann endlich Schnee sammeln, um Wadenwickel für ihn zu machen, und dann würde alles gut.

Aber in diesem Moment, genau zehn Tage nachdem er so schrecklich verprügelt worden war, wahrscheinlich zur gleichen Zeit, als der Transport auf den er unbedingt wollte, in der Schweiz ankam, hörte er auf zu atmen. Mindel sah ihn entgeistert an und schüttelte seine Schultern. »Hör auf zu spielen, Laszlo! Das ist nicht lustig! Ich befehle dir zu atmen! Weißt du nicht, dass du stirbst, wenn du nicht atmest? Wach jetzt auf, Laszlo. Du musst aufwachen!«

Durch Mindels Schreie alarmiert, eilte Mutter Brinkmann herbei, konnte aber nichts mehr für ihn tun. Mindel spürte eine Hand auf ihrer Schulter, die versuchte, sie sanft von ihrem besten Freund wegzuziehen. Verzweifelt schlang sie ihre Arme um Laszlos dünnen, zerschundenen Körper und flehte ihn an, wieder aufzuwachen. Er machte nur einen Scherz, neckte sie, wie er es immer tat. Er war nicht wirklich tot. Das konnte er nicht sein. Er war doch ihr bester Freund.

»Du kannst nicht tot sein! Das erlaube ich nicht!« Sie

stampfte mit dem Fuß auf und ballte die Hände zu Fäusten. »Du musst wieder gesund werden. Ich brauche dich doch!«

Aber Laszlo hatte die Welt hinter sich gelassen. Als sein Körper kalt wurde, wusste sie, dass er trotz seines Versprechens, sie niemals zu verlassen, genau das getan hatte und sie ihn nie wieder sehen würde. Dass sie ganz allein auf der Welt war. Nicht einmal Paula war ein Trost, denn die war nur eine dumme Puppe ... Tränen liefen Mindel über die Wangen und irgendwann fand sie sich in der warmen Umarmung von Mutter Brinkmann wieder, während Herr Brinkmann Laszlos leblosen Körper nach draußen trug.

Sie konnte nicht aufhören zu weinen, aß und trank zwei Tage lang nichts, so tief saß ihr Kummer. Sie vermisste ihn so sehr, vermisste seinen Arm um ihre Schultern, wenn sie schliefen, seinen verschmitzten Blick, wenn er sich neue Spiele ausdachte – ja, sie vermisste sogar die Art, wie er sie zu ärgern pflegte.

Da sie nicht wusste, ob Rachel noch am Leben war, vermisste Mindel den einzigen verbliebenen Menschen auf der Welt, der sie von ganzem Herzen geliebt hatte.

32

Das neue Jahr war gekommen und gegangen, ohne dass die Kinder es bemerkt hatten. Ein Tag im Lager war wie der andere: ein ständiger Kampf ums Überleben. Laszlos Tod war schon Wochen her, aber Mindel vermisste ihn immer noch schrecklich.

Eines Morgens sagte Mutter Brinkmann zu den Kindern: »Heute ist ein ganz besonderer Tag. Heute ist Tu biSchevat, auch Rosch ha-Schana La'illanot genannt, das Neujahrsfest der Bäume.«

»Hier gibt es keine Bäume«, murmelte einer der älteren Jungen, der anscheinend Angst vor einer Lektion über jüdische Feiertage hatte.

»Ich weiß«, antwortete Mutter Brinkmann gelassen. »Ein Grund mehr, diesen Tag zu feiern. Denn ohne Pflanzen können wir Menschen nicht existieren. Traditionell wird an Tu biSchevat der Tisch mit den besten Früchten gedeckt, die uns die Natur bietet.«

»Was ist eine Frucht?«, fragte Rita, ein zweieinhalbjähriges Mädchen, das im Lager geboren worden war.

»Früchte sind Lebensmittel, die an Bäumen oder anderen Pflanzen wachsen«, erklärte ein älteres Mädchen, aber Rita schüttelte nur den Kopf, denn sie hatte noch nie in ihrem Leben einen Baum oder eine andere Pflanze gesehen.

Mutter Brinkmann holte zwei verschrumpelte Äpfel hervor und zeigte sie den Kindern. »Zur Feier von Tu biSchevat bekommt jeder ein Stück Apfel, dann wisst ihr, was eine Frucht ist. Danach nehmen wir die Samen und pflanzen sie in der Nähe des Zauns ein.«

»Das wird nie funktionieren«, flüsterte Michael, einer der älteren Jungen.

»Und selbst wenn, werden die Leute den Sämling herausreißen und essen«, flüsterte Sandra zurück.

»Woher hat sie überhaupt die Äpfel? Ich habe noch keinen gesehen, seit ich hier angekommen bin«, fragte Katrin.

Mindel drehte den Kopf und schaute zu Katrin, bevor ihr Blick wieder auf die Äpfel in Mutter Brinkmanns Hand fiel. Sie waren gelb und schrumpelig mit braunen Flecken, nicht prall und rund wie die glänzenden, roten Äpfel, die sie daheim oft gegessen hatte.

Ihre Erinnerung an die Zeit vor dem Lager war so gut wie verblasst, dennoch hatte sie sich ein paar besondere Momente in ihrem Herzen bewahrt und rief sie immer dann herbei, wenn sie sich einsam und traurig fühlte. Damals als sie und ihre Brüder auf den Apfelbaum im Obstgarten geklettert waren, um die besten Äpfel zu pflücken. Natürlich waren ihre Brüder viel höher geklettert, als sie sich getraut hatte, und hatten sie damit aufgezogen, dass die Äpfel dort oben besser schmeckten als die, die sie erreichen konnte.

Als sie daran dachte, lief ihr das Wasser im Mund zusammen, und eine weitere fast vergessene Erinnerung nahm Farbe an. Nämlich der leckere Apfelkuchen, den Mutter zu ihrem

Geburtstag gebacken hatte. Die ganze Familie hatte sich um den Tisch herum versammelt und geduldig – oder im Falle ihrer Brüder nicht ganz so geduldig – darauf gewartet, dass Mindel die Kerzen ausblies und sich etwas wünschte. Sie wusste nicht mehr, was sie sich gewünscht hatte, aber sie erinnerte sich noch lebhaft daran, wie ihre Mutter die Hälfte des Kuchens in Stücke geschnitten und jedem eins gegeben hatte, während sie die andere Hälfte für den nächsten Tag aufbewahrte.

Es kam ihr vor, als sei es gestern gewesen, dass sie die süß-saure Köstlichkeit genossen hatte, und sie schloss unwillkürlich die Augen, um den Duft von frisch gebackenem Kuchen heraufzubeschwören, der durch die Küche wehte. Ihr Geburtstag war im Herbst gewesen, kurz nach der Erntezeit, während der die ganze Familie, sie eingeschlossen, vom Morgengrauen bis zur Abenddämmerung auf den Feldern geschuftet hatte.

»Welche Jahreszeit haben wir?«, fragte sie laut.

»Winter«, antwortete Mutter Brinkmann.

»Kommt der Herbst vor oder nach dem Winter?«

»Er kommt davor. Das Jahr beginnt mit Frühling, Sommer, Herbst und dann Winter.«

Mindel legte den Kopf schief und dachte angestrengt nach. »Wann bin ich hier angekommen?«

»Du und Laszlo seid vor ein paar Monaten zu uns gekommen, aber deine Ankunft im Lager war wahrscheinlich im April, also im Frühling.«

Die Erwähnung von Laszlo versetzte Mindel einen Stich ins Herz, aber sie ignorierte den Schmerz und zählte mit ihren Fingern die Jahreszeiten. Sie war ziemlich sicher, dass sie vier Jahre alt geworden war, als Mutter den Kuchen gebacken hatte, denn das war die letzte Geburtstagsfeier, an die sie sich erinnern konnte. Wenn also vier Jahreszeiten vergangen waren und es bereits wieder Winter war, musste sie inzwischen ein Jahr älter sein.

Als sie sich der Tragweite ihrer Entdeckung bewusst wurde, straffte sie die Schultern und sagte, so laut sie konnte, und hielt dazu alle fünf Finger einer Hand hoch: »Dann bin ich jetzt fünf.«

Mutter Brinkmann lächelte und fragte: »Weißt du noch, wann dein Geburtstag ist?«

Ein Schatten des Zweifels überkam Mindel. »Nicht genau, aber es war im Herbst, da bin ich mir ganz sicher. Meine Mutter hat mir einen Apfelkuchen mit frischen Äpfeln vom Baum gebacken, als ich vier wurde.«

»Na dann, wie wäre es, wenn wir Tu biSchevat zu deinem neuen Geburtstag machen?«

»Oh ja.« Mindel war zu Tränen gerührt, endlich wieder einen Geburtstag zu haben und – was noch wichtiger war – nun zu den Fünfjährigen zu gehören.

»Das ist doch ein Grund zum Feiern.« Normalerweise sparte Mutter Brinkmann einen Teil der Rationen für solche Anlässe auf und backte eine Art Kuchen aus mit Marmelade oder Margarine zusammengeklebten Brotkrümeln. Heute war sie jedoch unvorbereitet.

Die Kinder sangen »Zum Geburtstag viel Glück«, und als sie fertig waren, erklärte Mutter Brinkmann, dass Mindel zu diesem besonderen Anlass zwei Apfelstücke bekommen würde, statt nur eines wie alle anderen. Mindel strahlte von einem Ohr zum anderen, als sie die Leckerei genoss.

Am nächsten Tag gab es noch mehr Überraschungen. Mutter Brinkmann wurde in die Lagerverwaltung gerufen, weil vom Roten Kreuz Pakete für die Häftlinge angekommen waren und diese auf die Baracken verteilt wurden.

Sie kam mit einem freudestrahlenden Gesicht zurück und

hielt einen großen Karton hoch. »Das haben wir vom Roten Kreuz erhalten.«

»Was ist das Rote Kreuz?«, fragte Mindel.

»Eine Organisation, die den Armen und Verletzten hilft«, erklärte Sandra.

Mindel legte den Kopf schief. Niemand in ihrer Hütte war verletzt und sie war sich nicht sicher, ob sie arm waren. »Warum kommen sie nicht her und holen uns von hier weg? Wäre das nicht besser?«

Sandra stieß einen übertriebenen Seufzer aus. »Stell keine so dummen Fragen. Die SS erlaubt das nicht.«

Mindel wusste, dass zu viele Fragen nicht erwünscht waren, aber sie musste noch eine Sache klären. »Warum halten die uns überhaupt hier drin fest?«

»Das ist eine noch dümmere Frage«, sagte Sandra und ging weg, und einige der anderen Kinder streckten Mindel die Zunge heraus. Doch bevor sie etwas erwidern konnte, rief Mutter Brinkmann die Kinder zur Ordnung.

Alle stellten sich im Kreis um sie herum auf. Es war ganz still in der Hütte. Dann öffnete sie die große Schachtel und das Rascheln von Pappe erfüllte den Raum. Gebannt harrte Mindel der Dinge, denn sie hatte verstanden, dass das Paket mit Geschenken gefüllt war.

Mutter Brinkmann nahm ein Stück nach dem anderen heraus und legte es neben sich auf das Bett. Socken, Handschuhe, Mützen, zwei Hemden, ein Kleid, eine Hose und mehrere Pakete, die wie Lebensmittel aussahen, kamen dort zu liegen.

Die Augen der Kinder weiteten sich mit jeder weiteren Kostbarkeit, die zum Vorschein kam. Mindel hatte noch nie in ihrem Leben eine solche Fülle von Schätzen gesehen, zumindest konnte sie sich nicht daran erinnern. Und nach den strahlenden Gesichtern ihrer Freunde zu urteilen, ging es ihnen genauso. Es war wirklich wie ein Geburtstag, nur dass heute alle Kinder beschenkt wurden.

Ihre Augen klebten an den Dingen auf dem Bett, aber trotzdem beobachtete sie, wie Mutter Brinkmann ihrem Mann die Lebensmittel reichte, um sie in das Geheimversteck zu legen. Dann nahm sie alle Kinder genau unter die Lupe.

Mindel konnte inzwischen sehr gut rechnen und zählte schnell die anwesenden Kinder, deren Zahl von Tag zu Tag schwankte. Einige starben, neue Kinder kamen in die Waisenbaracke, um mit ihnen zu leben. So war es nun einmal.

Sie zählte insgesamt fünfundvierzig. Also würde es nicht für jeden ein Geschenk geben. Mindel wartete mit angehaltenem Atem darauf, zu erfahren, ob sie zu den Glücklichen gehörte.

»Sandra, komm her«, sagte Mutter Brinkmann. Alle Kinder hielten gespannt die Luft an und warteten darauf, was Sandra bekommen würde. Sie war eines der älteren Mädchen und die Größte. Mutter Brinkmann nahm das hübsche Kleid in die Hand und hielt es Sandra entgegen, die sich in Windeseile ihres alten Kleides entledigte und sich das neue aus dunkelblauer Wolle, die selbst von weitem weich und warm aussah, über den Kopf zog. Es passte perfekt.

Mindel wünschte sich so sehr, sie hätte dieses Kleid bekommen, obwohl sie zugeben musste, dass es ihr viel zu groß war. Sandra wirbelte herum, und alle Kinder klatschten in die Hände.

Mutter Brinkmann hielt Sandras altes Kleid hoch und maß mit prüfendem Blick die Größe, bevor sie ihren Blick noch einmal über die Kinder schweifen ließ. »Franzi, das müsste dir passen.«

Franzi war acht und genau wie Mutter Brinkmann es gesagt hatte, hatte Sandras Kleid die perfekte Größe für sie. Franzis Gesicht zeigte allerdings deutlich, dass sie viel lieber das nagelneue, weiche Wollkleid aus der Rot-Kreuz-Kiste bekommen hätte.

Mindel dachte, dass sie eigentlich ein bisschen dankbarer sein sollte, denn Franzis eigene Kleidung war für ihre schlaksigen Beine viel zu klein geworden. Sie war so in Gedanken vertieft, dass sie nicht hörte, wie Mutter Brinkmann ihren Namen rief und erst aufblickte, als ihre Nachbarin sie mit dem Ellbogen in die Rippen stieß. »Du wurdest aufgerufen.«

Als sie zum Bett mit den Geschenken ging, versuchte sie, sich keine allzu großen Hoffnungen zu machen, obwohl sie ein Paar dunkelgrüne Wollsocken ins Auge gefasst hatte, die ihre ständig frierenden Füße wohlig warm halten würden. Doch statt der begehrten Socken reichte Mutter Brinkmann ihr Franzis Kleid.

Es war nicht das, was sie sich gewünscht hatte, aber sie lächelte trotzdem. Franzis Kleid passte ihr wie angegossen: Die Ärmel bedeckten ihre Handgelenke und die Taille zwickte nicht bei jeder Bewegung. Es hatte vorne Knöpfe und der Rock war lang genug, um ihre Beine bis zur Mitte der Wade zu bedecken.

Mindels eigenes Kleid wurde an das nächstkleinere Mädchen weitergereicht, und dasselbe geschah mit den Hemden und Hosen in der Kiste. Die alten Socken der Kinder, die neue bekamen, waren leider viel zu löchrig, um weitergereicht zu werden, also beauftragte Mutter Brinkmann die Jungen, sie aufzutrennen, und die älteren Mädchen, daraus neue Socken oder Handschuhe zu stricken.

Kein einziger Faden wurde verschwendet, was sehr schade war, denn Mindel hatte gehofft, dass sie einen Teil des Materials behalten könnte, um etwas Neues für Paula zu stricken, die völlig nackt war, seit ihr Kleid vor ein paar Wochen buchstäblich von ihr abgefallen war. Aber natürlich war Paula die Letzte in der Rangordnung und es blieb nichts für sie übrig.

Wenigstens war es ihr unter Mindels Kleid warm und sie litt nicht unter kalten Füßen oder Händen.

»Mach dir keine Sorgen«, tröstete Mindel ihre Puppe. »Sobald wir hier raus sind, kaufe ich dir so viele schöne Kleider, wie du willst. In allen Farben des Regenbogens.«

Paula lächelte sie an und Mindel brachte sie zum Nicken.

Am Nachmittag ging Mindel den langen Weg auf die andere Seite des Lagers, um Heidi und Laura ihr neues Kleid vorzuführen.

»Hallo, Heidi«, grüßte Mindel, drehte sich einmal um sich selbst, blieb dann vor ihr stehen und machte einen Knicks. »Wie gefällt dir mein neues Kleid?«

»Es ist wunderschön, Mindel. Du siehst aus wie eine Prinzessin«, machte Heidi ihr ein Kompliment. Das Kleid war weder neu noch schön, nicht einmal für Lagerverhältnisse, aber es passte und alle Löcher waren geflickt worden.

»Hast du von deiner Freundin Anne gehört?«

Heidis Gesicht verzog sich. »Sie ist schrecklich krank. Als wir uns das letzte Mal am Zaun getroffen haben, konnte sie kaum so laut sprechen, dass ich sie hören konnte, und sie hustete die ganze Zeit.«

»Oh.« Mindel runzelte die Stirn. »Heißt das, dass sie bald sterben wird?«

»Ich hoffe nicht. Sie haben kürzlich Pakete vom Roten Kreuz verteilt, und ich habe mir eine leere Schachtel organisiert und bitte alle, etwas zu spenden, um es für sie über den Zaun zu werfen.«

»Das kannst du tun?«

»Ja, der Zaun ist nicht sehr hoch und die Kiste nicht schwer, obwohl fast jeder eine Kleinigkeit beigesteuert hat.«

Begeistert von der Idee wollte Mindel unbedingt ihren Teil beitragen. Aber sie hatte nichts zu geben. Keine Kleider oder Schmuckstücke … Nichts außer … Paula. Sie kämpfte einen heftigen Kampf mit sich selbst und griff dann unter ihr Kleid, um ihre Puppe hervorzuholen.

»Hier.« Tapfer hielt sie Paula hoch, obwohl es ihr das Herz brach.

Aber Heidi schüttelte den Kopf. »Nein, du kannst Paula nicht weggeben, sie ist doch deine beste Freundin.«

»Aber ich habe doch sonst nichts.«

»Mach dir keine Sorgen. Anne wird mit dem, was schon in der Schachtel ist, überglücklich sein. Und ich glaube, sie ist sowieso zu alt für eine Puppe.«

Insgeheim war Mindel erleichtert und steckte Paula wieder unter ihr Kleid. Es wäre so schwer gewesen, sie wegzugeben, besonders seit Laszlo tot war. Sie dachte oft an ihn, und Paula in der Nähe zu haben, half immer, die Angst und Traurigkeit zu vertreiben.

Plötzlich hatte Mindel eine Idee. Sie stürmte aus der Hütte und rief: »Ich bin gleich wieder da. Wartet auf mich!«

Sie eilte zum Hintereingang der Küche und hoffte, dass die nette Russin heute Dienst hatte. Sie vergewisserte sich, dass keine Aufseher in der Nähe waren, bevor sie hineinschlich und nach der Frau Ausschau hielt. Sobald sie sie sah, ging sie auf sie zu und sagte: »Bitte, könnte ich nur ein kleines Stück Brot haben? Bitte?«

Die Frau blickte sie finster an. »Was machst du denn hier? Wir werden beide Ärger bekommen, wenn die Aufseher dich sehen.«

»Ich habe gut aufgepasst, dass mich niemand sieht. Es ist nicht für mich, sondern für eine sehr kranke Freundin. Bitte.«

Die Frau seufzte, drehte sich um und schnitt eine dünne Scheibe von einem Brotlaib ab. »Hier, nimm das und verschwinde. Sag niemandem, woher du das hast.«

Mindel nickte ernst und eilte hinaus, erinnerte sich im letzten Moment an ihre Manieren und drehte sich um, als sie schon halb durch die Tür war. »Danke!« Sie suchte die Umgebung ab, so wie Laszlo es ihr beigebracht hatte, und rannte dann schleunigst zu Heidis Baracke.

Völlig außer Atem musste sie unterwegs ein paar Mal anhalten, um wieder zu Kräften zu kommen. Der Geruch des Brotes stieg ihr in die Nase und machte ihr den nagenden Hunger in ihren Eingeweiden bewusst. *Nur ein kleines Stückchen, niemand wird es merken.* Aber sie schüttelte den Kopf, schloss ihre Hand fester um das Brot und ging weiter. Dieses Brot war für Heidis Freundin.

Sie hielt die Brotkruste hoch und zeigte sie stolz Heidi. »Hier, für Anne.«

»Woher hast du das? Bitte sag mir, dass du es nicht gestohlen hast.«

»Nein. Die Russin hat es mir gegeben … Aber das darf ich niemandem verraten.«

Heidi umarmte sie. »Ich danke dir so sehr. So ein wunderbarer Beitrag für die Kiste.«

»Darf ich mitkommen, wenn du sie über den Zaun wirfst?«

»Lieber nicht. Die Wachen passen inzwischen besser auf und ich werde erst wenige Minuten vor der Sperrstunde hingehen. Dann musst du schon lange in deiner Baracke sein.«

Mindel schmollte, aber nachdem Heidi versprochen hatte, ihr jedes Detail haarklein zu erzählen, marschierte sie los. Als sie in der Waisenbaracke ankam, waren ihre Knie so wackelig, dass sie sich kaum auf den Beinen halten konnte.

Mutter Brinkmann schüttelte den Kopf. »Ach Mindel, Kind, du solltest nicht so weit laufen, nicht mit dem wenigen Essen, das wir haben.«

Mindel fragte sich, was genau die Menge an Essen mit dem

Laufen zu tun hatte, aber sie war zu müde, um danach zu fragen.

Eine Woche später erschien Heidi mit einer traurigen Miene in der Waisenbaracke.

»Was ist denn los?«, fragte Mindel.

»Nichts.«

»Hat Anne sich über deinen Karton gefreut?«

Heidi zuckte mit den Schultern, und Mindel hatte den Verdacht, dass es etwas gab, was sie nicht wissen sollte. Sie hasste es, dass die Erwachsenen und sogar die älteren Kinder immer behaupteten, sie sei zu jung für dieses oder jenes. Sie war schon fünf, verdammt noch mal! Fünf! Sie war nicht mehr klein.

»Ich will es wissen«, beharrte Mindel.

Heidi stieß einen tiefen Seufzer aus. »Eine andere Frau hat ihn gestohlen.«

»Was? Wie kann sie es wagen? Was ist passiert? Wieso?« Eine Million Fragen stürzten aus Mindel heraus.

»Sie muss uns belauscht haben, als wir über die Schachtel sprachen, und hat im Schatten gewartet, bis ich sie geworfen habe. Dann hat sie Anne weggeschubst, die Schachtel aufgehoben und ist weggelaufen, noch bevor Anne wusste, was passiert ist.«

»Wie gemein! Wusste sie denn nicht, dass die Schachtel für Anne war und nicht für sie?«

»Doch, sie wusste es, aber das war ihr egal. Seitdem war ich jeden Abend am Zaun, aber Anne habe ich nie wieder getroffen. Ich fürchte, ihr ist etwas zugestoßen.«

Mindel war so traurig für ihre Freundin, dass sie ihre kleine Hand auf Heidis Arm legte und mit der gleichen beruhigenden Stimme, mit der Mutter Brinkmann ein Kind tröstete, sagte: »Mach dir keine Sorgen. Sie ist wahrscheinlich schon tot, aber du solltest nicht traurig sein, denn so etwas passiert nun Mal.«

»Wie kannst du es wagen, so etwas zu sagen!« Heidi riss ihren Arm weg und stürmte davon, ein sehr verwirrtes, kleines Mädchen zurücklassend.

Mindel hatte doch nur helfen wollen. Jeder wusste, dass der Tod zum Lageralltag gehörte. Deshalb hatte sie nicht die geringste Ahnung, warum Heidi so seltsam reagiert hatte. Es war ja nicht so, als ob Heidi und Anne beste Freundinnen gewesen wären, so wie sie und Laszlo. Als sie an ihn dachte, zog sich ihr Herz zusammen und die Trauer überkam sie erneut.

Das einzige Anzeichen dafür, dass die Zeit verging, war das Wetter. Mit dem Einzug des Frühlings hatte die strenge Kälte nachgelassen, aber jetzt mussten Rachel und die anderen Frauen mit Feuchtigkeit, strömendem Regen und schlammigen Straßen kämpfen. Sich unter diesen Bedingungen sauber zu halten, war nahezu unmöglich, und Rachel hatte schon lange aufgegeben, so zu tun, als sei sie ein normaler Mensch.

Eines Tages wurden sie wie üblich vor Tagesanbruch geweckt. Nach einem spärlichen Frühstück versammelten sich die Gefangenen in Kolonnen, um zur Salzmine zu marschieren. Doch anstatt nach Süden zu gehen, wurden sie nach Norden getrieben. Rachel stöhnte auf. Wie immer gaben die Aufseher keine Erklärung oder auch nur den geringsten Hinweis darauf, was passieren würde, und die Spekulationen unter den Gefangenen überschlugen sich.

Einige flüsterten über Todesmärsche und waren sich sicher, dass sie auf einen davon geschickt werden, denn die SS wollte unbedingt verhindern, dass die Häftlinge von den Alliierten befreit wurden. Keine Spuren zu hinterlassen, war das Gebot der Stunde, zumindest wenn man den Kapos Glauben schenken durfte, die oft bei den Gesprächen der Aufseher zuhörten. Menschen aus Fleisch und Blut wie Rachel waren lediglich Beweismaterial für die Verbrechen der Nazis, das verschwinden musste, bevor die Alliierten einmarschierten.

Rachel fürchtete, dass sie einen tagelangen oder gar wochenlangen Fußmarsch nicht überleben würde, und weinte deshalb beinahe vor Erleichterung, als die Gruppe am Bahnhof ankam. Nicht einmal der Anblick der Viehwaggons, die dort warteten, konnten sie noch mehr deprimieren. Solange sie nicht zu Fuß gehen musste, war alles halb so schlimm.

Irgendwie kletterte sie in den Waggon und kauerte mit den vielen erschöpften, hungrigen und schmutzigen Frauen zusammen. Der Gestank von ungewaschenen Körpern, menschlichen Exkrementen, Krankheit und Tod umgab sie, und sie befürchtete, dass sie den Geruch nie wieder loswerden würde.

Sie musste vor lauter Erschöpfung eingeschlafen sein, denn plötzlich hielt der Zug an, die Türen wurden geöffnet, und die SS scheuchte die Gefangenen mit ihrem unaufhörlichen »Schnell! Schnell! Dalli! Dalli!« aus den Waggons.

Doch »schnell« gehörte schon lange nicht mehr zu Rachels Wortschatz. Alles, was sie tat, war langsam, denn nur so konnte ihr ausgemergelter Körper überhaupt noch fortbestehen. Als sie die Öffnung des Waggons erreichte, rührte sich die Frau vor ihr, trotz der großzügigen Peitschenhiebe der Aufseher, nicht. Um nicht selbst Opfer ihres Zorns zu werden, schob Rachel verzweifelt den überraschend leichten Körper zur Seite. Die Tote fiel mit einem dumpfen Aufprall auf die Rampe und blickte mit leblosen Augen zu ihr auf.

Es blieb keine Zeit, zu trauern oder auch nur zur Kenntnis

zu nehmen, dass ein Mensch gestorben war. In ihrer Eile auszusteigen, trampelte Rachel über die Tote, die nichts weiter war als eine weitere Nummer, ein Haken auf einer Liste von Leichen, die verscharrt werden mussten. Ein Mensch weniger, der für die arische Herrenrasse Sklavenarbeit leisten musste.

Der Bahnsteig kam ihr seltsam bekannt vor, aber ihr träger Verstand brauchte eine ganze Minute, um zu erkennen, dass es sich um die Rampe von Bergen-Belsen handelte. Ein Hoffnungsschimmer, dass Mindel noch irgendwo im Lager sein könnte, erwärmte ihr Herz, doch diese Wärme verschwand im nächsten Moment, als sie an den einstündigen Marsch dachte, den sie vor ihrer Ankunft dort durchstehen musste. Erst dann bekäme sie die Chance, überhaupt nach Mindel zu suchen.

Der Aufseher vor ihr schwang seine Peitsche über dem Kopf und prahlte dabei vor seinen Kameraden, wie geschickt er damit Figuren in die Luft malen konnte. Er stolperte und stürzte beinahe, fing sich aber im letzten Moment wieder.

Rachel wich zurück und wollte gerade weitergehen, als sie etwas im Schlamm glitzern sah, dort wo er noch vor Sekunden gestanden hatte. Sie ließ sich auf die Knie fallen und riskierte, ausgepeitscht zu werden, während ihre Hand nach dem glitzernden Ding griff, das er verloren hatte. Im Bruchteil einer Sekunde erkannte sie, dass es sich um einen goldenen Ring handelte, den er zweifellos einer Gefangenen gestohlen hatte, denn der Ring war viel zu klein für seine pummeligen Finger.

Sie schob die Schuldgefühle beiseite und beruhigte ihr Gewissen damit, dass die rechtmäßige Besitzerin sicherlich tot war und dieser Goldring den Unterschied zwischen Leben und Tod für sie selbst bedeuten konnte. Nein, die Zeit für Skrupel war längst vorbei. Sie steuerten auf das Ende des Krieges zu und hoffentlich auf ihre Befreiung durch diejenige alliierte Armee, die sie als Erste erreichen würde. Rachel dachte deshalb in erster Linie daran, nur noch einen weiteren Tag durchzuhalten.

Sie schob den Ring eilig in ihren Schuh und stand wieder auf, bevor einer der Aufseher seinen Knüppel auf sie niederprasseln ließ. In der nächsten Minute hielt sie gespannt den Atem an und hoffte, dass niemand ihre Tat bemerkt hatte. Der Ring in ihrem Schuh drückte und scheuerte. Mit jedem Schritt, den sie in Richtung Lager machte, schien er größer und spitzer zu werden.

Der Marsch war eine endlose Tortur für die ausgemergelten Frauen. Viele blieben zurück, und jedes Mal, wenn eine unglückliche Seele den Anschluss an die Gruppe verlor, ertönte unweigerlich ein Schuss. Die ersten paar Male fuhr Rachel noch zusammen, aber als die Schüsse häufiger wurden, zuckte sie nicht mal mehr mit der Wimper, denn jede Bewegung raubte ihrem Körper wertvolle Energie. Es war, wie es war, sie konnte nichts dagegen tun.

In dem Moment, als sie durch das Tor mit der höhnischen Inschrift »Arbeit macht frei« marschierte, keuchte sie entsetzt auf. Das Lager war noch schrecklicher, als sie es in Erinnerung hatte. Der furchtbare Gestank von Krankheit stieg ihr in die Nase. Bergen-Belsen platzte aus allen Nähten. Wohin sie auch blickte, überall standen, saßen, lagen oder hockten Frauen. Seit ihrer Abreise vor ein paar Monaten musste sich die Zahl der Insassen mindestens verdreifacht haben.

Der Tod war allgegenwärtig, und für einen kurzen Moment war Rachel versucht, darum zu bitten, in die Salzminen zurückgeschickt zu werden.

Im Gegensatz zu ihren früheren Ankünften in Bergen-Belsen wurde sie dieses Mal nicht registriert. Die Neuankömmlinge wurden lediglich ins Lager getrieben und dort sich selbst überlassen. In dem herrschenden Chaos machten sich die Aufseher ganz offensichtlich nicht die Mühe, wenigstens den Anschein von Ordnung aufrechtzuerhalten.

Deshalb ergriff Rachel die Initiative und machte sich auf den Weg zu der Baracke, in der sie zuletzt gelebt hatte, in der Hoffnung, Anne oder Margot zu finden.

Die Hütte war entsetzlich überfüllt, auf jedem Bett lagen fünf bis sechs Frauen, und obwohl sie bereits vorher dem schrecklichsten Gestank ausgesetzt gewesen war, den menschliches Elend hervorbringen konnte, musste sie würgen, als sie sich tiefer in die Dunkelheit der Baracke wagte.

Keine der Schwestern war da und keine der Frauen, die sie fragte, wusste etwas über deren Verbleib. Zurück am Ausgang warf sie einen letzten Blick in die Baracke und beschloss, lieber im Freien zu schlafen, als zu versuchen, einen Platz in dieser Hölle auf Erden zu finden.

Draußen hatten sich Dutzende von Frauen einen geschützten Platz unter dem kleinen Vordach der Hütte gesichert. Sie lehnten an der Wand und saugten die wärmenden Sonnenstrahlen des Frühlings auf, wobei sie allesamt mehr tot als lebendig aussahen.

Rachel erkannte eine ehemalige Mitbewohnerin und ging auf sie zu. »He, bist du nicht Wanda?«

»Hm.« Wanda nickte kaum merklich. Sie war Anfang dreißig und sah aus wie eine Achtzigjährige.

»Ich bin auf der Suche nach Anne und Margot.«

»Beide sind krank geworden.«

»Wo sind sie jetzt?«

»Keine Ahnung. Haben Fleckfieber bekommen und sind eines Tages verschwunden. Vermutlich sind sie gestorben und ihre Leichen wurden vor die Tür gelegt, um abtransportiert zu werden.«

Rachel ließ sich auf den leeren Platz neben der Frau fallen.

Die zerstörte Hoffnung raubte ihr alle Kraft, denn die beiden Schwestern waren ihre einzige Verbindung zu Mindel gewesen.

Wanda rückte zur Seite, damit Rachel sich an die Wand lehnen konnte, und murmelte: »Es ist bald vorbei. An deiner Stelle würde ich keinen Fuß in die Hütten setzen. Dort gibt es nichts als Fleckfieber und Ruhr.«

Rachel nickte. Hier draußen zu sitzen, war genauso gut wie anderswo und da die SS – mit Ausnahme der Männer, die auf den Wachtürmen standen – das Lager offenbar verlassen hatte, beschloss sie, sitzen zu bleiben, bis sie entweder starb oder die Alliierten kamen, um sie zu befreien. Was auch immer zuerst geschah – es war ihr schon lange nicht mehr wichtig.

Am nächsten Morgen wachte Rachel mit einem Schreck auf, als ein Sonnenstrahl über ihr Gesicht tanzte. Ihr Körper war steif gefroren, aber aus Gewohnheit versuchte sie sich aufzurappeln. Dem Sonnenstand nach zu urteilen, musste es bereits später Vormittag sein. Wie hatte sie nur den Appell verschlafen können?

Angst raubte ihr den Atem, denn eine solche Regelübertretung wurde hart bestraft. Niemand wagte es, nicht zum Appell zu erscheinen, mit Ausnahme derer, die sich bereits in den Fängen des Todes befanden.

Als sie sich hektisch umsah, konnte sie weder Aufseher noch irgendeinen Anschein von Ordnung entdecken. Nur Frauen, die saßen, kauerten oder lagen. Selbst draußen war der Gestank erdrückend, denn die Insassen urinierten und defäkierten, wo sie sich gerade befanden, weil sie zu schwach oder zu weit hinüber waren, um aufzustehen.

Rachel spielte mit dem Gedanken, das Gleiche zu tun, aber irgendwie fand sie die Kraft, ihre Füße in Bewegung zu setzen und zu den Latrinen zu gehen, wo sie es schließlich wagte, den Ring aus ihrem Schuh zu ziehen, um ihn zu begutachten. Es war ein feiner Goldring mit einem winzigen Diamanten, wahrscheinlich ein Verlobungsring, den der Aufseher einer unglücklichen Frau gestohlen hatte – und jetzt gehörte er ihr. Sie überlegte, wo sie ihn am besten verstecken könnte und entschied sich schließlich dafür, ihn an ihrem Zeh zu tragen. Unter ihren Socken und Schuhen war es das sicherste Versteck.

Auf dem Rückweg kam sie an der Küchenbaracke vorbei, in der eine einzelne Frau saß, die Stirn auf den Tresen gelegt.

»Hallo, wo ist die Schlange für das Frühstück?«, fragte Rachel.

Die Frau hob den Kopf und starrte sie mit leeren Augen an. »Keine Schlange. Kein Essen. Kein Nichts.« Dann sank ihr Kopf zurück auf den Tresen.

Rachel sah sich in dem Raum um. Normalerweise waren die Küchenbaracken blitzsauber, und kein einziges Teil war in Unordnung, denn die Küche war eines der begehrtesten Arbeitskommandos, das nur an bevorzugte Gefangene vergeben wurde. Niemand wollte riskieren, diese Arbeit zu verlieren und woanders hingeschickt zu werden. Deshalb taten sie ihr Bestes, um den Kapos und der SS durch tadellose Arbeitsmoral und Sauberkeit zu gefallen.

Aber diese Küche sah aus, als wäre sie geplündert worden. Nichts war an seinem Platz, jeder Bissen Essbares und jedes tragbare Utensil waren gestohlen worden. Rachel schüttelte den Kopf. Wenn man sich nicht einmal mehr darauf verlassen konnte, dass die SS im Lager für Ordnung sorgte, musste das Ende wirklich nahe sein.

Sie drehte sich um, gerade als zwei junge Soldaten, die einen Sack Weizen hinter sich herzogen, hereinkamen. Sie starrte die beiden an, als hätte sie eine Fata Morgana gesehen, doch nachdem sie mehrmals geblinzelt hatte, waren sie immer noch da und luden ihre Last ab. Sie starrten zurück, offenbar unsicher, was sie tun sollten, dann zuckten sie mit den Schultern und verließen eilig diesen grässlichen Ort.

Rachel öffnete den Sack, grub ihre Hände in den Weizen, schob ihn sich in den Mund und erstickte beinahe an der trockenen Masse. Sie schluckte und schluckte, ihr Mund trocken wie Wüstensand. Beinahe erstickte sie daran, sah sich hektisch um, fand den Wasserhahn und steckte den Kopf darunter. Als sie ihn öffnete, strömte ihr Wasser in den Mund, das sie fast ertränkte, bevor der Strahl in einem Rinnsal versiegte.

Mit nassem und verschmiertem Gesicht kehrte sie zu dem Weizensack zurück und stopfte so viel wie möglich in ihre Taschen, bevor sie sich mehr davon in den Mund schob. Nach zwei Tagen ohne jegliche Nahrung war es ein Festmahl. Die anderen Lagerbewohner mussten die Soldaten ebenfalls gesehen haben, denn schon näherte sich eine wütende Masse hungriger Menschen, die bereit waren für ihr Überleben zu kämpfen. Rachel schätzte die Lage mit einem einzigen Blick ein und verschwand durch die Hintertür, gerade als der Mob die Küche stürmte und ein furchtbares Gerangel um den rohen Weizen entbrannte.

Im Laufe der Tage trafen immer mehr Häftlinge aus anderen Lagern ein, die unter äußerst prekären Bedingungen innerhalb des Stacheldrahtzauns abgeladen wurden. Währenddessen hatte die Lagerorganisation im Grunde genommen aufgehört zu existieren. Es gab keine Ordnung, es wurde kein Essen verteilt, nichts.

Rachel vermisste sogar die schreckliche braune Flüssigkeit, die sie Kaffee genannt hatten, und die ebenso schreckliche schlammige Pampe, die sich Suppe schimpfte. Wenigstens hatten sie einen Anschein von normalem Leben vermittelt. Aber das hier, das war pure Anarchie.

In einer letzten, übermenschlichen Anstrengung lief sie zum Zaun zwischen dem Frauenlager und dem Sternlager, immer noch in der Hoffnung, einen Weg in den anderen Komplex zu finden, um dort nach Mindel zu suchen. Aber alle Aufseher, die das Frauenlager verlassen hatten, schienen an diesem Zaun versammelt zu sein. Sie saßen mit einem nervösen Gesichtsausdruck vor dem Wachhäuschen und achteten darauf, dass niemand von einem Komplex in den anderen gelangte.

Rachel wartete geduldig und beobachtete die Aufseher mehrere Stunden lang, bis sie einen auswählte, der nicht wie die anderen brüllte und drohte, wenn sich jemand dem Zaun näherte. Ihren nagenden Hunger und die Schmerzen ignorierend, hockte sie unbeweglich am Boden und wartete auf eine Gelegenheit, ihn anzusprechen. Die kam erst lange nach Einbruch der Dunkelheit, als sein Begleiter sagte: »Ich hol mir einen Happen zu Essen, soll ich dir was mitbringen?«

»Nein, ich mache meine Pause, sobald du zurück bist.«

Dann verschwand der andere Mann im Wachhäuschen.

Trotz des kalten Schweißes, der ihr über den Rücken lief, erhob sich Rachel und ging auf ihn zu. Es war womöglich ihre einzige Chance.

»Entschuldigen Sie, Herr Aufseher …«

»Was willst du?«, fragte er mit einer überraschten, aber nicht unbedingt verärgerten Miene.

»Meine kleine Schwester ist im Sternlager. Sie ist erst fünf Jahre alt. Bitte, gibt es eine Möglichkeit, dass ich dort nach ihr suchen kann?«

»Fünf? Warum durftet ihr nicht zusammenbleiben?«

»Ich weiß es nicht. Wir wurden getrennt, als wir ankamen«, sagte Rachel leise. »Bitte, können Sie mir helfen?«

Sein Gesicht verriet, dass er mit sich rang, aber nach

einigen Sekunden des Nachdenkens schüttelte er den Kopf. »Nein, kann ich nicht. Das ist verboten.«

»Es wäre nicht umsonst«, flüsterte sie.

Er warf ihr einen misstrauischen Blick zu, aber sie bemerkte ein gieriges Aufflackern in seinen Augen. »Was bietest du?«

»Einen goldenen Ring.«

»Pah … der ist bestimmt aus Messing.«

»Er ist aus echtem Gold mit einem kleinen Diamanten. Es war mein Verlobungsring, mein Verlobter hat drei Monatsgehälter dafür bezahlt.« Rachel zitterte innerlich, als sie sich die Lüge ausdachte. »Er gehört Ihnen, wenn Sie mich ins Sternlager lassen.« Sie betete, dass er anbeißen würde. Wenn sie ihn falsch eingeschätzt hatte, könnte er sie zwingen, ihm den Ring zu geben, und sie dann zum Zeichen seiner Dankbarkeit erschießen.

»Wo ist der Ring?«

»Nicht hier. Er ist sicher vergraben.«

Er sah sie an und schien zu überlegen. »Also gut. Komm um Mitternacht wieder. Aber nähere dich nur, wenn ich allein bin. Und jetzt verschwinde«, zischte er, als sein Kollege aus dem Wachhäuschen trat.

»Was wollte die Judensau?«

»Um Essen betteln«, sagte er und schwang seinen Knüppel nach Rachel, die sich schnellstens davonmachte.

Sie versteckte sich in der Nähe, bis sich völlige Dunkelheit über das Lager gelegt hatte. Dann nahm sie den Ring von ihrem Zeh, steckte ihn tief in ihre Tasche und wartete, bis es Mitternacht wurde.

34

Seit Tu biSchevat waren zwei Monate vergangen, und in der Waisenbaracke wütete das Fleckfieber. Mehrere Kinder waren in der vorangegangenen Nacht gestorben, weitere waren schwer erkrankt. Um die Ansteckungskette zu unterbrechen, änderte Mutter Brinkmann die Schlafordnung, sperrte einen Teil der Hütte ab und sagte den nicht infizierten Kindern, dass sie nicht mehr mit den anderen sprechen durften.

Mindel hatte einen leichten Husten und eine laufende Nase wie die meisten im Lager, aber abgesehen davon – und von den juckenden, beißenden Läusen – fühlte sie sich nicht schlechter als sonst. Trotzdem hasste sie die Tatsache, dass sie nicht mit ihren Freunden spielen durfte.

»Was ist ,ansteckend'?«, fragte sie.

»Das ist, wenn jemand krank ist und alle anderen es auch bekommen, wenn sie in seine Nähe kommen«, erklärte Sandra. Nach einem Blick auf Mindels verwirrtes Gesicht, fügte sie hinzu: »Zum Beispiel eine Erkältung. Wenn eine Person Schnupfen hat, haben es plötzlich alle. Das ist ansteckend.«

»Aber Fleckfieber ist viel schlimmer als eine Erkältung, und viele Patienten werden nicht wieder gesund«, fügte Mutter Brinkmann hinzu, bevor sie zurückging, um nach den kranken Kindern zu sehen.

Mindel dachte über die Erklärungen nach und versuchte, die Informationen zu verarbeiten, bevor sie fragte: »Ist Hunger auch eine ansteckende Krankheit?«

»Wie kommst du denn da drauf?«, sagte Sandra in einer Art und Weise, die deutlich zeigte, dass sie Mindel für dumm hielt.

Aber Mindel ließ sich nicht beirren. Sie hatte sich daran gewöhnt, dass man sie für dumm und lästig hielt, weil sie so viele Fragen stellte. Was die älteren Kinder nicht wussten, war, dass sie in Wirklichkeit die Dummen waren, denn ihre Erklärungen ergaben nie viel Sinn.

«Weil alle, die hier leben, hungrig sind.«

Einige Kinder kicherten. »Hunger und Fleckfieber sind doch nicht das Gleiche.«

»Warum nicht? Angst zu haben und andere zu hassen, ist doch auch ansteckend, oder?«

Das Lachen verstummte und Michael fragte: »Wie kommst du nur auf diese seltsamen Ideen?«

Mindel hielt einen Moment inne und runzelte die Stirn. »Es ist doch so, wenn einer von uns Angst hat, haben wir bald darauf alle Angst.«

»Angst und Hass sind ansteckend, Mindel. Ich wünschte, es wäre nicht so, aber leider ist es das.« Mutter Brinkmann war zurückgekehrt. »Hass ist eine Krankheit, schlimmer als Fleckfieber. Sie ist der Grund, warum so viele unseres Volkes getötet werden. Erst haben die Nazis uns gefürchtet, dann haben sie uns für alle Probleme in Deutschland verantwortlich gemacht und als sie anfingen, uns zu hassen, war das der Anfang von dem, was wir jetzt erleben.«

Mindel nickte, obwohl sie Mutter Brinkmanns Erklärung nicht wirklich verstand. Sie grübelte jedoch nicht lange, denn sie verstand die Erklärung für so viele Dinge nicht, hoffte aber, dass eines Tages alles Sinn ergeben würde.

Zum Beispiel die Krankenstation. In den letzten Wochen hatte sie immer wieder beobachtet, wie Menschen aus den Nachbarhütten in die Krankenstation gebracht wurden. Aber diejenigen, die dorthin gingen, kamen fast nie zurück. Sie wusste nur nicht, warum.

Da sie vermutete, dass die anderen Kinder sie nur wieder auslachen würden, wartete sie, bis Mutter Brinkmann damit beschäftigt war, zerrissene Kleidung zu flicken, bevor sie zu ihr trat und fragte: »Behältst du unsere kranken Kinder hier, damit sie nicht verschwinden?«

»Verschwinden? Was meinst du damit?«

»Nun, kranke Menschen gehen in die Krankenstation, aber niemand kommt von dort zurück. Ist das der Grund, warum du unsere Kinder hier behältst?«

»Ach, Mindel«, sagte Mutter Brinkmann und tätschelte Mindel den Kopf, ohne ihr eine Antwort zu geben. Eine weitere lästige Angewohnheit der Erwachsenen. Sie griffen immer zu solchen vagen Bemerkungen, wenn sie eine Frage nicht beantworten wollten.

Mindel hatte noch nicht herausgefunden, ob sie damit verbergen wollten, dass sie keine Ahnung hatten, oder ob sie dachten, sie sei zu jung, um die Wahrheit zu erfahren. Wahrscheinlich war es eine Mischung aus beidem. Wenn sie doch nur jemanden hätte, der ehrlich zu ihr war ... so wie Laszlo ... er hatte ihr immer die Wahrheit gesagt, so unangenehm sie auch war.

Die Erinnerung an Laszlo machte sie traurig. Sie holte Paula unter ihrem Kleid hervor und flüsterte ihr ins Ohr: »Mach dir keine Sorgen, du und ich, wir werden kein Fleckfieber bekommen. Ich passe auf dich auf, und alles wird gut. Du wirst schon sehen.«

Irgendwann später sagte Mutter Brinkmann: »Zeit, ins Bett zu gehen. Wenn alle unter ihren Decken liegen, erzähle ich euch noch eine Geschichte über Fluff.«

Sogar die Kinder, die nicht an Fleckfieber erkrankt waren, waren zu erschöpft, um zu protestieren, und kletterten in ihre Betten. Seit einiger Zeit machte Mindel kaum etwas anderes, als zu schlafen oder herumzuliegen und zu träumen. Selbst nachdem der strenge Winter vorbei und das Wetter wärmer geworden war, wagten sich die Kinder nur selten nach draußen und spielten nicht mehr Fangen oder Verstecken wie im letzten Sommer.

Sie kauerte in ihrem Bett, das sie inzwischen mit fünf anderen Mädchen teilte, und wartete gespannt auf Fluffs neuestes Abenteuer. Es war ein beruhigender, vorhersehbarer Teil ihrer Existenz, und sie presste Paula fest an sich, während sie zuhörte. Warum konnte der Rest des Tages nicht so schön und friedlich sein wie diese Minuten, in denen Fluff ihnen half, in eine bessere Welt zu entkommen?

35

»Hast du den Ring?«, fragte der Aufseher, als Rachel wie besprochen einige Minuten nach Mitternacht zu ihm kam.

»Ja, und er gehört Ihnen, sobald Sie mich ins Sternlager lassen.«

»Zuerst will ich ihn sehen.«

Dies war der entscheidende Moment. Rachel wurde starr vor Angst. Wenn sie ihn falsch eingeschätzt hatte, konnte er ihr den Ring einfach aus den Händen reißen und sie zurück ins Frauenlager schicken.

Aber jetzt war es zu spät, sie konnte nichts mehr ändern, also streckte sie ihre Hand aus und öffnete ihre Finger, um den glänzenden Ring auf ihrer Handfläche zu enthüllen. Der Diamant fing die Strahlen eines der Flutlichter ein, die den Elektrozaun um das Lager beleuchteten, und schimmerte in allen Farben des Regenbogens. Es war wirklich ein wunderschöner Ring.

Der Mann nahm ihn an sich und vergrub ihn tief in seiner Tasche, bevor er Rachel ein Zeichen gab, ihm zu folgen. Ihr Herz schlug ihr bis zum Hals, obwohl sie sich gelassen gab, ganz so als sei diese Art von Bestechung ihr Alltag. Sie blieb dicht bei ihm, aber nicht zu dicht, und wartete ungeduldig, bis er das Tor im Zaun aufschloss und ihr bedeutete, hindurchzugehen.

Trotz des mulmigen Gefühls in ihrer Magengrube hielt sie den Kopf hoch und schlüpfte durch das Tor, sobald es sich öffnete, voller Angst, der Aufseher könnte seine Meinung ändern, bevor sie auf der anderen Seite war.

Es fühlte sich an, als träte sie in eine völlig andere Welt. Das Frauenlager war zum Bersten gefüllt, wohingegen sie hier keinen einzigen Menschen sah und annahm, dass die Gefangenen in ihren Baracken schliefen. Die wenigen Menschen, die draußen herumlagen, erwiesen sich als tot. Nachts galt eine strikte Ausganssperre und sie beschloss, kein Risiko einzugehen, sondern suchte sie sich ein geschütztes Plätzchen, wo sie bis zum Morgen bleiben konnte. Dann würde sie sich auf die Suche nach Mindel machen.

Als sie erwachte, herrschte auf dem Gelände eine ungewöhnliche Betriebsamkeit. Selbst in den Tagen, als die SS noch ein strenges Regime geführt hatte, hatte nie eine solch starke nervöse Spannung in der Luft gelegen. Irgendetwas braute sich zusammen. Rachel verlor keine Zeit mit spekulieren. Was auch immer es war, sie konnte nichts tun, um sich darauf vorzubereiten, geschweige denn, um es zu verhindern. So viel hatte sie in den letzten anderthalb Jahren gelernt.

Deshalb konzentrierte sie sich auf ihre Mission, Mindel zu finden. Zu ihrer großen Überraschung war dieser Teil des Lagers noch organisiert, und bald darauf schleppten Küchenarbeiter riesige Suppentöpfe auf den Appellplatz. Ihr Magen knurrte laut beim Anblick des Essens und sie beschloss, Mindel noch ein wenig länger warten zu lassen und sich stattdessen mit ihrem Becher in der Hand an einem der Töpfe anzustellen.

Als sie an der Reihe war, schaute die Suppenfrau sie kurz misstrauisch an, zuckte dann aber mit den Schultern und schüttete ihr eine Kelle Suppe in den Becher. Rachel entfernte sich eilig, damit niemand auf die Idee kam, Fragen zu stellen oder ihr gar die trübe, stinkende Flüssigkeit wegnahm. Sie holte etwas Weizen aus ihrer Tasche und warf ihn in die Suppe, in der Hoffnung, dass sowohl die Suppe als auch der Weizen dadurch besser schmeckten. In jedem Fall war es Nahrung und zu diesem Zeitpunkt hätte sie so gut wie alles gegessen.

Sie würde vielleicht nicht so weit gehen wie einige andere Gefangene, die sie im Frauenlager beobachtete hatte, wie sie Fleischstücke von den frischen Leichen abschnitten. Aber sie würde sicherlich Baumrinde, Blätter oder Regenwürmer essen. Nicht einmal eine schleimige, braune Nacktschnecke wäre ihr zu eklig gewesen, um darauf zu verzichten.

Was hatten die Nazis aus ihnen gemacht? Sie hatten die Gefangenen nicht nur zu Bestien ähnlichen Untermenschen degradiert, sondern sogar in Kannibalen verwandelt. In Menschen, die keinerlei Skrupel mehr hatten. Wenn es ums nackte Überleben ging, zählte sonst nichts: Weder Anstand noch Stolz und schon gar nicht Menschenwürde. Manchmal fragte sie sich, ob es sich überhaupt lohnte, diese teuflische Hölle zu überleben, und ob sie jemals wieder ein normales Leben führen könnte.

Nachdem sie das Frühstück heruntergeschlungen hatte und das Nagen in ihren Eingeweiden etwas nachließ, begann sie, die Insassen nach der Waisenbaracke zu fragen, bis eine freundliche Frau auf das andere Ende des Geländes zeigte.

Das Gefühl der Beklemmung angesichts der weiten Entfernung steigerte sich zu völliger Panik, als nur wenige Minuten später Aufseher das Lager stürmten. Zur Abwechslung sahen sie wie verängstigte Mäuse aus, anstatt ihre übliche selbstgefällige Arroganz an den Tag zu legen, aber selbst dieser Unterschied gab ihr keine Genugtuung.

Ein Gefühl der Dringlichkeit erfasste Rachel und sie eilte weiter, fest entschlossen, die Waisenbaracke am anderen Ende zu erreichen. Sie schimpfte mit sich selbst, weil sie kostbare Zeit für eine Essenspause verschwendet hatte. Als sie nur noch drei Baracken vor sich hatte, holten zwei Aufseher sie ein und einer schrie: »He, du! Ab auf den Appellplatz. Aber dalli!«

Panik schoss durch ihre Adern und sie zögerte – eine Sekunde zu lange. Sein Knüppel traf sie an der Schulter. Der Schlag hallte durch ihren ganzen Körper. Es gab keinen Spielraum für Entscheidungen; sie musste gehorchen.

Also drehte sie sich um und schlurfte in die entgegengesetzte Richtung, wobei sie mit jedem gequälten Schritt mehr Abstand zwischen sich und die Waisenbaracke brachte. Ein furchterregender Gedanke schoss ihr durch den Kopf. Sie durfte gar nicht in diesem Teil des Lagers sein. Bei einem Appell würde sie entdeckt und auf der Stelle getötet werden.

Die Enttäuschung darüber, dass sie so kurz davor gewesen war, ihre Schwester zu finden, und wieder einmal im letzten Augenblick scheiterte, raubte ihr den Lebenswillen. Als sie auf dem Appellplatz ankam, traute sie ihren Augen kaum: Statt die Häftlinge in geordneten Reihen aufzustellen, trieben die Aufseher alle zu den Toren hinaus.

Im Gegensatz zu früheren Verlegungen gab es dieses Mal keine Listen, keine Nummern und keine Ordnung. Es war ein einziges Durcheinander, ein letzter Versuch der Nazis, ihre unmenschlichen Verbrechen zu vertuschen.

Ohne zu wissen, was vor sich ging, erfasste die Anspannung, die das ganze Lager im Griff hielt, auch Rachel, und schnürte ihr den Magen zusammen. Aus der unverminderten Nervosität der Aufseher schloss sie, dass die Alliierten nahe waren. Zu Rachels Pech waren sie jedoch noch nicht nahe genug. Zusammen mit Tausenden von Insassen des Sternlagers wurde sie – wieder einmal – zur Bahnhofsrampe getrieben.

Der Marsch war anstrengend und mehr als einmal blickte sie sehnsüchtig auf den Straßengraben. Sich hinzusetzen und nur eine Minute auszuruhen, schien das Schönste auf der Welt zu sein, aber jeder, der dieser Verlockung nachgab, wurde sofort erschossen. Sie wollte nicht erschossen werden. Nicht jetzt, wo sie die Freiheit bereits schmecken konnte. Nachdem sie so lange durchgehalten hatte, war sie entschlossen, sich noch einen Tag länger ans Leben zu klammern.

Als die zusammengewürfelte Gruppe endlich die Rampe erreichte, stand dort kein Zug. Rachel ließ sich auf den kiesigen Boden plumpsen. Scharfe Steine stachen in ihr Gesäß. Ihre Zunge klebte ausgetrocknet am Gaumen. Sie warf einen Blick in den Himmel und wünschte sich, dass Wolken aufziehen und der verhasste Regen auf sie niederprasseln würde. Aber alles, was sie sah, war ein klarer, blauer Himmel und eine grausam helle Aprilsonne, die auf die elende Menge herabstrahlte.

Die Wut auf die Sonne brach in ihr aus wie ein lavaspuckender Vulkan, und sie schüttelte die Faust gegen den Himmelskörper, der gänzlich unberührt von menschlichen Elend Tag für Tag auf die Erde herabschaute und die Natur mit nährenden, gelben Strahlen beschenkte, die Keimlinge zum Sprießen und Blumen zum Blühen brachten.

Überall um sie herum starrte sie in hagere, graue Gesichter auf ausgemergelten Körpern, von denen jedes einzelne Hoffnungslosigkeit sowie unendliche Verzweiflung ausstrahlte. Jede sah genauso aus wie die andere, ununterscheidbare Skelette, bedeckt von ausgedörrter Haut, bis auf ... *Mindel!*

Das Mädchen war genauso verdreckt und heruntergekommen wie alle anderen, aber es war unverkennbar ihre kleine Schwester. Sie saß nur wenige Meter entfernt auf dem Schoß eines älteren Mädchens. Rachel hätte geweint, aber ihre Tränen waren schon vor vielen Monaten versiegt.

»Mindel!«, brüllte sie, noch während sie sich aufrichtete und sich durch die Menge drängelte.

36

Mindel verbrannte von innen heraus. Seit die SS am Morgen in ihre Baracke eingedrungen war und alle nach draußen getrieben hatte, fühlte sie sich schrecklich. Außerdem waren ihre Beine zu kurz, um mit dem Tempo der Gruppe mitzuhalten. Wäre Sandra nicht gewesen, die sie hinter sich hergezogen hatte, hätte Mindel aufgegeben und sich in den Straßengraben gesetzt.

Sie wusste sehr wohl, was mit denen passierte, die sich ausruhen wollten, aber sie war zu schwach, um sich davor zu fürchten. Kaum hatten sie die Rampe erreicht, ließ sie sich auf Sandras Schoß fallen und schlief sofort ein. Nach dem furchtbar langen Marsch, bei dem Dreck und Kieselsteine in ihre Schuhe gelangt waren, war sie so müde, dass sie die Augen einfach nicht mehr offenhalten konnte. Ihre Füße waren eiskalt, aber der Rest ihres Körpers war heiß.

»Ich bin müde«, wimmerte Mindel.

»Ich weiß.«

»Und durstig.«

»Sie geben uns bestimmt bald etwas zu trinken.«

Mindel zuckte nicht einmal mit der Wimper angesichts der Lüge. Wann hatte sich die SS jemals um die Bedürfnisse der Häftlinge gekümmert? »Wie lange müssen wir hier warten?«

»Bestimmt nicht mehr lange.«

Ihr Kopf fiel nach vorne, und kurz bevor sie wieder einschlief, wunderte sie sich, warum alle den Tod für eine so schlechte Sache hielten. Wenn es bedeutete, dass sie weder Durst noch Schmerzen litt, und ihr auch nicht mehr so heiß war, wollte sie lieber tot sein, als elendig auf dem Bahnhof zu sitzen. Wenigstens konnten die Toten sich frei bewegen, mit den Engeln fliegen und in den Wolken spielen.

»Mindel!«, schrie plötzlich jemand. »Mindel!«

Sie wollte nicht aufwachen, aber ihr Unterbewusstsein erkannte die Stimme und sie zwang sich, die Augen zu öffnen und sich erschöpft umzudrehen, um zu sehen, woher sie kam.

»Rachel?« Sie sah ihre Schwester, die sich durch die Menge drängte, um zu ihr zu gelangen.

»Das ist meine Schwester«, sagte sie zu Sandra. »Das ist Rachel!«

»Mindel! Bleib, wo du bist, ich komme zu dir«, brüllte Rachel. Sie drängte und schob, dennoch dauerte es eine Ewigkeit, bis sie sich einen Weg durch die Menschenmasse bahnen konnte. »Bin gleich bei dir!«, rief Rachel, aber ihre Stimme wurde vom Kreischen der Bremsen übertönt, als ein Zug in den Bahnhof einfuhr.

Mindel sah Rachel und wie sie von dem Meer von Körpern, die irgendwie aufgestanden waren, mitgerissen wurde. Sie kämpfte sich von Sandra los, die sie beide auf die Beine hievte. »Lass mich los!«

»Auf keinen Fall. Du tust dir noch weh.«

»Ich muss zu Rachel.«

»Deine Schwester ist fast hier.«

Die Menge um sie herum begann sich zu bewegen und Mindel geriet in Panik. Sie konnte Rachel nicht schon wieder verlieren, jetzt da sie sie gerade erst gefunden hatte.

»Heb mich hoch!«, forderte sie. Von dort oben hatte sie einen viel besseren Überblick, und als Rachel nur noch ein paar Schritte entfernt war, sprang Mindel von Sandras Arm und stürzte sich in ihre Richtung. Irgendwie schaffte sie es, Rachels Arm zu fassen und krallte sich krampfhaft daran fest, wenngleich die Menge sich immer schneller bewegte und sie beide mitriss.

»Ich habe dich gefunden, mein süßer, kleiner Liebling.« Rachel zog sie in ihre Arme und küsste sie auf die Wange. »Ich hatte schon befürchtet, dich nie wiederzusehen.«

»Ich hab dich so sehr vermisst«, sagte Mindel, bevor die Erschöpfung und die Strapazen des Lagerlebens ihren kleinen Körper überwältigten und sie die Augen schloss.

37

Rachel drückte den schlaffen Körper ihrer Schwester fest an sich. Tumultartige Emotionen erschütterten sie. Die Arme sah so mitleiderregend aus, wie sie zusammengekauert über Rachels Schulter hing, leicht wie eine Feder. Ihr Herzschlag war schwach und unregelmäßig und sie glühte vor Fieber. Außer sie festzuhalten, konnte Rachel nichts für sie tun.

Als der Zug zum Stehen kam, entdeckte sie zwischen den sonst üblichen Viehwaggons einige Passagierwaggons. Ein Novum. Seit die Nazis sie gefangen genommen hatten, war sie wie ein Tier transportiert worden. Wie erwartet stürmte die Menge auf die Passagierwaggons zu, und es kam zu Rangeleien, als alle versuchten, in die bequemeren Abteile zu gelangen.

Rachel war zu schwach und durch Mindel auf ihrer Schulter zu sehr behindert, um sich an dem Gedränge zu beteiligen, und fand sich damit ab, einmal mehr in den verhassten Viehwaggons zu fahren. Zu ihrer großen Überraschung drängte die SS die Massen zurück und forderte die

Kranken sowie Mütter mit kleinen Kindern auf, nach vorne zu kommen.

Es dauerte einen Moment, bis sie begriff, dass sie zu dieser Gruppe gehörte. Mit der schlafenden Mindel auf dem Arm näherte sie sich dem Zug und hatte tatsächlich das Glück, in einem der Abteile einen Platz zu finden. So überfüllt und baufällig sie auch sein mochten, so war es tausendmal besser als wie Vieh transportiert zu werden.

Bevor der Zug losfuhr, verteilte die SS Brot, Marmelade, Käse und Wasser. Rachel ließ sich auf ihrem Sitz nieder, hielt Mindel auf dem Schoß und fütterte sie mit einem Schluck Wasser und einem Happen Brot. Zwischendurch wischte sie ihr den Schweiß von der Stirn, fächelte ihrem glühenden Körper Luft zu und hielt sie dicht an sich, als das Fieber in heftige Schüttelfrostanfälle überging, die den kleinen Körper erzittern ließen.

In den nächsten Stunden kam Mindel immer wieder zu sich und sprach mit Rachel, als wäre es das erste Mal, dass sie sie sah. Das beunruhigte Rachel, aber nicht so sehr wie das weiter ansteigende Fieber. Mindel war so dürr, und der gequälte Ausdruck in ihren Augen schien der einer alten Frau zu sein, nicht der eines fünfjährigen Mädchens.

Rachel war kein Arzt, aber jeder konnte sehen, dass Mindel an dem gefürchteten Fleckfieber litt, einer Krankheit, die in den vergangenen Wochen einen großen Teil der Häftlinge in Bergen-Belsen ausgelöscht hatte. An der Überbelegung hatte das nichts geändert, denn die Nazis hatten täglich neue Zugladungen mit Umgesiedelten aus anderen Lagern nach Bergen-Belsen gekippt, bis sie heute Morgen damit begonnen hatten, alle wieder hinauszutreiben.

Wer auch immer das Genie hinter diesem unberechenbaren Plan war, Rachel hoffte, dass er für seine Taten auf ewig im Fegefeuer brennen würde.

Der Zug bewegte sich stoßweise und stand oft stundenlang während eines Luftangriffs, bevor er sich wieder in Bewegung setzte. Seit die Nacht hereingebrochen war, war Mindel nicht mehr aufgewacht und das einzige Lebenszeichen war ihr unregelmäßiger Herzschlag. Rachel wurde mit jeder Minute verzweifelter und machte sich darauf gefasst, dass ihre kleine Schwester in ihren Armen sterben würde.

»Du darfst mir nicht wegsterben, mein Schatz«, murmelte sie. »Nicht, wenn ich dich gerade erst wiedergefunden habe.« Sie wusste, dass Mindel sie nicht hören konnte, aber trotzdem flüsterte sie ihr tröstende Worte ins Ohr und erzählte ihr süße, kleine Lügen, die sie selbst nicht glaubte. »Alles wird gut, du wirst schon sehen. Die Alliierten sind fast da und kommen, um uns zu befreien. Du musst nur noch ein klein wenig durchhalten, ja?«

Mit jeder verstreichenden Stunde wurde Rachels Gemurmel verstörter. Mit der schwindenden Hoffnung, dass Mindel überleben würde, tauchten die Schuldgefühle wieder auf und flüsterten ihr ein: »Du hast versprochen, dich um sie zu kümmern, und was hast du getan?«

»Ich konnte nicht … Die SS hat sie mir aus den Händen gerissen …«

»Warum hast du sie nicht besser fest gehalten? Warum bist du ihr nicht nachgegangen?«

»Ich konnte nicht.«

»Irgendwas hättest du schon tun können, du Schwächling!«

Rachel wusste, dass sie zu hart mit sich selbst war, aber sie wusste auch, dass diese innere Stimme niemals verstummen würde, falls Mindel starb.

Der Zug hielt wieder an. Dröhnender Motorenlärm deutete auf Tiefflieger hin. Augenblicke später sah sie durch das Zugfenster ein ganzes Geschwader, doch noch bevor sie das Gesehene begriff, brach um sie herum Geschützfeuer aus.

Sie saß stocksteif da, hielt den Atem an und betete, dass die Piloten erkennen würden, dass der Zug voller Gefangener war und ihr Leben verschonten. Ihre Gebete wurden erhört, denn die Flugzeuge flogen an dem langen Zug voller miserabler Gefangener vorbei. Die Lokomotive pfiff und die Fahrt ging weiter.

Am Morgen wachte sie erschrocken auf, als der Zug wieder einmal anhielt. Stundenlang geschah nichts. Sie standen mitten im Nirgendwo, aber weder Aufseher noch alliierte Flugzeuge tauchten auf. Nach einiger Zeit verließen die ersten mutigen Insassen ihre Abteile, um sich nach draußen zu wagen, und kehrten bald mit der Nachricht zurück, dass die SS und der Lokführer geflüchtet waren und den Zug mitsamt allen Passagieren auf offener Strecke stehen gelassen hatten. Rachel haderte mit sich, ob es besser sei, drinnen zu bleiben und abzuwarten oder sich mit ihrer kranken Schwester auf dem Arm nach draußen zu wagen.

Ihr Entscheidungsprozess wurde durch spitze Schreie sowie Maschinengewehrfeuer abgekürzt. Drinnen zu bleiben war definitiv zur bevorzugten Alternative geworden. Als sie aus dem Fenster schaute, sah sie Panzer auf sie zufahren – Panzer ohne Eisernes Kreuz.

Noch bevor Rachel den Gedanken zu Ende gedacht hatte, schrie ihre Nachbarin: »Die Amerikaner! Die Amerikaner! Wir sind frei!«

Wenig später starrte Rachel in die schockierten Augen eines jungen Soldaten in amerikanischer Uniform.

»Ihr seid frei«, sagte er auf Deutsch mit starkem Akzent. Rachel traute zunächst ihren Ohren nicht, aber alle Anzeichen sprachen dafür, dass er die Wahrheit sagte, und sie schenkte ihm ihr strahlendstes Lächeln.

»*Hello*. Ich bin Rachel Epstein, eine Jüdin aus Kleindorf.«

Die Frauen stolperten nacheinander aus dem Zug. Als Rachel an der Reihe war, versuchte einer der Soldaten, ihr Mindel aus dem Arm zu nehmen.

»Nein, das ist meine Schwester!«, schrie sie und umklammerte Mindel fest.

Der Soldat schaute sie verwirrt an und erklärte etwas, das sie nicht verstand, bis schließlich jemand übersetzte. »Er sagt, er will nur helfen. Du bekommst sie gleich zurück.«

Rachel nickte, so viel Freundlichkeit war sie nicht gewohnt. Der junge Soldat blickte mit unvermindertem Entsetzen auf das hohlwangige Kind in seinen Armen, und als Rachel sich zu ihm ins Gras neben den Gleisen gesellte, sagte er: »Krank. Arzt.«

Rachel nickte. »Ja, bitte, sie braucht dringend einen Arzt.« Er hatte sie vermutlich nicht verstanden, aber da er so freundlich aussah, ließ sie zu, dass er Mindel weiterhin trug. Als er ihr winkte, folgte sie ihm.

Mit Hilfe von Häftlingen, die Englisch sprachen, erklärte der verantwortliche Offizier den befreiten Gefangenen, dass er so bald wie möglich Lebensmittel aus der nahe gelegenen Stadt holen und auch eine angemessene Unterkunft organisieren würde, was aber noch einige Zeit dauern konnte.

Niemand stöhnte oder beschwerte sich, denn die Freude über ihre Befreiung war bei allen groß. Rachel stand neben dem jungen Amerikaner, der die kleine Mindel im Arm hielt. Es brach ihr das Herz, zu sehen, wie der spindeldürre Körper gegen die tödliche Krankheit kämpfte. So sehr sie auch verstand, dass die Amis nicht zaubern konnten, fürchtete sie doch, dass das Warten mit den anderen am Zug, bis eine angemessene Unterkunft organisiert war, Mindels Leben kosten würde.

Zusammen mit einer Frau, die Englisch sprach, wandte sie sich an den verantwortlichen Offizier.

»Bitte, meine Schwester braucht dringend einen Arzt.«

Der Offizier warf einen kurzen Blick auf Mindel und rief dann einem seiner Männer zu: »Bringen Sie das Mädchen sofort ins nächste Krankenhaus.«

»Ja, Sir. Ich kümmere mich darum.« Ein junger Soldat wandte sich auf Deutsch an Rachel. »Miss, kommen Sie mit, ich bringe Sie und Ihre Schwester ins Krankenhaus.«

Rachel nickte und folgte ihm zu einem der Jeeps, die hinter den Panzern hergefahren waren. »Wo sind wir?«

»Hillersleben.«

Sie hatte diesen Ortsnamen noch nie gehört und musste verwirrt geschaut haben, denn er fügte hinzu: »Unser nächstes Feldlazarett ist in Magdeburg, etwa fünfzehn Meilen von hier.«

———

Im Feldlazarett taten die Ärzte und Sanitäter alles für Mindel, was in ihrer Macht stand, aber sie wachte nicht auf. Seit ihrer Befreiung vier Tage zuvor lag sie in einem tiefen Schlummer, den die Ärzte als Koma bezeichneten. Auch das Fieber blieb noch zwei Tage lang gefährlich hoch. Rachel wurde immer betrübter, weil ihre kleine Schwester nicht aufwachte, sogar nachdem das Fieber am dritten Tag endlich gesunken war.

Sie verließ nur noch selten Mindels Bett, obwohl die Ärzte darauf bestanden, dass sie sich ausruhen musste. Einer konnte sie überreden, zur Entlausung zu gehen, indem er versprach, so lange selbst auf Mindel aufzupassen.

Am vierten Tag hätte niemand mehr auch nur einen Pfennig auf Mindels Leben gewettet, aber Rachel weigerte sich hartnäckig zu akzeptieren, dass ihr kleiner Liebling nie wieder aufwachen würde. Sie täuschte eine Gewissheit vor, die sie nicht besaß, und erst als nachts alle schliefen, ließ sie zum ersten Mal seit ihrer Ankunft in Bergen-Belsen, vor einer gefühlten Ewigkeit, die Tränen fließen.

Sie weinte um das hübsche, kleine Mädchen, das da in seinem Bett lag und dessen Leben im letzten Jahr in tausend Stücke zerbrochen war. Es war nicht gerecht, dass die Dinge auf diese Weise enden würden. Mindel hatte ihr ganzes Leben noch vor sich gehabt, und jetzt …

Rachel ließ ihren Kopf auf das Kissen fallen und tränkte die Laken mit ihren Tränen. Mindel war der einzige Grund gewesen, das letzte Jahr durchzustehen. Wenn sie starb, wollte Rachel auch nicht mehr am Leben sein.

Alles war weich und kuschelig. Mindel fuhr vorsichtig mit den Fingern über das, was sich wie Betttuch aus Leinen anfühlte, und nicht wie eine kratzige Strohmatratze. Sie hielt kurz inne, weil sie Angst hatte, die Augen zu öffnen und den schönen Traum zu zerstören.

Es war erstaunlich ruhig, und sie vermisste das ständige Husten, Rülpsen, Stöhnen und Wimmern, das sie jede Minute jeder Nacht begleitet hatte, seit sie im Lager angekommen war. Irgendetwas stimmte ganz und gar nicht.

Fühlte es sich so an, im Himmel zu sein? Neugierig versuchte sie, ihre Augen zu öffnen, was sie aber nicht schaffte. Sie blinzelte mehrmals, dennoch dauerte es eine Weile, bis sich der weißliche Nebel lichtete und sie ihre Umgebung erkennen konnte.

Jetzt war sie sicher, dass sie gestorben war, denn alle Menschen trugen weiße Kittel, die Betten waren mit weißen Laken bezogen, und als sie den Kopf bewegte, spürte sie das weiche Kissen darunter. Es roch frisch und sauber, ganz so wie sie sich den Himmel vorstellte.

Irgendwie musste sie ihren eigenen Tod verschlafen haben und war als Engel wieder aufgewacht. Mehr neugierig als verängstigt hob sie die Decke an, um darunter zu spicken, und ja, sie trug ein weißes Nachthemd, genau wie ein Engel. Aber zu ihrer großen Enttäuschung konnte sie keine Flügel entdecken, nicht einmal, als sie sich auf die Seite rollte.

Sie haben mir keine Flügel gegeben, weil ich geschlafen habe. Ein Anflug von Panik überkam sie, als ihr klar wurde, dass sie die Verteilung der Flügel verschlafen hatte und nun für immer ein Engel ohne die Fähigkeit zu fliegen sein würde.

Ein Mann im weißen Kittel kam mit einem breiten Lächeln auf sie zu. »Willkommen zurück. Sie haben uns alle sehr beunruhigt, junges Fräulein.«

»Wo bin ich?«, fragte Mindel mit krächzender Stimme.

»In einem Feldlazarett.«

Sie nahm sich Zeit, um über seine Antwort nachzudenken, weil sie nicht wusste was ein Feldlazarett war und fragte dann zur Klarstellung: »Wo sind meine Flügel?«

»Darüber weiß ich leider nichts.« Der Mann schaute verwirrt.

Sie rümpfte die Nase; wieso konnte er eine so einfache Frage nicht beantworten? War er etwa nicht derjenige, der für diese Sache zuständig war? Sie versuchte es noch einmal: »Bin ich tot?«

Jetzt lächelte er wieder. »Nein, du bist sehr lebendig, obwohl wir uns große Sorgen um dich gemacht haben.«

»Oh.« Mindel war sich nicht sicher, ob es ihr gefiel, wieder auf der Erde zu sein, aber da der Mann bereit zu sein schien, ihre Neugierde zu stillen, stellte sie weitere Fragen. »Schickst du mich zurück ins Lager?«

Er schüttelte den Kopf. »Nein, Kleine. Der Krieg ist so gut wie vorbei. Es gibt keine Lager mehr. Du wirst niemals dorthin zurückkehren müssen.«

»Wirklich?« Sie traute ihren Ohren nicht. »Versprochen?«

»*Pinkie Promise*, großes Ehrenwort«, sagte er, hielt seinen kleinen Finger hoch und wickelte ihn um ihren, was sie etwas seltsam fand. »Und jetzt möchte ich dich untersuchen. Kannst du dich aufsetzen?«

Sie nickte und mit seiner Hilfe setzte sie sich aufrecht in ihr weiches, weißes Bett, während er das Stethoskop von seinem Hals nahm und es sich in die Ohren steckte. Er hörte ihr Herz und ihre Lunge ab und nahm dann die Ohrstöpsel ab. »Es ist alles in Ordnung.«

Mindel fand, dass die Untersuchung lange genug gedauert hatte und es an der Zeit war, sich den wirklich wichtigen Dingen zuzuwenden. »Ich habe Hunger. Und Durst.«

Der Arzt machte ein erfreutes Gesicht und rief eine Krankenschwester herbei. »Diese junge Dame braucht etwas zu essen und ein Glas Milch. Könnten Sie das bitte besorgen?«

»Ich werde sehen, was ich auftreiben kann.«

Erst jetzt erinnerte sich Mindel an den Marsch vom Lager zum Bahnhof und wie sie ihre Schwester dort gefunden hatte. Sie ergriff den Arztkittel und fragte: »Wo ist Rachel? Wo ist meine Schwester?«

»Sie ist dort drüben und schläft.« Er deutete auf die Liege neben ihrer eigenen. »Sie hat die ganze Woche über auf dich aufgepasst.«

Mindels Blick folgte der Richtung seines Daumens, und als sie Rachels Gesicht erkannte, stiegen ihr die Tränen in die Augen. Vielleicht war es gar nicht so schlimm, dass sie nicht gestorben war. »Ich will zu ihr.«

»Ich werde sie wecken und ihr sagen, dass du aufgewacht bist. Sie wird sehr glücklich sein.«

Mindel sah zu, wie der Arzt hinüberging und Rachel sanft anstupste. Sie richtete sich ruckartig auf, Panik stand ihr ins Gesicht geschrieben, bis sie in Mindels Richtung schaute und sich ihre Blicke endlich trafen. Augenblicke später lagen sie sich in den Armen.

»Mein kleiner Liebling, ich hatte solche Angst, dass du nie wieder aufwachen würdest.«

»Ich hab dich so sehr vermisst.« Mindel vergrub ihr Gesicht in Rachels Brust und war überglücklich, dass sie sié endlich wiedergefunden hatte.

Die Krankenschwester kam mit einem Glas Milch und etwas Haferbrei zurück. »Damit geht es dir im Handumdrehen besser.«

»Hungrig?«, fragte Rachel, während sie ein Tuch über Mindels Schoß ausbreitete.

Mindel beäugte das Essen gierig, aber als Rachel ihr einen Löffel von den Haferflocken in den Mund schieben wollte, weigerte sie sich.

»Was ist denn?«

»Du isst zuerst und dann ich…«

»Ich habe schon gegessen.«

»Hast du?«

»Ja, hier ist das Essen lecker und es gibt genug für jeden.«

Das verwirrte sie, aber sie hörte auf, sich gegen Rachel zu wehren, als diese sie mit dem Haferbrei fütterte.

»Der Arzt hat gesagt, ich war krank.«

»Ja, du hattest im Zug hohes Fieber und bist für etwa eine Woche in einen Schlaf gefallen, den man Koma nennt.«

»Ich habe eine Woche lang geschlafen?«, fragte Mindel mit großen Augen.

»Ja, Dummerchen. Du hast mich furchtbar erschreckt. Ich dachte, du würdest sterben.«

Mindel lächelte sie an und schüttelte dann den Kopf. »Sie können uns nicht umbringen. Wir sind stärker als sie.«

»Wie kommst du darauf?«

»Weil wir uns gegenseitig haben.« Es war ganz einfach.

Solange sie mit Rachel zusammen war, würde alles gut werden.

»Und was passiert jetzt?«, fragte Mindel, nachdem sie fertig gegessen hatte.

»Der Krieg ist noch nicht überall vorbei und wir müssen hierbleiben, bis du dich vollständig erholt hast. Dann werden wir in ein Flüchtlingslager verlegt.«

Mindel zuckte zusammen. »Ein Lager? Aber der Doktor hat doch versprochen …«

Rachel strich ihr über das Haar. »Es ist ein viel besserer Ort mit genügend Essen, richtigen Betten, Ärzten und ohne Appelle. Bei den Amerikanern sind wir in guten Händen. Und sobald wir können, fahren wir nach Hause und suchen nach Aron und Israel.« Rachel stellte die leere Schüssel weg und drückte Mindel fest an sich. »Ich bin so froh, dass es dir besser geht.«

Mindel kuschelte sich noch eine ganze Weile in die Arme ihrer Schwester, bis ihr ein beängstigender Gedanke in den Sinn kam. Sie setzte sich auf und suchte eilig die Umgebung ab.

»Wonach suchst du?«, fragte Rachel.

»Paula. Wo ist sie?«

Rachel lachte. »Paula hat ein dringend benötigtes Bad genommen und sich entlausen lassen. Ich werde sie für dich holen.«

»Das ist gut. Sie hat ein bisschen gestunken.«

Der Arzt und die Krankenschwester hatten ihr Gespräch mitgehört. »Dinge, die stinken, scheinen hier alltäglich zu sein. Die gute Nachricht ist, dass deine Puppe nicht mehr dazugehört.«

Die Krankenschwester holte eine viel sauberere Paula. Mindel bestand darauf, sich zu vergewissern, dass es ihr gut ging, und der freundliche Doktor ließ sie sogar sein Stethoskop benutzen, um Paula zu untersuchen.

»Es geht ihr schon viel besser, aber sie muss ein Nickerchen machen«, stellte Mindel mit einem strahlenden Lächeln fest, obwohl ihr selbst beinahe die Augen zufielen.

»Warum legst du dich nicht zu ihr?«, schlug Rachel vor.

Mindel verbarg ein Gähnen und schlüpfte unter die saubere Decke. »Du gehst doch nicht wieder weg?«, murmelte sie schläfrig.

»Ich werde dich nie wieder allein lassen«, versprach Rachel.

EPILOG

TEL AVIV, JANUAR 1965

Mindel stand am Fenster der kleinen Wohnung, in der sie mit ihrem frisch angetrauten Ehemann lebte. Sie hatte noch eine Menge zu erledigen, bevor Rachel eintraf. Wie jedes Jahr an Tu biSchevat wurde sie sentimental und blickte zurück auf ihre frühe Kindheit, obwohl sie sich nur bruchstückhaft erinnerte.

Ein paar Bilder von sich selbst auf dem Bauernhof, wo sie aufgewachsen war. Wie sie mit ihren Brüdern über die Felder rannte. Auf den Apfelbaum kletterte. Die sanften Hände ihrer Mutter, als sie sich das Knie aufgeschürft hatte. Sie schluckte den Kloß hinunter, der sich in ihrer Kehle bildete. Ihre Eltern hatten den Krieg nicht überlebt, beide waren in Auschwitz vergast worden. Und es gab auch keine Fotos von ihnen, denn dieser abscheuliche Landrat, Herr Keller, hatte alles persönliche Eigentum der Familie Epstein vernichtet, nachdem er den Hof in Besitz genommen hatte.

Sie musste sich am Fensterbrett abstützen und dachte an den Tag zurück, als sie und Rachel von den Amerikanern befreit worden waren, buchstäblich in letzter Minute.

Nachdem sie einige Zeit im amerikanischen Feldlazarett in Magdeburg verbracht hatten, waren sie zu Mindels Entsetzen nach Bergen-Belsen zurückverlegt worden. Allerdings hatte sie bald herausgefunden, dass die Briten, das *Displaced Persons Camp* ganz anders leiteten als die früheren Besitzer.

Sechs Monate lang hatten sie und Rachel dort gelebt, um wieder zu Kräften zu kommen und etwas Fleisch auf die Knochen zu bekommen. Zum Glück existierten keine Fotos aus dieser Zeit, aber sie erinnerte sich noch an den Schock, als sie sich zum ersten Mal im Spiegel betrachtet hatte. Obwohl sie gesehen hatte, wie sich die anderen Kinder in Skelette aus Haut und Knochen verwandelt hatten, war sie nicht ein einziges Mal auf die Idee gekommen, dass sie genauso aussah.

Einige Monate später erfuhren sie über das Rote Kreuz, dass ihre Eltern in Auschwitz umgekommen waren, aber von ihren Brüdern gab es keinerlei Aufzeichnungen. Es war, als wären sie vom Erdboden verschluckt.

Rachel hatte die Hoffnung nicht aufgegeben und Mindel versichert, dass ihre Brüder bestimmt das Kloster in Kaufbeuren erreicht hatten und dort unter falschem Namen lebten. Sobald die beiden stark genug waren, hatten sie sich an die britische Verwaltung gewandt und um die Erlaubnis gebeten, in die bayerische Kleinstadt umzusiedeln, in der sie aufgewachsen waren und die nun in der amerikanischen Zone lag.

Irmhild, Rachels ehemalige Klassenkameradin, die ihnen damals die gefälschten Papiere besorgt hatte, war im KZ Ravensbrück umgekommen – bestraft für das Verbrechen, jüdischen Kindern geholfen zu haben. Aber auch im Kloster gab es keine Information zu ihren Brüdern. Sie zitterte unwillkürlich und wickelte ihren Schal enger um die Schultern. Auch heute, zwanzig Jahre später, gab es weder eine Bestätigung für ihren Tod noch für ihr Überleben. Sie hatte in der Zeitung von Kindern ohne Papiere gelesen, die an so vielen Orten auftauchten, dass sie sich an den Gedanken klammerte, ihre Brüder hätten es irgendwie geschafft und lebten glücklich unter einem anderen Namen bei einer freundlichen Familie, die sie aufgenommen hatte.

Im Laufe der Jahre hatten sie und Rachel einige Freunde wiedergetroffen, wie Heidi und Clara, die beide in der Nähe wohnten, und sie hörten vom Tod anderer. Linda war in jenen letzten Apriltagen 1945 dem Fleckfieber erlegen, als die Krankheit in Bergen-Belsen wütete und schließlich etwa ein Drittel der Gefangenen tötete.

»Alles in Ordnung mit dir?« Ihr Mann Dov legte die Arme von hinten um sie. Als jemand, der in Palästina oder Israel, wie es jetzt hieß, aufgewachsen war, konnte er nicht wirklich nachvollziehen, was sie durchgemacht hatte, aber er nahm ihre sentimentalen Stimmungen immer auf und versuchte, sie zu vertreiben.

»Mir geht es gut. Es ist nur so, dass mich die Vergangenheit am heutigen Tag immer einholt. Schließlich ist es mein Geburtstag.« Nach ihrer Befreiung feierte sie an Tu biSchevat ihren anderen Geburtstag. Jedes Jahr zündete sie an diesem Tag eine Kerze für Mutter Brinkmann an. Diese selbstlose Frau hatte nicht nur Mindel gerettet, sondern so viele Kinder, die sonst ohne einen Erwachsenen, der sich um sie kümmerte, gestorben wären.

Tragischerweise war Mutter Brinkmann eine Woche nach der Befreiung gestorben. Sie erlag dem Fleckfieber, das sie sich bei der Pflege der Kranken in diesen letzten Tagen zugezogen hatte. Da Mindel selbst krank gewesen war, hatte sie erst Monate später von Mutter Brinkmanns Tod erfahren.

»Typisch für dich, dass du zwei Geburtstage pro Jahr beanspruchst, nur damit du doppelt so viele Geschenke bekommst.« Dov stützte sein Kinn auf ihre Schulter, und sie drehte sich zu ihm um.

»Das Stück Apfel, das mir Mutter Brinkmann im Lager geschenkt hat, war das schönste Geschenk, das ich je bekommen habe. Ich kann mich noch immer an den Geschmack erinnern.«

Ihr Blick fiel auf den großen, für acht Personen gedeckten Tisch. Dovs Eltern, seine Schwester und ihr Mann würden sich zu ihnen gesellen, und natürlich Rachel und ihr Mann Simon. Eine Welle von Schuldgefühlen überkam sie, denn nach ihrer Rückkehr auf den Bauernhof hatte sich die Beziehung zwischen Rachel und ihr verschlechtert. Damals war sie noch zu jung gewesen, um zu verstehen, dass Rachel das Geschehene nie verarbeiten konnte und immer tiefer in eine Depression versank, obwohl der Krieg vorbei und das Leben – zumindest für Mindel – wieder in Ordnung war.

1948 beschloss Rachel, dass sie beide nach Palästina auswandern und ein neues Leben beginnen würden, weit weg von den Gespenstern der Vergangenheit. Die Dinge verbesserten sich, aber trotzdem standen die alten Wunden immer noch zwischen ihnen. Während Mindel sich schnell in der neuen Umgebung eingewöhnte und die hebräische Sprache erlernte, hatte Rachel viele Jahre lang damit zu kämpfen. Oft fühlte sich Mindel wie die Erwachsene, die auf ihre ältere Schwester aufpassen musste, statt umgekehrt.

Es war für beide schwierig gewesen, denn die Erlebnisse im Lager hatten Rachel zu einer verbitterten Frau gemacht, die niemandem mehr vertraute. Bis sie einen Mann kennenlernte, der Ähnliches erlebt hatte, aber seine positive Einstellung zum Leben darüber nicht verloren hatte. Rachels Hochzeit mit Simon vor drei Jahren hatte alles verändert.

Die Schwestern hatten ein langes Gespräch geführt, und Rachel hatte ihr gestanden, dass sie die Schuldgefühle nie ganz losgeworden war, weil sie ihre kleine Schwester damals während der schrecklichen Zeit in Bergen-Belsen nicht beschützt hatte. Mindel war verblüfft, denn in ihren kühnsten Träumen hätte sie nie geglaubt, dass Rachel sich selbst die Schuld an ihrer Tortur geben würde. Nach vielen Stunden Tränen in den Armen der anderen spürten sie endlich wieder die alte Nähe zwischen sich.

Mindel seufzte.

»Denkst du an deine Schwester?«, fragte Dov.

»Ja. Sie hatte es so viel schwerer als ich. Ich meine, für mich war es furchtbar und alles, aber irgendwie dachte ich, dass das Leben nun mal so ist. Aber Rachel, sie hatte bessere Zeiten erlebt, und nach und nach wurde ihr alles genommen, bis sie zu einem Gegenstand reduziert wurde. Weniger wert als ein Tier, nur eine nummerierte Sklavin, die für die Nazis arbeiten musste.«

»Aber jetzt geht es ihr besser, nicht wahr?«

»Es ist erstaunlich, wirklich. Seit sie Simon getroffen hat, ist sie ein anderer Mensch geworden.«

Simon war ein Auschwitz-Überlebender, den Rachel vier Jahre zuvor kennengelernt und sich sofort in ihn verliebt hatte. »Trotz seiner schrecklichen Erfahrungen hat Simon nie aufgehört, an das Gute im Menschen zu glauben. Genau wie ihre Freundin aus dem Lager, Linda. Ich erinnere mich nicht an sie, aber sie muss der wunderbarste Mensch auf Erden gewesen sein.«

»Simon hat definitiv einen guten Einfluss auf deine Schwester. So gut, dass er sie im reifen Alter von siebenunddreißig Jahren zur Mutter gemacht hat.« Dov grinste, bereit, die Schelte zu akzeptieren, von der er wusste, dass sie kommen würde.

»Wage es nicht, etwas Schlechtes über Rachel zu sagen, sie ist nicht alt!«

»Ich würde mich nie mit so wild entschlossenen Frauen wie euch beiden anlegen.« Er ergriff ihre Hände mit seinen und drückte ihr einen Kuss auf den Mund. Als er sie losließ, drehte er sie beide um und blickte auf den Tisch. »Ist alles bereit für unsere Gäste?«

Traditionell standen zu Tu biSchevat drei Teller auf dem Tisch: einer mit Früchten, die eine nicht essbare Schale hatten, wie Orangen oder Haselnüsse. Auf dem zweiten lag Steinobst, wie Avocado, Oliven oder Datteln. Und der dritte mit Früchten, die im Ganzen gegessen werden konnten, wie Weintrauben, Erdbeeren oder Äpfel.

Nach der Tradition sollten es die schönsten Früchte sein, aber Mindel ehrte den Anlass ihres zweiten Geburtstages immer, indem sie zwei verschrumpelte gelbe Äpfel mit braunen Flecken anbot.

Sie lagen in der Mitte des Tisches und erinnerten an die schrecklichste Zeit ihres Lebens, aber auch an die Güte, die sie dort trotz allem erfahren hatte – von Mutter Brinkmann, Laszlo, Heidi und den anderen Kindern. Und natürlich waren sie ein Symbol für zwei Schwestern, die nach unglaublichen Entbehrungen wieder zusammengefunden haben.

Der heutige Abend war etwas ganz Besonderes, denn sie und Dov hatten eine Ankündigung zu machen. Nur sechs Monate nach ihrem Hochzeitstag trug sie ein Kind unter dem Herzen. Ein Kind, das zu einer neuen Generation gehörte, die nicht durch die Schrecken des Krieges belastet war.

Insgeheim wünschte sie sich einen Sohn, den sie Laszlo nennen würde, nach ihrer ersten großen Liebe, dem sieben-jährigen Jungen, der ihr Trost, Freundschaft und Schutz geboten hatte, als sie niemanden sonst hatte. Und wenn es ein Mädchen wäre, würde sie es Rachel nennen, nach ihrer wunderbaren, tapferen und entschlossenen Schwester, die sich gegen alle Widerstände durchgesetzt hatte, um wieder mit ihr vereint zu sein.

EIN BRIEF VON MARION

Ich möchte mich ganz herzlich dafür bedanken, dass ihr euch entschieden habt, *Nicht ohne meine Schwester* zu lesen. Wenn euch das Buch gefallen hat und ihr über alle meine Neuerscheinungen auf dem Laufenden bleiben wollt, meldet euch einfach unter folgendem Link an. Eure E-Mail-Adresse wird niemals weitergegeben und ihr könnt euch jederzeit wieder abmelden.

www.bookouture.com/bookouture-deutschland-sign-up

Das Schreiben dieses Buches war emotional aufwühlend, fast so sehr wie *Unbeugsam*, der dritte Band in meiner Trilogie Liebe und Widerstand, bei dem ich tagelang geheult habe.

Die Idee zu *Nicht ohne meine Schwester* kam mir vor ein paar Jahren, als ich das Konzentrationslager Bergen-Belsen und die dortige Sonderausstellung »Kinder in Konzentrationslagern« besuchte.

Die Interviews mit überlebenden Kindern waren eindringlich, erschütternd und regten zum Nachdenken an. Was mich am tiefsten beeindruckt hat, war ein Foto: ein kleines Mädchen von vier oder fünf Jahren, das ein Stofftier an sich drückt. Ihr süßes Gesicht mit den intensiven braunen Augen hat mich verfolgt und mich dazu inspiriert, eine Geschichte über das Leid so vieler namenloser Kinder zu schreiben. Dieses Mädchen wurde mein Vorbild für Mindel. Ihr könnt das Bild auf meiner Website zusammen mit einem Artikel über meinen Besuch im KZ sehen: https://kummerow.info/bergen-belsen-concentration-camp/

Aufgrund des erschütternden Themas habe ich das Projekt so lange wie möglich hinausgezögert, aber das namenlose kleine Mädchen und ihre Geschichte gingen mir nicht aus dem Kopf. Um mein Zögern zu verstehen, muss man wissen, dass ich eine Tochter habe, die damals genauso alt war wie Mindel, und jedes Mal, wenn ich mich hinsetzte, um die Handlung auszuarbeiten, zog sich mein Herz zu einem festen Knoten zusammen, weil ich daran dachte, dass ihr so etwas hätte passieren können. Doch die Figuren in meinem Kopf haben die lästige Angewohnheit, solange zu nörgeln, bis ich nachgebe und ihre Geschichte niederschreibe.

Bei meinen Nachforschungen zu den überlebenden Kindern von Bergen-Belsen habe ich einen Einblick in ihre Gedankenwelt bekommen, die sich so sehr von der unsrigen unterscheidet. Ich möchte den Holocaust und die Erfahrungen der inhaftierten Menschen keineswegs bagatellisieren, aber Ladislaus Löb, ein ungarischer Jude, der während seiner Zeit in Bergen-Belsen zehn Jahre alt war, hat es ungefähr so erklärt: Die Kinder ertrugen die Strapazen besser als die Erwachsenen, vor allem weil sie sich nicht bewusst waren, wie verzweifelt die Lage wirklich war. Er gab zu, dass er Angst hatte, aber gleichzeitig hatte er das Gefühl, bei einem aufregenden Abenteuer dabei zu sein. In seinen Memoiren erwähnt er die schrecklichen Spiele, die die Kinder spielten, wie »Juden und SS« oder »Wer stirbt als Nächster«. Ich habe keinen Grund, am Wahrheitsgehalt seiner Erinnerungen zu zweifeln, denn ein anderes bekanntes, genauso grauenvolles Kinderspiel war kurze Zeit später »Frau, komm«, bei dem Berliner Kinder spielten, wie sowjetische Soldaten die Frauen vergewaltigten.

Ladislaus und die anderen Kinder, aus seinem Buch *Rezsö*

Kastner – The daring rescue of Hungarian Jews: A survivor's account, wurden meine Inspiration für Laszlo und die Bande.

Rezsö Kastner war ein ungarischer Jude, der eng mit den Nazis zusammenarbeitete, um so viele Juden zu retten, wie er konnte. Dank seiner Verhandlungen erkauften sich 1.686 ungarische Juden die »freie Fahrt« von den Nazis und wurden von Ungarn über Bergen-Belsen in die Schweiz transportiert.

Die Szene mit Obersturmbannführer Krumey in Kapitel 17 spielte sich tatsächlich ab, allerdings nicht im Sternlager, sondern im benachbarten Ungarnlager, wo die erste Gruppe von 300 Personen für den Transport in die Schweiz ausgewählt wurde. Natürlich wollte jeder unbedingt beim ersten Transport dabei sein, und niemand hatte Lust auf einen zweiten Transport zu warten, der womöglich niemals durchgeführt würde. 318 Juden reisten im August 1944 von Bergen-Belsen in die Schweiz, während die restlichen 1.368 (darunter Ladislaus Löb und sein Vater) erst im Dezember 1944 dort ankamen.

Das Internationale Rote Kreuz durfte mehrmals Pakete nach Bergen-Belsen liefern. Anscheinend durften die Mitarbeiter die Häftlinge nicht selber besuchen, sondern mussten die Pakete bei der Lagerverwaltung abliefern, und die Aufseher verteilten sie an die Barackenältesten.

Man darf nicht vergessen, dass Bergen-Belsen ein Austauschlager war, in dem Juden gefangen gehalten wurden, um sie gegen deutsche Staatsangehörige auszutauschen, obwohl dies offenbar nie geschah. Die Bedingungen waren anfangs etwas besser als in anderen Lagern, verschlechterten sich aber zum Ende hin extrem, insbesondere weil die SS die Verteilung von Lebensmitteln einfach einstellte. In den letzten Tagen vor der Befreiung stellte sie sogar die Wasserversorgung ab.

Die Aufseherin Susanne Hille, wegen ihrer schwarzen Haare »Die Schwarze« genannt, ist eine reale Person. Sie arbeitete im KZ-Außenlager Tannenberg bei Unterlüß, weshalb ich Rachel dorthin zur Arbeit in die Munitionsfabrik schickte. In Wirklichkeit war dieses Nebenlager nur zwischen August 1944 und April 1945 in Betrieb, Rachel hätte dort also erst ein paar Monate später als im Buch arbeiten können.

Susanne Hille ist vielen Überlebenden wegen ihrer außergewöhnlichen Brutalität in Erinnerung geblieben. Bevor die Briten eintrafen, konnte sie zusammen mit dem anderen Personal des Lagers Tannenberg fliehen, und lange Zeit war nicht klar, was mit ihr geschehen war. Erst Jahre später fand man heraus, dass sie es bis über die Elbe geschafft hatte, wo sie am 7. Mai 1945, einen Tag vor der Kapitulation Deutschlands, starb. Die genauen Umstände ihres Todes sind unbekannt.

Ihr fragt euch vielleicht, warum ich die berüchtigtste Wärterin von Bergen-Belsen, Irma Grese, nicht erwähnt habe. Einer ihrer Beinamen lautete »Die Bestie von Auschwitz«, und sie war sicherlich mindestens ebenso sadistisch wie die viel weniger bekannte Susanne Hille. Grese war eine der ganz wenigen Frauen, die nach dem Krieg von den Alliierten für ihre Verbrechen zum Tode verurteilt und hingerichtet wurde. Ich habe sie nicht erwähnt, weil sie erst im März 1945 nach Bergen kam, nachdem sie zuvor in Auschwitz und Ravensbrück arbeitete.

Ab 1957 wurden mehrere Entschädigungsprozesse gegen die Rheinmetall Berlin AG (ehemals Rheinmetall-Borsig) angestrengt, und laut Gerichtsunterlagen war einer der Hauptindikatoren, ob eine Frau tatsächlich zur Sklavenarbeit im Lager Tannenberg gezwungen worden war, die Erwähnung der orangefarbenen Haare und Haut oder des Glases Milch. Frauen, die sich daran erinnerten, wurden auf der Stelle als ehemalige Rheinmetall-Zwangsarbeiterinnen anerkannt und erhielten ohne weitere Beweise eine Entschädigung.

Der allerletzte Zug, den Rachel und Mindel bestiegen, ist einer von drei Zügen, die Bergen-Belsen kurz vor der Ankunft der Briten verließen. Die Züge mäanderten mehr als eine Woche lang durch Norddeutschland, und einer von ihnen wurde schließlich in Hillersleben bei Magdeburg gestoppt, wo die Amerikaner die Gefangenen befreiten und sie auf die umliegenden Städte verteilten.

Wahrscheinlich habt ihr die berühmteste Insassin von Bergen-Belsen, Anne Frank, und ihre Schwester Margot erkannt. Die beiden kamen Ende 1944 mit einem Transport aus Auschwitz an. Das genaue Datum, an dem die beiden Schwestern starben, ist unbekannt, klar ist nur, dass sie an Fleckfieber erkrankten und im Februar 1945 starben. Nach Aussage eines ehemaligen Häftlings waren sie »eines Tages einfach nicht mehr da«.

Mindels Freundin Heidi ist von der realen Person Hanneli Goslar inspiriert, die eine Klassenkameradin von Anne Frank in Amsterdam war. Es gelang ihr, mehrmals mit Anne über den Zaun hinweg zu kommunizieren, und sie warf ihrer Freundin ein Paket zu, das aber von einer anderen Frau gestohlen wurde. Zwei Tage später warf sie ein weiteres Paket hinüber, das Anne offenbar auch erhielt. Allerdings war es das letzte Mal, dass die beiden Kontakt hatten. Hanneli überlebte den Krieg und wanderte später nach Jerusalem aus, wo sie im Jahr 2020 noch lebte.

Wenn ihr meine Reihe *Kriegsjahre einer Familie* und insbesondere *Dunkle Nacht* gelesen habt, erkennt ihr vielleicht Rachel und Mindel als die jüdischen Nachbarn, die Lotte in der Scheune ihrer Tante versteckt hat. Aus dramaturgischen Gründen stimmen nicht alle Details in *Nicht ohne meine Schwester* mit denen in den anderen Büchern überein.

BLEIB IN KONTAKT MIT MARION KUMMEROW

www.kummerow.info

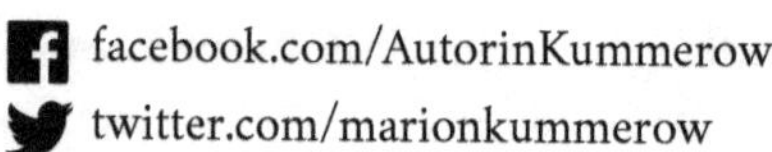

facebook.com/AutorinKummerow
twitter.com/marionkummerow